《时光里的越城》编委会成员

主　　　任：董湧峰

副 主 任：王小梅　　尉　峰

主　　　编：李永鑫

副 主 编：金水福

编　　　委：郭　栋　　钟斯妤　　孙和平　　青田山　　陈灵华
　　　　　　莲子妙　　朱苏艳　　杨　君　　谢国辉　　晓　欢

撰　　　稿：李永鑫　　金水福

设 计 制 作：绍兴市求实文化事务中心

时光里的越城

中共绍兴市越城区委宣传部 编

敦煌文艺出版社

图书在版编目（C I P）数据

时光里的越城 ／ 中共绍兴市越城区委宣传部 编. --
兰州：敦煌文艺出版社, 2023.9
ISBN 978-7-5468-2452-9

Ⅰ. ①时… Ⅱ. ①中… Ⅲ. ①文集－中国－当代
Ⅳ. ①I 227

中国版本图书馆CIP数据核字（2023）第 180880 号

时 光 里 的 越 城

中共绍兴市越城区委宣传部　编

责任编辑：马吉庆
装帧设计：绍兴市求实文化事务中心

敦煌文艺出版社出版、发行
地址：（730030）兰州市城关区曹家巷 1 号新闻出版大厦
邮箱：dunhuangwenyi1958@126.com
0931-2131906（编辑部）
0931-2131387（发行部）

宁波市鄞州启鸣印务有限公司印刷
开本 787 毫米×1092 毫米　1/32　插页 4　印张 11　字数 230 千
2023 年 12 月第 1 版　2023 年 12 月第 1 次印刷
印数 1~5 000 册

ISBN 978-7-5468-2452-9
定价：68.00 元

前　言

　　绍兴越城是一座历经数千年而城址未变的古城。2500多年来，它仍然是当地政治、经济、文化的中心。

　　今日绍兴故城——越城，始建于越王勾践七年，即公元前490年，至今已有2500多年的建城史。越国都城由范蠡实施建筑，后人称该城为蠡城，蠡城是勾践复国称霸的物质基础和精神依托。此后，他卧薪尝胆，生聚教训，灭吴称霸的活剧都在这里上演。

　　秦始皇统一全国后，实行郡县制，以原吴越旧境置会稽郡，但郡治设在吴地（苏州）。蠡城不过是全郡26县中的一个县城而已，城市地位再次被削弱。公元前210年，秦始皇巡视江南，并"上会稽，祭大禹，望于南海，而立石刻颂秦德"，以安抚威慑越人。

东汉永建四年（129），朝廷实行吴、会分治，会稽郡城移置山阴，使城市格局发生了根本性的变化。在当时会稽郡所辖的15个县中，除一个县在今福建省外，其余都在今浙江境内，所辖范围相于今钱塘江以南的浙江全部和福建的一部分。江北为吴郡，郡治仍在苏州，江南为会稽郡，郡治设在山阴。吴、会分治的本质是地区生产力有所发展的反映，山阴作为区域中心的地位又一次得到了凸显。山阴郡治的确立，不仅使绍兴城重新成为浙东的政治、经济、文化中心，而且又为绍兴城市的发展提供了新的机遇，注入了新的生机与活力。

　　值得一提的是，就在吴、会分治十余年后的东汉永和五年（140），会稽郡太守马臻主持了鉴湖围堤工程。这一工程以郡城山阴为中心，筑堤长达127里，使会稽山山麓线以北，郡城以南，形成了一片面积近二百平方公里的人工湖泊。它南依会稽山脉，北至人工提塘，东抵东小江（今曹娥江），西近西小江（今浦阳江），总库容量在4.4亿立方米以上。古鉴湖的筑成，标志着绍兴开发史上的一次重大跃进，它的初衷在于山会平原的南部储蓄淡水以加速北部平原的开发。这种功能和效益使山会平原北部的沼泽地、盐碱地得到了大面积的改造，出现了9000顷旱涝保收的良田，推动了绍兴平原地区农业生产的发展，还大大方便了水上交通和对外联系。同时，古鉴湖的筑成，还极大地优化和美化了当地环境。

西晋末年，北方战乱频繁，朝廷被迫南迁，大量中原望属和军民随之南来，而当时的会稽正是北方移民安家落户的理想之地。如从北方迁入会稽郡的名门有琅玡王氏、阳夏谢氏、高阳许氏、高平郗氏、乐安高氏、陈留关氏、谯国戴氏等等，像王羲之、谢安、孙绰、李充、许询、支遁等等显要家族的代表就是在这段时间由北方迁入会稽郡的。一时越地人文荟萃，民物殷阜，商旅往来，城市发展，各行各业都因骤然增加的大量消费而迅速扩充，出现了"今之会稽，昔之关中"的欣欣向荣的局面。所以当东晋咸和四年（329）首都建康（今南京）发生苏峻之乱时，三吴人士就向朝廷提出过迁都会稽的主张。虽然这个主张没有最后成为现实，但不难看出，在当时江南的都市中，除建康外，会稽郡城已经是首屈一指了。南北朝之初，山阴已经有"海内剧邑"之称。刘宋孝建元年（454），浙东的会稽、东阳、永嘉、临海、新安五郡置东扬州，州治就设在会稽。从此山阴城从一郡治成为五郡首府，刘宋大明三年（459），竟一度把扬州州治从原来的建康迁到会稽。其行政地位之高，可见一斑，也足见当时山阴城市的繁荣和发展。与建康东西相峙，成为当时江南的两大都会。

随着生产力的发展和人口的不断集聚，山阴城市规模不断扩大，政事繁剧，这就促成了在境内出现山、会分治的局面，此事到陈代付诸实践。于是，整个山阴（包括城市和乡间）以城内中心一条纵贯南北的河道为界，自南而北一分为二，西部为山阴县，东部为会稽县，也是会稽作为县名在历史上的第一次出现，从此一城二县的历史沿袭上千年。

南北朝以后，尽管隋、唐两代版图不断有所扩大，国家的政治、文化中心又回迁北方，由于会稽已在东晋、南北朝建立了雄厚的经济基础，所以在国家重心北移的情况下还是获得了不断的发展。并且在隋开皇年间出现了自从范蠡筑城以来又一次有记载的城垣修建，史称"罗城"。主持这次越城大规模修建的是隋越国公杨素。"罗城"是建筑学的名字，本义是加强防守，在城墙外建的凸出形小城圈。所以此次修筑越城，既有在原来基础上的修葺，又有扩建新筑周城的任务。

总体上隋唐时期越州城市继续得到发展。农业方面，由于北部杭州湾沿岸的海塘在唐代建筑完成，鉴湖水利枢纽功能进一步完善，蓄泄能力空前提高，使得山会平原北部的土地得到有效垦殖，农业总量与效益有了很大提高。随着农业的发展，手工业生产也随之发展。直接由农业提供原料的丝绸业至此异军突起，享誉海外。在全国范围内显露头角的瓷器制造就始于唐代，不少青瓷产品都以越地产为第一。除了盛销国内市场外，越地瓷器还成为当时对外贸易的重要商品。交通运输在这一时期也有较大的发展，特别是沟通甬江和钱塘江的浙东运河的运输日益繁忙，使居于运河枢纽地位的绍兴的重要性更为提高。

隋开皇九年(589)到南宋绍兴元年(1131)近600年间,这里不仅是山阴、会稽两县的县城,也是越州的州城。唐贞元三年(787)越州还成为浙江东道的道治所在,可见在行政地位上仍居浙东之首。长庆年间(821—824)在越州任刺史的元稹,就曾写诗一再夸耀越州风景的优美、州宅的宏伟、城市的繁华。甚至用"会稽天下本无俦"的诗句来赞誉这个名城。到了唐代末年,由于中央政权削弱,四方纷纷割据。唐乾宁四年(897),吴越王钱镠,定杭州为吴越国西府,是吴越国的首都;越州为吴越国东府,是吴越国的行都,钱镠曾数度驻跸越州,策划经营,建树甚多,进一步促进了这个城市的发展。

南宋初,越州升为绍兴府,当赵构移跸临安时,仍把大理寺和六宫留在绍兴,视绍兴为陪都。在朝廷当时宣布的全国40个"大邑"中,除临安之外,绍兴名列其首。著名诗人陆游曾认为"今天下巨镇,唯金陵与会稽耳,荆、扬、梁、益、潭、广皆莫敢望也"。因为这里不仅生产发展,经济繁荣,同时又是当时全国重要的文化中心之一,而山水之秀又名于天下,所以南宋一代,除首都临安以外,绍兴仍然与金陵齐名。南宋时任绍兴府金判的温州人状元王十朋,面对绍兴城市的繁荣景象,发出了"镇六州而开府"的感叹,"镇六州"指的是当时管辖明州、温州、婺州、台州、处州、衢州。

由于大量人口的移入,对粮食的需要空前增加,这就刺激了农业生产的迅速扩大,并且促成了鉴湖的围垦。鉴湖的较大规模围垦始于北宋，南宋初年，围垦规模迅速扩大，其收益每年可得米十万斛。最后垦出了湖田两千多顷，相当于山会平原扩大了四分之一的耕地面积，价值之大是不言而喻的。蚕桑业在这一时期也由于需求的剧增而大步发展，为了提高对桑园的利用，除了春蚕以外，开始饲养夏蚕和秋蚕，使一年中育蚕次数增加到三次。农业中的另外一个重要部门水产业也得到发展，由于绍兴水面广大，水产资源丰富，水产业在南宋被认为是"越国之宝"，绍兴成为一个名副其实的鱼米之乡和丝绸之府。

绍兴城市的发展，经过南宋这一时期的飞跃以后，城市的规模和布局基本上稳定。此后，除了元代曾在卧龙山以西另建过新城，把西郊的一部分地域划入城内，面积有所增加外，历元、明、清三代，再没有结构性的变化。

元、明、清三朝，中国封建社会进入高度成熟的时期，同时，新的经济因素也逐渐产生并发展起来。在经济富庶和文化发达的江南地区，尤其受到这条新脉的萌动，其在文化上的表征，便是世俗化的倾向。于是，绍兴相继出现了一批得风气之先和各领风骚的文化大家，如杨维桢、徐渭、张岱等人，他们的文学活动已与商品经济的因素发生了密切的联系。而王阳明、刘宗周等人则在哲学与政治思想的领域内力图对传统的意识形态进行改造，开了近代启蒙思想之先河。

鸦片战争以后，中国一步一步沦为半殖民地半封建社会，民族危机日益深重。于是，在古越大地上越国时代的胆剑之气又如狂飙突起，涌现出诸如秋瑾、陶成章、徐锡麟这样一批壮怀激烈、舍生忘死的革命斗士；蔡元培、鲁迅等人则在文化领域中猛烈掀起新的浪潮。进入新民主义革命时期以后，绍兴又涌现出如周恩来等杰出的共产主义战士和无产阶级革命家，而竺可桢、陈建功等人则在科技领域内孜孜不倦地追求振兴中华的力量。"鉴湖越台名士乡，忧忡为国痛断肠。剑南歌接秋风吟，一例氤氲入诗囊。"毛泽东的评价成为对绍兴历史文化精粹的一个最经典的提炼和概括，"名士乡"也是近代绍兴古城最本质的特色。

时光里的越城

第一章

「古 GU
都 DU
峥 ZHENG
嵘 RONG」

绍兴历史悠久，虞舜、夏禹在绍兴的众多传说和古迹遗存，反映出绍兴在4500年以前中国文明时代的肇始阶段也占有重要地位。古人说："越，舜禹之邦也。古有三圣，越兼其二焉。"禹六世孙夏后帝少康封其子无余于会稽，"以奉守禹之祀""辟草莱而居焉"，无余始建越国。

越国经历20余世后至越王允常，越国开始发达起来，并与北方吴国开始了争霸之战。公元前473年，勾践灭吴后，将都城迁至琅琊，成为春秋最后一霸。公元前222年，秦大将王翦平定江南，越君降秦，越国灭亡。

秦始皇统一全国后，实行郡县制，绍兴为会稽郡，隋唐、北宋时期，绍兴称为越州，南宋始称绍兴府，民国初期实行省县制，后设绍兴行政督察区，中华人民共和国成立后称绍兴地区、绍兴市。

绍兴不仅是一座具有悠久历史的文化名城，也是一座具有光荣革命传统的城市。辛亥革命时期，绍兴革命志士徐锡麟、秋瑾、陶成章、蔡元培等以推翻腐朽的封建王朝、建立民主共和为宗旨，组建了革命团体光复会，创办大通学堂，组织光复军，发动皖浙起义，为辛亥革命的胜利做出了重要贡献。中国共产党成立后的第二年，绍兴就有了党的活动。此后建立了浙东革命根据地，在极其艰苦的环境里，坚持抗击日寇侵略和推翻腐朽反动的国民党统治的革命斗争，迎来了绍兴的解放。

中华人民共和国成立以后，绍兴积极开展社会主义建设，农业、工业、第三产业协调发展。改革开放后，绍兴走在社会主义市场经济的前列，以乡镇企业为载体，提前实现了工业化，走上了社会主义现代化道路。目前绍兴是我国沿海经济发达地区，是杭州湾大湾区融合发展的先行地区。

大禹毕功葬会稽

　　大禹,是中国古代的治水英雄,也是建立王权国家的第一帝。夏禹,尊称大禹,名文命。夏,是部落名,姓姒。禹,系受舜禅后的称呼。禹父曰鲧,夏部落的首领,以治水见长。相传尧时洪水泛滥:"汤汤洪水滔天,浩浩怀山襄陵。"部落酋长们举鲧治水,"九岁,功用不成",结果被诛。鲧被杀后,鲧的儿子禹受到了舜的关注。

　　禹在尧的晚年已被举用,但没有封疆爵士之职,可见他真正被重用是在虞舜为帝之时。鲧被杀后,舜在部落酋长会上问,谁可以完成治平水土的大业,大家都说禹最合适,舜也觉得负责治水非禹莫属,于是就任命禹为司空,他对禹说:你好好努力,把水治好。大禹治水,就此拉开了序幕。当时,大禹还只是一位二十三岁的年轻人。

　　大禹治水,前后有十三年之久。大禹治水头几年很不顺利,在愁思中,知悉宛委山石匮中所藏金简玉书上,写有治水的道理和方法。为此,特到宛委山,获通水之理后,返回治水,又经六年,最后毕功于了溪。由此可知,禹获得治水成功的要诀和治水成功落幕的地方都在绍兴境内。禹在宛委山取金简玉书时,已是三十岁的人了,当时还未娶妻。"恐时之暮,失其度制",禹乃在绍兴涂山娶涂山氏之女为妻,名曰女娇。大禹与女娇成亲,第四天,就离开娇妻,奔赴治水前线。十个月后,妻子生了孩子,即启。孩子呱呱而泣,可大禹路过家门没能去看一眼,一心治水,竟然三过家门而不入。

　　大禹治水成功以后,舜把天子位禅让给大禹。做了天子的大禹,巡行各地,最后又回到大越。他登上茅山,召九州群臣都来朝觐，以总结治国之道，传达国家政令和制定休养生息政策。随之论功行赏，分封土地给功臣，赏赐爵位给德高望重之人。他不徇私情，赏罚分明，小过亦罚，微功亦奖，群臣无不信服和钦仰。《史记》中的《夏本纪》上有这样的记载："或言禹会诸侯江南，计功而崩，因葬焉，命曰会稽。"此后，茅山改名为会稽（计）山，这也就是史书所载"禹致群神于会稽"的由来。

"禹封泰山，禅会稽"，在泰山举行祭天典礼，而祭祀土地神即国土之神的典礼，则选择在会稽山（茅山）举行。按禹的遗嘱，他死后也葬于会稽。

大禹品格的完美，体现于他一生的旅程，直到他死时，以"薄葬超前古"，为自己画上了一个圆满的句号。《吕氏春秋》曰："禹葬会稽，不烦人徒。"又据《墨子》记载："禹葬会稽，衣衾三领，桐棺三寸。"生前为民治水，功盖山河，死后丧事从简，节留万世。后人对大禹的缅怀，不仅是他的为国为民，还有他的克勤克俭。有了私生活的克勤克俭、严格要求，又何愁腐败的滋生？然而这对任何一个叱咤风云的帝王来说，却是谈何容易。

中国的山川无数，尤其是南方众多秀山丽水，千姿百态、各有风韵，但是，大禹的史迹和夏王的封禅，使"南方诸山虽大且众，莫敢与等夷"。于是，会稽山不仅成了中国名山，而且雄居中国古代九大名山之冠，在隋朝又被列为中国的五岳四镇之一。

会稽山下的大禹陵，一直是历史上最负盛名的古迹之一。这是一组规模宏大、高低错落的古建筑群，由禹陵、禹庙、禹祠三部分组成，占地40余亩，经最近扩建，已占地100多亩。它背山而坐，气派恢宏，形象古朴，端坐于此，注视着中华大地、华夏子孙。

绍兴的禹陵规制是在明朝中期确定的，碑石"大禹陵"三个豪放雄浑、颇有顶天立地气概的大字由绍兴知府南大吉题写。

禹庙在禹陵北，据传由禹的儿子启所建，现存禹庙为清嘉庆年间的建筑。从西辕门进庙，经午门，过甬道，登上百步禁阶，就是历代祭祀大禹的祭厅，或称拜厅。经过祭厅，迎面矗立的是重檐飞角、画栋雕梁的大殿，在庄严、肃穆的氛围中，环顾四周楹联、匾额，其中有康熙撰的"江淮河汉思明德，精一危微见道心"和乾隆撰的"绩奠九州垂万世，统承二帝道三王"以及康熙引自舜对禹评价的御书"地平天成"。瞻仰大禹高达6米的立像，不禁想起他的"若不把洪水治平，我怎奈天下苍生"的伟大抱负和崇高誓言，更令人增添几分敬重之情。

禹庙中有两处独特的古迹：一是岣嵝碑；二是窆石。岣嵝碑又名禹王碑，据说此碑为大禹治水时所书刻，其实是谬传。碑上刻文与金文相仿，唐文学家韩愈的诗中描述碑字形状为"科斗拳身薤倒披，鸾飘凤泊拿虎螭"。

状如秤锤的窆石，引起历代考古学家的浓厚兴趣，石上也留下不少名人题咏和题名。一般认为此石是大禹下葬时用的工具，也有说法认为是下葬后的镇石，即陵墓位置的标志。鲁迅认为窆石乃为"碣"，是古代的一种刻石。

　　禹陵之南是大禹陵的另一重要组成部分禹祠，据史书记载由禹六世孙少康所立，历史上禹祠屡有兴废，现存禹祠为1983年重建。据说梁大同十一年（545）重建禹祠时，祠中还保存着禹剑，当时在修建禹祠时，采用了风雨中漂来的一株梅树作梁，称"梅梁"，梅梁常变蛟龙飞入鉴湖，后来被人们用铁缆锁住，由此产生了"梅梁"的传说。

　　公元前21世纪中叶，夏王启首创祭禹祀典，是中华民族国家祭典的雏形。从此，大禹像炎黄一样受到世代子孙的高度崇拜，祭祀仪式至今延绵不绝。

无余立国建越邑

于越先民自新石器时代开始一直在会稽这一地域繁衍生息，夏朝建立以后，越民与之联系紧密。古越文化对夏商周三代政治、军事、经济生活的各个领域影响深远。例如，禹铸九鼎，以象九州。相传夏禹铸九鼎，象征九州，三代时率为传国之宝。鼎源于东南地区新石器文化中的陶鼎，在余姚河姆渡文化遗址中多有发现。而在黄河流域的新石器文化遗址中，只见鬲而不见鼎。南方相反，见鼎而不见鬲。大禹铸九鼎，说明他深受古越文化的影响。

夏王朝建立时的一系列重大政治、宗教、军事活动几乎都在越地举行。如禹会诸侯于江南，禹祀会稽，禹斩防风，一直到禹死葬于会稽，说明夏王朝与会稽有千丝万缕的联系。夏王朝建立后，禹之六世孙少康封其庶子于越。从此以后，在《史记》《汉书》等重要史籍中，均称越为禹之苗裔，连越王勾践也自称"吾自禹之后"。

禹六世孙少康封庶子无余于越，越国之称始于此。无余，是越国的开国之祖，《史记·越王勾践世家》载："越王勾践，其先禹之苗裔。而夏后帝少康之庶子也，封于会稽，以奉守禹之祀。文身断发，披草莱而邑焉。后二十余世，至于允常。"

禹七世孙无余到会稽以后，建立了越国的都城。《越绝书》载，无余"都秦余杭南"。《水经注》载："山南有嶕岘，岘里有大城，越王无余之旧都也。"

《越绝书》中所说的"秦余杭"即指秦望山。秦望山位于绍兴古城南28公里处，是会稽山的别峰。

越国到春秋晚期越王允常时，拓土始大，称王兴霸。《越绝书·记地传》记载："越王夫镡以上至无余，久远，世不可纪也。夫镡子允常，允常子勾践，大霸称王。"

越国在允常时期，同时沦为楚、吴属国的地位开始发生了变化。允常是一个颇有抱负的君王，他为越国振兴采取了一系列的措施。

首先是采取与楚、徐结盟的策略，集中力量对付主要敌人吴国。春秋时期，南方以楚国势力最为强大，吴、越一度同为楚国附庸。后来，晋国为了遏制楚国的北进，派申公巫臣至吴，策动吴国叛楚。此时，吴国开始强大。寿梦即位后，改君为王，自称为王，力图摆脱楚国的控制。晋国联吴破楚的战略，完全为吴王寿梦所接受。大概在此之后，越国开始沦为吴国的附庸。楚国由于晋吴联盟，造成了两面作战的被动局面，经常疲于奔命。也企图联越以制吴，在吴国的后方造成威胁。

对于允常来说，他深知越国是小国，不可能同时面对楚、吴两国，他只能利用楚国和吴国之间的矛盾，采取与强楚结盟的策略，把女儿嫁给楚昭王为妃。同时，允常与吴国的另一邻国徐国结盟，并佐助徐国称王，从西北方构成对吴国的威胁。

对内，注重发展经济，开拓疆界。允常时期的越国经济重心由南部山区向北部河谷平原地区转移。允常为了发展经济，增强国力，开始把国都迁离山区，向河谷平原地区发展，迁都埤中。埤中，在诸暨北界。经考证其地当在诸暨盆地的阮市、店口一带。这里地势平坦，土地肥沃，交通便利，为越国经济特别是农业生产的发展创造了有利的条件。

　　由于允常时期经济的发展，国力逐渐强大，他开疆拓土，使越国的疆界向北拓展至今江苏昆山、上海嘉定一线，向西拓展至今江西余干一带。

　　阖闾即位以后，吴国对楚国展开了频繁的军事行动。楚国在楚昭王继位后，年年受到吴国的进攻，楚军被拖得兵疲将倦、困顿不堪，连续败北。

　　正当吴、楚两国争霸于淮汉流域的时候，越国在允常治理下开始兴起，国力渐盛。允常是一位颇有雄心的国君，他力图摆脱处于楚、吴双重附庸的地位。他洞察吴、楚之间的矛盾，利用楚国"联越制吴"的需要，成功地使越、楚之间由原来的附庸关系转变为战略伙伴关系。

卧薪尝胆霸春秋

勾践，春秋末期越国国君。与北邻吴国争雄，曾战败为奴，他韬光养晦，卧薪尝胆，念念不忘会稽之耻；他任用贤良，生聚教训，终于雪耻复国，成为"春秋五霸"之一。

公元前497年，越王允常卒，子勾践即位。勾践是一个大有作为的越君，他刚即位不久，勾践就打了一场漂亮的胜仗，即槜李之战，使勾践一举成名，同时，也为勾践此后的轻敌失败埋下祸根。

槜李之战。吴国对于越王允常的偷袭是耿耿于怀的，就在击溃楚国不久，对越国发动了大规模的进攻。

吴王阖闾为了报复越国9年前的偷袭，乘越王允常刚死，子勾践新立之机，亲率大军，从陆路伐越。当时，吴国兵强将勇，越国当然不是它的对手。可是，新即位的年轻的越王勾践闻讯，立即出兵抵御，两军相遇于槜李（今浙江桐乡濮院西）。当时勾践看到吴军军阵严整，他派出敢死队连续几次发动冲锋，均告失败，未能动摇吴军阵脚。后来，他派出军队中的罪人出阵，排成三行，全部把剑搁在脖子上，来到吴军阵前，对着吴军说："吴、越两国国君在此整军交战，我们都是触犯了军令的罪人，不敢逃避刑罚，却敢于死！"就全体在阵前刎颈自杀。这一惊人的举动，把吴军惊骇得目瞪口呆。就在这一瞬间，勾践命令越军发起冲锋，袭击吴阵，大败吴军。越军将领灵姑浮用戈砍击吴王阖闾，斩伤了阖闾的大脚趾，夺得了他的一只鞋子。阖闾败退到离槜李七里的陉地，因伤势过重而死亡。阖闾临死前，对儿子夫差说："你会忘记越王杀死你的父亲吗？"夫差答道："不敢忘！"

从此，吴、越的"世仇"结得更深了。

这次檇李之战，新登位的越王勾践在敌强我弱的形势下，不畏强敌，敢于统军御敌，已属不易；面对兵强将勇、阵势严整的吴军，又能出其不意设计攻破吴阵，击退吴军的进犯，造成吴军"死伤者不可称数"的惨重失败，并重创吴王阖闾，接着阖闾伤重而亡。勾践是锋芒初试，旗开得胜。檇李之战，在历史上产生了比较大的影响。

夫差即位以后，一方面扩充军队，日夜练兵，以加强军事力量；另一方面努力积蓄钱粮，充实府库，以加强经济实力。伍子胥又致力于动员民众的工作，据说也收到了极好的效果，全国上下，"师众同心"，吴国做好了发动攻打越国战争的一切准备。

会稽之耻。公元前494年，正当吴王夫差日夜加紧练兵，准备攻打越国的时候，年少气盛的越王勾践还陶醉在两年前的侥幸获胜之中，采取了先发制人的策略。他没有冷静地估计敌我双方力量的强弱，一心想拒敌于国门之外。这次战争虽是勾践首先发动的，但对于"常以报越为志"的夫差来说正中下怀，于是迅速调集全国十万大军前往抵御，两军大战于夫椒（今江苏省苏州市西南）。两国争强，一时未分胜负。后伍子胥变换战术，在夜间布置许多"诈兵"，分为两翼，点上火把，袭向越军，"勾践大恐"。吴军乘势发动总攻，大败越军。勾践只好收拾残军，仓皇南撤，吴军紧追不舍。

当时，吴军兵临城下，越国危在旦夕。但是，越王勾践已经没有力量组织都城保卫战了。他把剩下的5000名披甲带盾的士兵撤退到会稽山上。吴军乘势攻陷越都，接着又追逐越军到会稽山下，把勾践残军包围起来。

在国破军残、危在旦夕的紧急关头，越国谋臣文种和范蠡表现出政治家的气魄和胆识，提出存越议和。勾践见大势已去，接受了文种和范蠡的建议，派文种前往吴国求和，并表示愿意"勾践请为臣，妻为妾"。

和议使越国付出了惨重的代价，并被迫接受了极其苛刻的屈辱条件。勾践夫妻不得不带着范蠡来到吴国，伺候吴王，从事劳役。整整三年，但是越国毕竟得以保存了下来。

卧薪尝胆。公元前490年，勾践在吴为奴三年以后被赦归国。战争的惨败，三年事吴的奴仆生活，给越王勾践以严酷的教育；会稽之耻的切肤之痛，使越王勾践立志要报仇雪恨。《史记》·《越王勾践世家》记载："吴既赦越，越王勾践反国，乃苦身焦思，置胆于坐，坐卧即仰胆，饮食亦尝胆也。曰：'汝忘会稽之耻邪？'身自耕作，夫人自织，食不加肉，衣不重采，折节下贤人，厚遇宾客，振贫吊死，与百姓同其劳。"这就是"卧薪尝胆"成语的出典。

勾践矢志不忘会稽之耻，除了卧薪尝胆，还"苦身劳心，夜以继日。目卧则攻之以蓼，足寒则渍之以水。冬常抱冰，夏还握火。"疲倦困乏想要睡觉的时候，就用蓼草的苦汁来刺激眼睛，以打消睡意；脚冷了就干脆把它浸泡在冷水里，经受挨冻的痛楚；数九寒天常常抱着冰块，炎炎夏日还要握火热的东西。如此刻苦砥砺，磨炼报仇雪耻的意志。勾践还"昼书不倦，晦诵竟旦"，刻苦学习，总结经验教训，通宵达旦地读书写作。

为了防止产生好逸恶劳的思想，勾践还"身自耕作"，"与百姓同其劳"。他亲自到田间耕作，夫人亲自织布，与百姓一道艰苦劳动，以恢复和发展越国的经济。甚至"非其身之所种则不食，非其夫人之所织则不衣"。勾践通过这种身体力行、不怕艰苦、不怕劳累的精神，以激励人民艰苦奋斗，发愤图强。

勾践"卧薪尝胆"是对自己的要求，而"生聚教训"则是复国的切实措施。所谓"生聚教训"就是发展生产，增加人口，教育老百姓，立志报仇雪耻，训练士兵，准备复国之战。

灭吴之战。勾践的灭吴之战，谋划了22年，战争开始后，分为三个阶段，持续了六年，以弱胜强，是一个渐变的过程。

吴国在大败楚国和越国，并经过一段时间之后，认为后顾之忧已经解除，北上争霸的野心膨胀。

公元前482年，吴王夫差刚率全国精锐部队北上黄池会盟。数月之后，估计吴军已到黄池，越王勾践抓住战机，乘虚而入。"发习流二千人，教士四万人，君子六千人，诸御千人"，合计4.9万人，于六月十一日开始伐吴。当时兵分三路：东路军由勾践亲自率领，南路军由大夫畴无馀、讴阳率领，目标是袭击吴国国都姑苏城；另派大夫范蠡、舌庸"率师沿海溯淮以绝吴路"，目标是切断吴王归路，支持主力攻入吴都，完成战略配合任务。开战三天，吴军大败，吴太子友阵亡，越王勾践占领姑苏。

此时，吴王夫差打败齐国，正约晋、卫、鲁等国在黄池（今河南省封丘县西）会盟，当上了霸主。接到消息，他只好派伯嚭向越求和。勾践和范蠡认为吴国还有实力，一时消灭不了，答应讲和，退兵回国。

吴越议和以后，双方停战三年。吴国由于连年战争，生产遭到破坏，经济消耗很大，国内又发生灾荒，感到一时还不能对越国实行报复。所以，吴王夫差采取了"息民散兵"的休养生息政策，以图恢复国力，重振旗鼓；越国则采取了"我不可以怠"的积极备战政策，谋划寻求战机，一举灭吴。

到公元前473年，经过前后三年的围困，吴都早已粮尽援绝，吴军完全丧失了战斗力。《国语·越语》说"吴师自溃"，《吴越春秋·夫差内传》说"吴国困不战，士卒分散，城门不守"，吴军纷纷溃散，连城门都没有了守军。勾践把握战机，遂于同年十一月指挥越军对姑苏城发动总攻击，守城吴军一触即溃，几乎未经战斗，轻易进入吴都，很快占领了姑苏全城。夫差求降未成而自杀，吴国灭亡。

吴越之间大规模的战争，自公元前510年吴伐越开始，至公元前473年越灭吴，历经38年之久。双方经过长期较量，几经反复，允常的偷袭姑苏、勾践的槜李之战，越军取胜，已经居于同吴国抗衡的地位。但是，越王勾践因胜而骄，不待条件成熟，企图先发制人，拒敌于国门之外，结果夫椒之战大败，勾践只剩残兵5000人栖于会稽，越国几乎亡国。勾践从这一失败中清醒过来，在国破军残的不利形势下，发愤图强，卧薪尝胆，十年生聚，十年教训，用了两个十年时间，终于转弱为强，击溃并消灭了称霸诸侯的强大的吴国，取得最后的胜利，创造了我国战争史上弱国打败强国的一个范例。蒲松龄曾撰联："苦心人，天不负，卧薪尝胆，三千越甲可吞吴；有志者、事竟成,破釜沉舟,百二秦关终属楚。"

北上称霸。吴国灭亡后,勾践带着文种、范蠡等一大批将士与谋臣意气风发,登上了夫差的吴王宫,在文台上歌舞伴宴,接受楚、齐、宋等国的庆贺。越王勾践乘胜前进,率军渡过淮河,一路北上,会诸侯于徐州(今山东滕州南),确立霸主地位。《史记》·《越王勾践世家》记载:"勾践已平吴,乃以兵北渡淮,与齐晋诸侯会于徐州,致贡于周。周元王使人赐勾践胙,命为伯。勾践已去,渡淮南,以淮上地与楚,归吴所侵宋地于宋,与鲁泗东方百里。当是时,越兵横行于江、淮东,诸侯毕贺,号称霸王。"当时还保存着天下共主名义的周元王于是派人"赐勾践胙"(祭祀时供过的肉),"命为伯"(命为诸侯之长)。这样勾践就取得了合法的霸主地位。

立国树都建蠡城

绍兴在古代城市建设中，以其记载之完整、数据之可靠、规模之宏大、历史之悠久而闻名中外。公元前490年，越王勾践自吴获释归国后，采取了一系列的改革措施，以雪国耻、图霸业，其中重要的一条就是将国都"徙治山北"，在今绍兴市区利用地形先后建筑了勾践小城和大城，这就是越国作为政治、文化、经济和军事中心的都城，这座都城当时称为大越。都城内外还有许多宫殿、台榭、楼阁、亭苑等大型建筑。

公元前490年，勾践决定将国都"徙治山北"，范蠡说："今大王欲（立）国树都，并敌国之境，不处平易之都，据四达之地，将焉立霸王之业？"鉴于当时越国国力贫弱，形势危急，所以整个都城建筑计划分两步进行，首先是依据今府山（种山）的天然形势，建造城周仅三里多的小城。这是为了争取时间，建成一个可以固守的军事堡垒和政治中心。

勾践小城。勾践小城建在种山南麓，种山因山势自东北向西南延伸，平面呈圆弧状，峰峦逶迤起伏宛如卧龙，后改称卧龙山。这座小城为历代沿用，位置没有移动。隋朝修理小城，扩建的罗城（即大城）和小城相接在小城的西城墙与南城墙衔接的地方。宋代也只是在隋朝小城的基础上修筑，小城仍有五个城门。明清时期，以府山东南麓小城宫台旧址设为府治。由此可见，小城位置历经2500多年一直被历代沿用。

勾践小城形制是不规则的，文献记载为"一圆三方"，这里的

　　"一圆"指蜿蜒的府山山体,"三方"分别指东城墙、南城墙及西城墙一段。城墙的筑法,按《旧经》所记,"西、北两面皆因重山以为城"。小城的西城墙起于府山西南端,止于旱偏门;南城墙由旱偏门起,至凰仪桥(俗称黄泥桥);东城墙由凰仪桥附近起,经酒务桥、作揖坊、宣化坊,至府山东北端的宝珠桥;北面是以府山山体为城墙,府山平面呈半弧状,横卧于西北。因此,小城形制便成了"一圆三方"。

　　小城的城门,据《越绝书》记载:"勾践小城,山阴城也,陆门四,水门一。"据万历《绍兴府志》所附《旧子城图》,南城墙有两座城门:一为位置相当于今旱偏门的常禧门,一为今拜王桥附近的秦望门,均为陆门。东城墙也有两座城门:一座为位置相当于今酒务桥的酒务门,当时可能既有陆门,又有水门;另一座陆门为在镇东阁附近的镇东门。这样,合计有陆门4座、水门1座。城门个数和文献记载也是符合的。

　　小城的街道格局,据万历《绍兴府志》所附《旧子城图》估计呈"十"字形。南北方向一条,由府山南麓泰清里至拜王桥(今府直街)。东西方向一条,由凰仪桥至清凉桥。东西向与南北向街道交叉在五马坊口,呈"十"字形。小城内有一条贯穿东西的河道,这条河道在隋朝被称为子城玉带河,西起西城墙外的庞公池(今西园),东至今酒务桥北侧注入护城河。

　　历年来在绍兴府山附近出土过许多春秋战国时期的印纹陶、原始青瓷和泥质黑陶等。其中印纹陶器形多罐、坛之类盛贮器;原始青瓷多素面,也有波浪纹,少数为弦纹,器形以碗、杯、盅等生活用具为多数；泥质黑陶器形有罐、盆、豆等。所有这些都是典型的越国文化遗存，说明了城内的居住人口比较密集。

在小城内，据《越绝书》记载，建有"周六百二十步"的越王宫台，这是越国君臣谋划政事和军事的最高指挥中心。另据《吴越春秋》记载，小城西北今府山之巅建有"龙飞翼之楼，以象天门"，雍正《浙江通志》引沈立《越州图序》云："飞翼楼高一十五丈，范蠡所筑，以压强吴。"显然，建筑飞翼楼不仅仅是为了"以象天门"，实质上它是观察吴军动静的军事瞭望台。

勾践小城的核心是卧龙山，又称龙山，又因越国大夫文种葬于山上，另名种山。清康熙皇帝南巡时，驻跸于山，赐名"兴龙山"。但当地百姓习惯称之为府山，这是由于龙山也是历代府治所在。绍兴城不大，但却拥有三座鼎足而立、林木葱茏的历史名山：府山（卧龙山）、塔山和戢山，而府山是其中之首，不仅因它最高、最大，而且由于自春秋到现代两千多年来绚丽斑斓的古越历史文化，在这里沉积得最丰实和厚重，特别是悠悠二千五百年的越国遗迹弥足珍贵，是不可多得的历史遗产。

庄严、静穆地肃立在府山上的几处古越遗迹，包括越王台、越王殿、望海亭和文种墓。越王台、越王殿均非越国旧筑，都是在国难深重、国运危厄之际，为使人们记住越王勾践报仇雪耻精神，激励国人同仇敌忾，抵御外侮、收复失地而集资建造的。越王台是郡守汪纲于南宋嘉定十五年（1222）兴建，越王殿则是近在1938年抗日战争时期建成的。周恩来因抗战机缘于1939年3月回到故乡时，曾在越

王殿召集抗日救国座谈会，并做了长篇抗战演说。

望海亭建在府山最高峰，唐时在越国飞翼楼遗址上改建，古代由此可远眺大海。飞翼楼是越大夫范蠡所建，高十五丈，用以瞭望敌情。从飞翼楼到望海亭，在两千余年间屡圮屡建，亭名也多次更易，一直保留至今。

山阴大城。小城建成以后，以它为依托，勾践在小城东南兴建了一座比小城大十倍的山阴大城。因为系范蠡奉命所筑，由他规划、设计建成，故称"蠡城"。实际上是小城的郭城。《越绝书》记载："大城周二十里七十二步，不筑北面。""陆门三，水门三，决西北，亦有事。到始建国时，蠡城尽。"《吴越春秋》记载："外廓筑城而缺西北，示服事吴也。"古代文献上把大城的规模、城门的个数、为什么西北不筑城墙的原因，都说得一清二楚；并且指出，到汉代王莽时，大城城墙已毁。

关于山阴大城的范围，历代城墙修建有所变化，如《越绝书》记载大城周20里72步；隋代以大城为基础兴建的罗城，城周长45里。勾践构筑小城和大城，是利用山会平原上的9座孤丘（即阳堂山、火珠山、蛾眉山、白马山、彭山、黄琢山、种山、怪山、戢山）建立起来的，所以我们首先应该找到9座山的确切位置。虽然阳堂、火珠、蛾眉、白马、彭山、黄琢诸山均已泯灭，然而种山、怪山、戢山犹存，三山鼎峙，屹立城中，成为绍兴古城2500年来绝对稳定的地理坐标。当然，其他六山也还是能够找到确切的位置的。

山阴大城的建筑，显示了当时人们驾驭和利用水资源的能力。

在城墙建置上，充分考虑了河道流向，进行了正确的规划设计。中国古代的城市叫城池，"城"指城墙，"池"指的是护城的壕沟即护城河。在城墙的四周，由人工挖筑壕沟，再引水注入，形成保护城墙的一道屏障，叫护城河。一般情况下，护城河里必须保持一定的水位，除了军事需要外，还有供水、消防上的考虑。对于一座城市而言，护城河的意义非同一般。春秋时，会稽山北麓有许多溪水向北冲激而下，今天的坡塘江和平水江是其中较大的两支。坡塘江北流，到今城南处忽流向西北，今称风则江；平水江流到今稽山门处，稍东折后仍向北流。两江最后都向北汇入沼泽，注入后海。大城东、西两城墙主要就是依此两江而筑，并利用了天然江道作为其大城护城河。西城墙不与小城西城墙相接，而是东移至今拜王桥附近，沿江空出一片土地（今鉴湖新村、严家潭、绍兴文理学院河东校区），这是为削弱洪峰的正面冲击而设置的，把这一带辟为滞洪区，减少洪水对城墙的威胁。后来的大城南护城河必定是沟通两江后而形成。以天然河道作为护城河，这既增强了城郭的军事防御力，也节省了大量人力物力。

在大城"缺西北"问题上，也足以窥见当时人们驾驭水资源的能力。大城西北是指蕺山—府山一线，这一线河道众多，纵横交汇，包括现存的环山河、西小路河、上大路河、萧山街河、蕺山河以及可以恢复出来的水澄河、新河等。密集交叉的河道本身就是一道天然的城防。尤其是上大路河—萧山街河、新河、水澄河呈"三"字形层次排开，宛然是三道天然的防御工事。再考今上大路河—萧山街河以北蕺山以西地域，地势明显低于上大路河—萧山街河一线南岸，这一地域在春秋时代当为一片沼泽，石家池应是这一片沼泽的遗存。所以，大城所缺"西北"之地，其实是一片沼泽广布、河道纵横之地。天然的河湖沼泽水环境完全能够替代城墙，达到御敌的目的。同时，考之蕺山—府山一线，我们发现九山中有六山位于这一地域附近，东有蕺山、白马山、彭山，西有府山、火珠山、蛾眉山，完全可以藏军于这些孤丘后面，突发奇兵，对来犯之敌形成围剿之势。从军事御敌的角度分析，我们不得不折服于当时人们"因天材，就地利"，驾驭水资源的能力。

鉴湖风起波万顷

鉴湖又名庆湖、镜湖、贺监湖、照湖、南湖、长湖、大湖等，汉永和五年（140），会稽太守马臻主持兴修。马臻到任之初，即详考农田水利，发动民众，创建三百里镜湖。上蓄洪水，下拒咸潮，旱则泄湖溉田，使山会平原9000余顷良田得以旱涝保收。但因创湖之始，多淹冢宅，为豪强所诬，马臻被刑。越人思其功，将其遗骸由洛阳迁回山阴，安葬于镜湖，并立庙纪念。

鉴湖不仅是绍兴最早和最大的水利工程，也是我国东南地区最古老的著名水利工程之一。鉴湖工程的主要部分是围堤，湖堤以会稽郡城为中心，以今稽山桥为分界线，分为东西两段，称为东湖、西湖。曾巩《越州鉴湖图序》载：东段自五云至曹娥江，长72里；西段自常禧门至钱清江，长55里，全长127里。当然，湖堤未必都在永和年代修筑，永和以前零星修筑的堤塘必然不少。据《越绝书》卷八《记地传》载："山阴故陆道，出东郭，随直渎阳春亭；山阴故水道，出东郭，从郡阳春亭。去县五十里。"这古道、古塘，马臻是一定加以充分利用的，当然根据新塘要求进行培修，是十分可能的。堤塘围成以后，从会稽山地流出的30多条溪流（人称三十六源之水），都因湖堤的拦截，在湖堤

以南地区泛滥漫溢。于是,湖堤与稽北丘陵之间,从山麓冲积扇以下,包括所有平原、洼地、河漫滩等,都积水而成一片泽国,这样就形成了永和年代的鉴湖。当时的鉴湖,东邻曹娥江(蒿北斗门),向西经过郡城以南,然后折回西北而止于钱清江附近(广陵斗门)。湖的南界是稽北丘陵的山麓线,北界是湖堤,全湖呈狭长形,周围长度约为179公里,总面积包括湖中洲岛在内约为206平方公里。由于东部地形略高于西部,全湖实际上又分成两部分:以郡城东南从稽山门到禹陵长6里的驿路作为分湖堤,东部称为东湖,即东鉴湖,面积约107平方公里;西部称为西湖,即西鉴湖,面积约99平方公里。东湖与西湖的水位差0.5米到1米,东鉴湖高,西鉴湖低。这是鉴湖的大致轮廓。现在,东鉴湖已失本来面目,西鉴湖尚存。

当然,湖堤围成之后,堤内也并不全是浩渺一片。原来的平原、洼地、湖泊、河道、港汊等地区,都是较深的积水区。但这个地区,三五相连的低矮冈阜和零星孤丘为数不少,所以,即使在湖泊整个形成之后,湖内仍有许多浅滩,在枯水季节可以局部涸出。此外,湖内还分布着许多洲岛(据统计有115个),较著名的有三山、姚屿、道士庄、干山等,著名的古迹兰亭,一度也在鉴湖之中。这些洲岛周围和其他湖底浅处,仍可常时或间时进行耕种。

鉴湖工程的另一重要组成部分,是涵闸排灌设备。涵闸系统包括斗门、闸、堰、阴沟四种。斗门属于大型水闸一类,主要设置于鉴湖与潮汐河流直接沟通之处,既用于排洪,也用于拒咸。闸和堰的作用,一方面是排洪,另一方面是供给内河以灌溉田地,并保证内河通行舟楫的必要水位。直到今天,这些涵闸的所在地都还可以得到查考,并沿用为地名。

鉴湖的水利工程技术处于当时我国水利的领先地位,拥有蓄泄水利配套工程设施门类之多,堪称世界之最,以木桩及沉排技术处理工程基础亦属先进,用测水牌量测控制水位,加强科学调蓄为一流管理水平,为后世水利管理提供了借鉴。

鉴湖是古代有名的水利工程,由于湖水面高出堤北农田丈余,而农田又高出杭州湾海面丈余,于是形成了自流灌溉的形势。马臻还创造性地设置了斗门、闸、堰、阴沟四种排灌设施,以挡潮和控制北部平原河网水位及计量水位,这使得鉴湖发挥出了既能灌溉,又能排水的效益,奠定了会稽北部平原大规模开发经营的基础。至宋朝,绍兴已是“会土带海傍湖,良畴亦数十万顷,膏腴上地,亩直一金,鄠、杜之间,不能比也”。

对其重大作用,各代均有评述。宋代王十朋的评说最为精当。他说:“杭之有西湖,犹人之有眉目;越之有鉴湖,犹人之有肠胃。”马臻是含冤而死的,老百姓却十分拥戴他,把他的遗体安葬在鉴湖之畔。唐开元年间(713—741),人们建庙祭祀。宋嘉祐四年(1059)敕封利济王,重建坟墓、墓道和牌坊。王十朋作诗称道:“会稽疏凿知东都,太守功从禹无后。能使越人怀旧德,至今庙食贺家湖。”清嘉庆年间,墓地上建起石坊,坊柱上镌刻楹联:“作牧会稽,八百里堰曲陂深,永固鉴湖保障;奠灵窀穸,十万家春祈秋报,长留汉代衣冠。”

浙东运河通江海

贺循(260—319),字彦先,吴(三国)、西晋时期会稽山阴人。其先祖庆普,为《礼》学世家,传《庆氏学》。高祖庆纯,汉安帝侍中,避安帝父讳,改为贺氏。曾祖贺齐,吴国名将。祖贺景,校尉。父贺邵,中书令,因直谏为孙皓所杀,徙家属边郡。贺循少时流放海隅,吴国被西晋攻灭后,才得以回归山阴故地。西晋初年,贺循被举为秀才,历任阳羡、武康县令。任上,境内大治,民望很高。晋惠帝时,出任会稽内史。后任军谘祭酒、中书令、散骑常侍等职。东晋初年,朝廷每遇疑难之事,多问政于贺循,贺循则依经礼解答,被奉为"当世儒宗",后加太子太傅衔。及贺循年老,病重时"元帝亲临,执手流涕。太子亲临再三,往还皆拜"。贺循病故后,"帝素服举哀,哭之甚恸。赠司空,谥曰'穆'。"

在任会稽内史时,贺循做了一件功在当世、泽被千秋的大好事,那就是组织民力疏凿西兴运河。

贺循世居山阴,熟悉故地地理。自马臻筑建鉴湖后,山会平原基本水旱无虞,人民安居乐业,生产得到了较好的发展,水上运输亦日见发达。但是,山会平原水道多为南北流向,东西不得贯通。贺循决定疏凿一条东西走向的水道,以方便山会平原水路交通,促进物流和经济发展。

永嘉元年(307),一条东起山阴郡城,经柯桥、钱清,西至钱塘江边西陵(今萧山西兴)的西陵运河全线疏凿开通。运河全长46公里,其中山阴段25公里,永兴(今萧山)段21公里。西兴运河的疏凿,不仅能有效地调节山会平原的水位,更好地保证农田灌溉,进一步改善水环境,提高鉴湖的水利功能,而且使山会平原最终形成了纵横交织的水网,大大方便了水上交通。西兴运河在给人以灌溉、舟楫、养殖、渔业之利的同时,也为整个浙东的交通、物流、军事提供了便利。贺循开通西兴运河的历史功绩也永著史册。

会稽天下本无俦

　　杨素（544—606），字处道，弘农华阴（今陕西华阴）人，隋朝名臣、诗人、军事家。隋文帝杨坚建立隋朝后，杨素被加封为上柱国、越国公。隋开皇四年（584），杨素官拜御史大夫。

　　隋开皇十一年（591），杨素在旧城的基础上策划构筑罗城时，就是因为受到江南反隋起事的影响，为了加强城郭的防守功能，于是在平定高智慧之乱后，在原城墙外加建凸形的小城圈，并在加固子城后，对会稽城进行了重建。

　　这是一次先修后建的工程。筑城之时，先修筑城垣，规模由小变大。首先在卧龙山下建筑子城。子城是越州城的内城，又称牙城或小城。隋代越州子城设陆门4处，水门1处。西、北两面都以卧龙山为城，不设壕堑，东、南两面设有城垣。城垣修成后，东西高2丈2尺，厚4丈1尺；南高2丈5尺，厚3丈9尺；周围长达十里。但由于西、北两面以山为城垣，因此城垣的实际长度只有五里许。从子城的位置看，大体上只是把越国的勾践小城稍加扩充而已。其次是构筑罗城。罗城是越州城的外城，又称大城。隋代越州罗城是在越国大城的基础上扩建的，当子城修筑完成后，才开始兴建罗城。杨素是隋开皇十年（590）进会稽的，治越期间他便着手增修子城了，但当构筑罗城时，事实上杨素已不在会稽，工程由吴州总管杨异和代州总管宇文弼先后主持。然因始于杨素，故有此说。至隋大业元年（605），工程全部完成，所筑罗城"周二十四里步二百五十"，城门9个，其中水门6个，从而使会稽城有所扩大和更加坚固。罗城是子城的屏障，供军事守备之用，因此它有很重要的军事意义。罗城的构筑，也是越国筑城以来第一次有明确记载的城垣修建。此后，罗城除"宣和初，梁忠显治城，御方（腊）寇，尝缩其西南隅"及元至正十三年（1353）扩"一乡入城"外，历宋、元、明、清，基本上没有大的改变。直至民国十一年（1922），才开始部分拆除城墙，民国二十七年（1938）冬至次年春，因抗日战争，城墙才全部拆除，实测原长11720米。现环城东、南、西、北路，大致为原城墙基底。所以，罗城在绍兴城建史上具有十分重大的意义。

除了军事防御功能外，罗城在建筑设计指导思想上还具有泄洪、供水、水运和方便城内居民生活等方面的作用，因此，罗城在城市建设上充分体现了水城的特色。由于会稽郡城紧靠鉴湖，所以处理好两者的关系成了罗城构筑的关键。为此，在罗城设立的6座水门中，有4座水门是对应鉴湖堤坝上的4座埭堰：东为都赐门，对应都赐埭；东南有东郭门，对应东郭埭；正南殖利门，对应南埭；西南西偏门，对应陶家埭。埭堰，既解决水城与鉴湖的水上交通联系，又加固了鉴湖，不使其危及郡城安全，还可为城内河道提供水源。另外，西北有迎恩门（俗称西郭门），亦为水门，连接西陵运河与水城，既可使船入城，又可横贯城内经都赐埭东去浙东。北有三江门，为城内排水通道，排水入海。这样看来，罗城的建筑设计已相当成熟，达到了便捷、安全、洁净的目的，为现今绍兴城具有"东方威尼斯"之美誉奠定了基础。

南宋安基绍兴府

绍兴之名,始于1131年,是由南宋的第一位皇帝宋高宗赵构赐予的。这里不妨就此作些具体的介绍。宋钦宗靖康二年(1127),赵构于应天府(今河南商丘)即位后,在金兵的追击下,辗转各地,同年十一月南下暂住扬州。宋高宗建炎三年(1129),金军逼近扬州,宋高宗仓促渡江,经建康(今江苏南京)、杭州,于十月抵达越州。宋人王明清在其《挥尘第三录》中记载,十月"十三日,行在越州,入居府廨,百司分寓"。这是宋高宗第一次到越州。

建炎三年(1129)十二月初五,由于金兵穷追不舍,宋高宗继续东行,由越州至明州(今浙江宁波),又由明州登船入海,流转于温州、台州海上,直至金兵退去,于建炎四年(1130)三月在温州登岸

返回。建炎四年（1130）四月十六日，宋高宗自明州次余姚，因海舟大不能进，易小舟北返越州，驻跸州治。这是宋高宗第二次到越州。

根据南宋徐梦莘《三朝北盟会编》的记载，建炎五年（1131）正月初一，宋高宗在越州大赦、改元，敕曰："绍奕世之宏休，兴百年之丕绪。爰因正岁，肇易嘉名，发涣号于治朝，霈鸿恩于寰宇，其建炎五年，可改为绍兴元年。"绍兴元年，即公元1131年。另据《宋史》高宗本纪及陆游为嘉泰《会稽志》撰写的序言等记载，同年十月十一日，宋高宗仿效唐德宗兴元元年（784）巡幸梁州，改梁州为兴元府故事，升越州为绍兴府，并赐额"大都督绍兴府"。绍兴之名由此而始。绍兴二年（1132）正月初十，宋高宗君臣一行从绍兴出发，经钱清、萧山抵临安。自建炎四年（1130）四月十六日至此，宋高宗驻跸越州一年零八个月。而如果从建炎三年（1129）十月算起至此，则宋高宗驻跸越州的时间，长达两年零两个月之久。不管是一年零八个月还是两年零两个月，绍兴都是仅次于临安府的南宋作为"行在"时间最长的地方。

浙东首府大宋城

　　汪纲,字仲举,南宋安徽黟县人。宋宁宗嘉定十四年(1221),出任绍兴知府。汪纲既是绍兴知府,又是两浙东路提点刑狱公事。他掌一府之政,勤施政,办实事。在大事决策中,善于听取下属的合理意见。他致力于发展地方经济,造福一方百姓,尤其是在绍兴城市建设的发展史上留下了浓墨重彩、辉煌灿烂的一页。

　　南宋偏安江南多时,在此期间,北方人口大量南移,给南宋带来了充足的劳动力,先进的技术和丰富的生产经验,推动了南方社会经济的发展。绍兴作为浙东中心城市,又是南宋的陪都,更有着特殊的地位。南宋嘉定年间,虽然没有爆发宋金之间大规模战争,但金人的威胁依然存在。随着绍兴政治、经济地位的提高,汪纲以敏锐的眼光察觉到扩建府城及重修各城门的重要性。从嘉定十六年(1223)始,汪纲大修城池,疏浚河道,修筑道路桥梁,其规模之大,范围之广,史无前例。

　　嘉定十六年(1223),汪纲乃按隋代罗城规格,重加缮治并修诸门,史称"宋城","城周长二十四里,设城门九。城之东,曰五云门,即古雷门,晋王献之所居,有五色祥云见,故取以名门;有水门曰都泗,旧都赐;东南,曰稽山门;水门曰东郭;西曰迎恩门,唐昭宗命钱镠讨董昌,镠以兵三万屯迎恩门,则迎恩门之名其来久矣;西南曰常禧门,又谓之偏门;南曰植利门;北曰三江门。"(宝庆《会稽志》)在修缮城墙并诸门的同时,以至堰埭亦皆修筑。汪纲在重修罗城的同时,对子城亦一并修之,对缺损破坏的谯楼及镇东军门、秦望门等建筑均作修缮装饰，遂为一郡壮观。城墙、城门和护城河的修建，既增强了城市的防御功能，又有利于水上运输和排水抗洪作用的发挥。

南宋时，绍兴府城内已基本形成了完善的河网水系格局，城市的运输功能主要依赖水路。凡有河道的地方，所有的物资运输以至人员出行往来都用船运。当时府城的常住人口已超过10万，从人员出入及物资运输方便考虑，民居、商铺、酒楼甚至工场等建筑皆多依河或沿街而建。日积月累，河床的淤泥逐步抬高，船只经常搁浅，河磡亦岁久皆坏。汪纲遂重砌了河磡，对城内的河道作了疏浚，使大小支流纵横交叉，皆可互通舟楫。河道的畅通，带来了水上交通的便利，府城内樯橹相接，船舶如梭，水上运输重现繁忙景象。

随着绍兴城市经济的发展和商贸业的兴盛，城市道路日显拥挤。府城内的道路已久不修治，且多为泥土路面，一遇下雨天，路上的泥淖几乎没膝，行人苦不堪言。泥泞的路面不仅影响路人通行，也有损城市市容，于是汪纲着手修建城内道路和城市对外主要通道，采用石块铺筑路面，始于府桥至轩亭及南、北两市，由府前至镇夷军门，贤良坊至府桥，水澄坊至鲤鱼桥，沿河夹岸迤逦增筑，暨大小路、迎恩门外至虹桥、牵汇，坦夷如砥。使府城内的道路有了"天下绍兴路"的美誉。嘉定十七年（1224），汪纲又对城内向外的道路作了修建。斜桥坊路是府城通往台州、宁波等地的交通要道，每逢下雨天，路面泥泞难行，汪纲命伐石瓮砌，使二州往来者甚便。

由于众多的道路都是由桥梁接续延伸，桥梁为行人及货物的运输在跨越河道时提供了最为安全的通行条件。因此，南宋时绍兴桥梁的数量十分惊人，至宋嘉泰元年(1201)，府城内已有府桥、纺车桥、斜桥、五接桥、小江桥、落碧桥、八字桥、广宁桥、大庆桥等99座桥梁的记载，无名小桥则不计其数。在这些桥梁中，有很大一部分是南宋时建造的，而且有些桥梁的技术水平已达到了相当先进的高度。如建于宋嘉泰元年之前，位于府城东南的八字桥系梁式石桥，筑于三河汇合处，兼跨三河，与三条道路相衔接。八字桥设计科学，布局合理，巧妙地解决了三街三河复杂的交通问题，堪称中国古代石桥的精品杰作。

在唐代以前，"越城之中多古坊曲"，居民的住宅区和商业区分设，"坊"内住有居民，"坊"之四周筑有围墙，坊内有一条或两条大路通往坊外，是"坊"的主干道，又有若干小路交叉，称为"曲"。作为商业区的"市"则设在"坊"的外围，在市中设"肆"。到唐代末期，随着城市发展和商业经济的活跃繁荣，这种传统的坊市制已有所改观，居民区的坊墙亦渐被拆毁。至北宋大中祥符时，绍兴府城内已有新的坊巷聚居制的记载，城内共设32坊。而"坊"的功能则从居民区演变为行政区划，其间包含一定的商业网点。从绍兴初年始，绍兴城市发展很快，到绍兴二十七年(1157)，城内俨然一派繁华景象。南宋状元王十朋在出任越州佥判时，从卧龙山顶俯瞰这座城市，写下了描述绍兴城市的美文佳句："周览城门，鳞鳞万户。龙吐戒珠，龟伏东武。三峰鼎峙，列障屏布，草木芃葱，烟霏雾吐。栋宇峥嵘，舟车傍午。壮百雉之巍桓,镇六州而开府。"到宋嘉定十七年(1224),经过三年多时间的科学合理规划和大规模城市建设,府城内已形成了"一河一街""一河两街"和"有河无街"的水城格局,纵横交错的河道与街道,把府城分割成许多坊巷。于是汪纲把府城内的建置扩大到5厢96坊,"厢"就是由一定范围内的坊巷、街道、商店和市场所构成的。这个规模为大中祥符年代的三倍。其时,绍兴除临安府外,为其他城市所不及。

厢坊制的建立,彻底打破了官民分居、坊市分离的格局,官府衙门、贵戚府第与一般市民住宅互相杂处,商业和其他经济活动散布于城市各处。

与此同时,城市工商业形态也在发生变化。就商业而言,早期城市最为活跃的是消费性商业,外来商品经由市场为城市居民所消费。两宋时,随着城市人口的增加和居民生活水平的提高,消费商业更显发达。不过,更值得注意的是流通性商业和服务业的兴盛,并在很大程度上改变了城市商业的结构和活动方式。与消费性商业主要局限于由农村到城市的单向商品流通形式不同,流通性商业更多的是地区之间的商品流通,城市充当了一定地域范围内流通中心的角色,从而有力地推动了商品生产和市场的专业分工,不同形式的批发市场在各级城市的兴起,便是这方面的突出表现。服务业原本只是商业活动的一种补充形式,但到宋代,包括餐饮、旅店、租赁、修补等诸多服务行业日益成为不少城市商业体系的重要组成部分。

绍兴府治，背枕卧龙山。唐代时州宅内亭台楼榭，胜迹非凡，犹如仙境。唐乾宁二年(895)，董昌在越州称帝，自封罗平国王，举起反旗，以州治厅堂作为宫殿。钱镠奉昭宗之命平董昌之乱后，厌恶董昌宫殿伪迹，将其毁后又重新建立。南宋高宗赵构于建炎初驻跸越州，以州治为行宫，将州治中之设厅改作明堂，行祭天祭祖大礼。宋高宗迁都临安后，行宫复作州治。至宋嘉定十五年(1222)，州宅已破败不堪。汪纲自谯楼以至设厅、由廊庑吏舍内自寝堂、燕坐庖湢之所，悉治新之。工程自嘉定十五年春开工至十六年冬落成。重修了多稼亭、观风堂、清旷轩、真武堂、贤牧堂、常衙厅、秦望阁、棣萼堂、清思堂、青隐轩、延桂阁、招山阁等建筑，同时又创建了多处建筑而成为卧龙山之胜景。如摘唐代元稹"州城迥绕拂云堆"和"四面常时对屏障"之诗句，分别创建了名为"拂云""四面屏障"等建筑；摘宋代张伯玉"疏竹间花阴，了无尘土侵""燕寝长居紫府春"及"州宅近云根"之诗句，分别在清思堂之北和州宅后创建了名为"无尘""燕春""云根"等建筑，还创建了镇越堂、月台、云壑等建筑。

此外，汪纲一并对府治官廨作了修建。重修了提刑司、提举司、安抚司签厅、通判厅、签厅，使这些建筑"稍称大府之体"。

由于南宋王朝偏安江南，北方大片领土陷入金人之手，许多爱国之士和将领日夜思念收复失土。为激励人们继承和弘扬越王勾践卧薪尝胆、发愤图强的精神，汪纲在近民亭遗址上建造了越王台。越王台高十丈，气象开豁，目及千里，为一郡登临之胜。在越王台左侧筑了三大亭，各篆字刻之。

　　望海亭是越城古景。该亭初为越国大夫范蠡所筑，名为飞翼楼。登楼眺望，可观察吴国入越动静。唐时在飞翼楼址上筑亭，因登亭可望后海，故称望海亭。到南宋嘉定年间，亭已破败不堪，嘉定十五年(1222)，汪纲又重修望海亭。

　　蓬莱阁在设厅后，卧龙之下，始建于五代十国时期，由吴越国王钱镠所建。其名源于唐代诗人元稹的诗作。蓬莱阁建成后，成了郡城中的标志性建筑，巍巍壮观，非同凡响。南宋状元王十朋所作《蓬莱阁赋》中云："越中自古号嘉山水，而蓬莱阁实为之冠。"历代均十分重视对蓬莱阁的保护和维修。嘉定十五年(1222)，蓬莱阁其坏尤

甚,旧景不再,汪纲遂作了重修,使其重现阁之风采。

西园,在卧龙山之西。"府治,据卧龙形胜处,龙之口,府东门也,龙之尾,西园也"。自吴越时此处已为游观之地。随着钱氏王室举家北徙,此园遂废不葺治。北宋景祐三年(1036),蒋堂出知越州不久,即复其旧观。后园内亭宇多坏,嘉定十六年(1223),汪纲对园内景观作了增葺,又创"憩棠"一亭,颇为华丽。

除了对府山一带的景观进行改造外,汪纲还十分重视教育,绍兴历有重学传统,南宋时学风尤盛,"南渡以后,弦诵之声,比屋相闻"。嘉定十六年,汪纲在对学校巡视后,认为建筑简陋破损,遂对学校作了修缮并又作增建。嘉定十五年(1222),岁逢大比,汪纲整葺贡院且增屋30间,将贡院庭中之泥地全部改建成石砌之地,院前待试地亦填石。

遗泽千年应宿闸

应宿闸是明代绍兴最著名的水利设施,由明代知府汤绍恩建造。汤绍恩,字汝承,号笃斋,四川安岳人。明嘉靖五年(1526)进士,古代著名水利专家。

明嘉靖十四年(1535),汤绍恩出任绍兴知府。汤绍恩性情宽厚,有长者之风,日常生活中,他里面穿"疏布(粗布衣服)",外面穿父亲遗留给他的旧袍。

在为政上,汤绍恩有很好的大局意识,不钻牛角尖,也不以自己清廉而到处炫耀。汤绍恩做人低调,做事高调,他"修学宫、设社学、缓刑罚、恤贫弱、旌节孝、济灾荒",一个关注民生、为民办实事的官员形象跃然纸上。

但以上这些,都不是汤绍恩被绍兴人记住的原因。他留给绍兴最大的财富是修建了著名的三江闸水利工程。

史籍记载,当时,会稽、山阴、萧山三县内河之水,均汇于三江口入海。然而,三江口潮汐汹涌,经年累月,泥沙堆积如山丘。每遇雨季,三县内河外泄之水,遭遇三江口沙丘堵塞,无法迅速外排,常常导致内涝,良田淹没,人民财产损失惨重。涝时,为尽快泄洪,官府只得要求挖开海塘堤坝。这样能暂时解决问题,但新的问题也随之而来,如果不能及时修复堤坝,到了用水季节,江河里没有水,农作物就要遭受干旱。所以,每年秋冬时节就要修筑堤坝,老百姓苦不堪言。

明嘉靖十五年(1536)七月,汤绍恩组织相关人员查阅水利资料,带人勘查各条水道。一天,汤绍恩等人来到三江口,见江岸的彩凤山与龙背山对峙，江边有石头延伸向江心，另一边也有石头突出，顿时眼睛一亮。汤绍恩把地势图画下来，带回府衙，召集众人开会，非常肯定地说："两山对峙，这个地势表明，山下一定有基石，正好在这里修建水闸。他又带着众人来到现场，找来熟悉水性的人下江去勘探，果然发现江底"有石如甬道，横亘数十丈"，是一个天然修建水闸的好地方，大家都同意在此修建水闸。

明嘉靖十五年（1536）七月，工程开工了。但在修建中，又闹出了很多事情。修建水闸第一步是截流，而截流需要大量石头。汤绍恩叫石工们在洋山上采集巨石运到江里，又把装满碎石的笼子沉入水中，填补缝隙。一点一点地，终于截流了。

汤绍恩为了修水闸，身先士卒，呕心沥血，不遗余力，甚至到了"乍闻树叶声，疑风雨骤至，即呕血"的地步。

由此，也衍生出了一些传说故事。建闸初期，由于沙松土软，施工打桩时，几米的松树桩都没了，海床好像是个无底洞。

汤绍恩心里着急啊，跑到马臻庙去谒拜。马臻是东汉时的会稽郡太守，修建了800里的鉴湖，使得山会平原的良田得以旱涝保收。但因鉴湖淹没了一些豪强的田地，他们诬陷马臻，马臻被处死。当地人把他的遗骸迁回山阴，安葬在鉴湖，修了马臻庙。汤绍恩希望马臻显灵给他想想办法。说来也怪，汤绍恩晚上做梦，果然梦到马臻对他说："后迹追前迹，百世瞻功烈。若要此闸成，除非木龙血。"

木龙血？什么意思？汤绍恩把梦告诉大家，大家都不得其解。恰好，汤绍恩手下有个叫莫龙的人闻讯后赶来说，马臻托梦说的木龙血,莫非是要他的血,他愿意献出自己的热血。于是莫龙割破手臂,把血涂在木桩上。然后把木桩打下去,但还是没成功。莫龙急了,想刎颈献血,但被汤绍恩竭力劝阻,莫龙乘人不备,用拳头猛打胸膛,吐出大量鲜血,喷洒在木桩上及施工现场。莫龙的悲壮之举,感天动地,此后打下的木桩终于立稳了,施工得以顺利进行。

三江闸工程由汤绍恩亲自主持,历时6个月竣工。三江闸全长310尺,闸身全部用附近彩凤山、龙背山巨石垒成,每块重千斤以上。石与石牝牡相衔,胶以灰秫,灌以生铁,衔接得十分牢固。闸留28孔以应上天28星宿(故又名"三江应宿闸")。并刻《水则》于柱石,以方便水位观测与调度。

明嘉靖十六年(1537)三月,汤绍恩又在三江闸外加筑大堤。此后,又相继兴建平水泾溇闸、撞塘闸诸闸。

三江闸等工程竣工以后,一度肆虐为患的钱清江从此被纳入到山会平原河湖系统之中,成为一条内河。钱清江以北的萧山平原诸内河,也被纳入此系统之中。萧绍平原最终形成能外扼潮汐、内主泄蓄、河湖密布、土地平整、灌溉方便、旱涝不虞的三江水系。自北宋末年鉴湖湮废致使洪涝灾害连年发生以来,山阴、会稽的水利面貌又一次得到了根本改变,水患不断的山会平原,再一次被改造成为富庶的江南鱼米之乡。史籍称绍兴从此再"无干旱水溢之虞",并为发展农业、渔业、养殖业、航运业等创造了极大的便利。

　　明嘉靖十七年(1538),汤绍恩又把鉴湖水系与三江水系连接起来。山阴、会稽、萧山三县水利面貌得到进一步改善,绍萧平原的土地尽成膏腴,富甲天下。

　　汤绍恩后来官至山东右布政使,退休后回家,明万历二十二年(1595),97岁的汤绍恩去世,葬在故居汤家湾山麓下。

　　汤绍恩主持兴建的三江闸,使江海两分,系古代治水"节江制海"实践的巨大成功,创造了中国古代水利奇迹。闸为砌石重力,强调了闸体砌筑和开闭的科学性,挑战了前贤的传统水利工程技术,是我国唯一以星宿名称建筑的大型挡潮排水闸,也是"现存我国古代最大的水闸工程"暨世界上最早的水利工程之一,又是创造性的水利科技杰作,即通过特殊水文设施—"五行"水则碑—来实现定量调度水资源,代表了"我国传统水利工程建筑科技和管理的最高水平",领先世界300多年,在中国水利史乃至世界水利史上有着重大影响。该闸以"二十八顺天应宿"及调度水的"五行"水则碑为创意,不仅是中国古代水利工程的独创,而且完全符合世界文化遗产项目申报关于"代表一种独特的艺术成就、一种创造性的天才杰作"的标准。

　　后人把汤绍恩建三江闸与大禹治水、李冰治都江堰等水利工程相提并论,他成为中国古代治水杰出人物,有"浙江李冰""绍兴恩公"之誉。

　　除兴建三江闸，汤绍恩还主持了海塘修筑、新塘开掘、鉴湖改造、绩堰恢复、纤道维建、航道疏通等水利工程，首次完整地实现了绍兴古代水利工程"拒潮、抗旱、排涝、灌溉、供淡、交通"六位一体的价值体系，造福绍兴约450年，与绍兴目前拥有的关于水和水城文化的种种殊荣息息相关。就绍兴数千年的水利史而言，汤绍恩既是大禹治水精神最具代表性的传承者，又是继大禹之后古代治水建立功勋的集大成者，享有"公缵禹功""功全禹迹""禹稷同功""缵禹之绪""智侔神禹""洞开缵禹绪""功垂禹绩侔""一方之神禹"等盛誉。

明徐渭曾撰祠联云:"凿山振河海,千年遗泽在三江,缵禹之绪;炼石补星辰,两月新功当万历,于汤有功。"

清康熙四十一年(1702),康熙帝亲临绍兴视察后,敕赐汤绍恩为灵济侯,御笔为汤公祠题写匾额"钦定灵济"。清雍正三年(1725),又敕封汤绍恩为宁江伯。

21世纪初,绍兴建了曹娥江口门大闸,汤绍恩的应宿闸至此完成了历史使命。应宿闸自明中叶到21世纪初曹娥江口门大闸的启用,一直都是绍兴的最重要水利工程。

绍兴光复慰英灵

武昌起义爆发后，1911年10月26日，上海同盟会中部总会研究了江浙沪的革命问题，经过多次会议商定，最终确立了"上海先动，苏杭应之"的行动方案。光复会积极加紧上海起义的准备工作，连夜赶制光复会白旗，通知各营约定届时举火为号，军士均袖挂白布作为标识。11月3日，陈其美与光复会的李燮和等人率领商团和新军起义，光复上海。在短短两天内，上海顺利光复，闸北、吴淞等地清军率先举起义旗在其中起了重要的作用。而他们能反叛清政府，加入革命队伍，与尹锐志、李燮和的策反工作是分不开的。在上海起义中，尹锐志、尹维峻直接参与攻打闸北警察局和江南制造局的战斗。至于金陵(南京)之战，江浙联军的主力之一的浙军与淞军战功显赫，均有口皆碑。这里仅指两点：其一，浙军的主力均是光复会会员，吴淞光复军是光复会直接领导的；其二，参与攻乌龙山、克幕府山、战马群山、破孝陵卫所向的战士多是光复会会员，尤其是最后强攻天保城，格斗12小时，肉搏拼刺，以勇敢闻名的敢死队，都是陶成章、王文庆等从绍兴等地招募的光复会会员。南京光复意义重大，解除了清政府对汉阳的威胁，动摇了清政府在东南的统治，为临时政府设在南京奠定了基础。

浙江光复前，驻杭州笕桥的新军八十一标和驻南星桥的新军八十二标，其中大部分中下军官和士兵都是同盟会或光复会成员。自武昌起义后，清朝官吏对新军士兵也有所防范，如分散驻军，限定每个士兵携带的子弹等。而军队中的革命党人鉴于军队起义历次失败的教训，起义的准备工作也做得极其充分而缜密，对外未透露半点风声。上海起义的消息当天就传到杭州，新军各革命同志决定当晚发动起义，并立即向各支队传达了命令。11月4日夜，新军王金发、张伯歧、尹锐志等人受光复会总部派遣，率领几百名敢死队起义。城内新军工程营首先开始行动，张贴革命军起义告示，并打开了艮山门和望江城门。八十一标和八十二标也由长官宣告革命宗旨和起义命令，开始向城内进发。革命军焚烧了抚署衙门。在进攻时，尹维峻左手执枪，右手持炸弹，第一个冲到抚台衙门。由于炮兵营的同时起义，很快便解除了驻防旗营的武装。5日，杭州光复，革命党人和谘议局部分议员推立宪党人汤寿潜为浙江军政府都督，浙江独立。

杭州新军起义爆发后，全省各地纷纷宣告"光复""独立"，仅半个月时间，全省就实现了光复。绍兴原来是光复会的大本营，但自从皖浙起义失败后，革命力量受到严重摧残，使绍兴由原来革命势力强大的地区变成了革命力量较为薄弱的地区。

杭州光复的消息传到仅一江之隔的绍兴后，许多群众对这场革命的真正意义不太清楚。有人印了许多明太祖像向农民分发，并宣传清朝是由外国侵入者，应该将他们打出去。绍兴民间也流行《扬州十日记》之类的小册子，以至于后来有人将革命军的军装描绘成是白衣白帽，专门为崇祯皇帝戴孝。这天城内大街小巷，家家户户的门上都插着白旗，表示拥护革命，欢庆光复。

绍兴城内谣言四起，盛传杭州的驻防旗兵突围直奔绍兴而来，绍兴民众心慌慌，四散出逃。为了制止绍兴混乱局面，以光复会会员为骨干的革命派，邀请革命文学团体越社出面在开元寺召开会议，公举鲁迅为主席。鲁迅提出若干临时办法，例如提议组织讲演团，到各地去演说，阐明革命的意义，鼓动革命情绪。会后，鲁迅、周建人、范爱农等人率领以绍兴府学堂进步师生为主体的讲演团上街游行，一面向市民散发传单，一面不时向市民解释，劝市民不要无端恐慌。学生所到之处，人心立即安定下来，原先关闭的店铺也重新开张做生意。

11月7日，末任绍兴知府程赞卿等人经过密谋策划，宣布绍兴"光复"，自行成立绍兴军政分府，程赞卿自任民政长，章介眉任治安科长，徐显民仍任民团团长。绍兴军政分府成立后，获得了浙江军政府都督汤寿潜的电准，程赞卿颁布了绍兴军政分府成立的通告。

绍兴军政分府"貌虽如此，内骨子是依旧的，因为还是几个旧乡绅所组织的军政府，什么铁路股东是行政司长，钱店掌柜是军械司长"。这引起在绍兴的革命党人的强烈不满，立即在王子余家中开会，徐显民、陈仪、陈燮侯等参加了会议。徐显民提出省城已宣布光复，绍兴也予以响应，宣布独立。陈仪有些疑虑，应确认消息可靠，再行独立不迟，以免地方生灵涂炭。这时，徐锡麟的表侄从杭州归来，证实杭州确已光复。最后决定派人去省城接洽，徐锡麟的三弟徐叔荪获悉武昌起义的消息后，拟赴鄂为兄长报仇，主动提出承担联系费用。

于是，陈燮侯、沈庆生与徐叔荪前往杭州，由陶成章引见汤寿潜。汤寿潜很高兴，委任徐叔荪出任绍兴民团局长，并拨100支步枪，充实绍兴民团力量。绍兴独立后，旧协镇王国治带兵去了绍兴，引得人心惶惶，请求汤寿潜派兵镇抚。王金发因汤寿潜在秋瑾案中起了恶劣的作用，坚决反对汤寿潜出任都督，正向都督府索兵要饷，要去攻打衢州，闹得合署不安。汤寿潜已有辞职之意。徐叔荪恳请王金发带兵前往绍兴。王金发同意招满300人后，就去绍兴。汤寿潜立即任命王金发为"绍兴军政分府都督"，并颁发了官印。

沈庆生先回绍兴通报，决定由商会筹备欢迎。陈燮侯到西兴雇船装械，徐叔荪则陪王金发、谢飞麟、黄介卿、黄竞白、何悲夫、童德淼，一起带兵回绍兴。11月9日夜，绍兴革命党人获悉王金发部队的船只从杭州过萧山，因忌讳明末李自成走西直门进北京城不吉利，导致最后的惨败，王金发不走西郭门，改进五云门。

以鲁迅为首的绍兴府中学堂师生和其他光复会会员两次前往绍兴城郊迎接王金发的部队。11月10日，天还未亮，绍兴市民极为兴奋，路旁站满了欢迎的人群，没有街灯的地方，市民都一手拿灯，一手举着写有"欢迎"的白旗。王金发的部队300余人到达指定的驻扎地点，大家高呼"革命万岁"和"胜利万岁"等口号，情绪热烈，并送来了慰劳的酒和肉。

11月11日，王金发宣布新的绍兴军政分府成立，浙江都督府即予承认，并派人送去了委任状和关防。绍兴军政分府设都督府，王金发任都督，司令部和军政部合二为一，由王金发自己掌握。都督府分为"四部三局"，即司令部、军政部、政事部、经济部；"三局"为团防局、盐茶局和筹办北伐事宜的筹办局。其中最重要的是团防局，掌握地方武装。绍兴从此结束了封建王朝的统治。

第二章

越 YUE

台 TAI

名 MING

士 SHI

　　绍兴历史上人才辈出，绍兴的政治家从洪荒时代的大禹到20世纪的周恩来，纵跨4000多年，他们像一颗颗星星，或璀璨耀眼，或疏朗明丽，或悲怒相含，划过历史的天空，裹挟着时代的风烟，穿云破雾，留下了或浓或淡的一笔。均在历史上为中国社会的发展做出了重要贡献，并且青史留名，其伟大的精神成为后人强大的精神支柱。远古时代的治水英雄当然是大禹，大禹治水梳理了九州的江河体系，那是治全国之水。治绍兴水的第一位大英雄应是马臻，马臻兴修水利，围筑鉴湖，成为东汉时期世界上最伟大的治水工程。在马臻的精神感召下，绍兴一地，历代都有贤人为绍兴的水利工程耗尽心血。由大禹治水而来的重视水利工程的传统，在绍兴得到了最好的传承，使得绍兴这一块地方成了风水宝地，成了鱼米之乡，成了山水风光胜地。

　　绍兴的历史文化中，似乎在思想领域特别具有鲜明的色彩。西汉时期，会稽郡上虞县的王充，与董仲舒为代表的官方哲学进行了无畏的斗争，成为两汉时期最伟大的唯物主义哲学家和无神论者。明代的心学大师王阳明，创立了知行合一的致良知学说，成就了儒学的最后高峰。明末的黄宗羲，提出了反封建、反君主思想，为后来的民主革命奠定了基础。绍兴历史上的思想家往往与事功结合，在其思想闪耀时代的同时，其丰功伟绩同样被后人称颂。

　　在绍兴籍名人中，称得上教育家的人占的比重十分大，这里不说科举人物，也不说古代先贤，仅就近代教育大家而言，其人数之多，分量之重，在中国乃至世界教育史上都是令人瞩目的。他们的辛勤耕耘和所取得的杰出成就，对于中国的教育事业，起了重大的推动作用，甚至在国际上也产生了广泛的影响。

　　绍兴文史之才辈出，既有著《吴越春秋》的赵晔，著《后汉书》的谢承，著《晋书》的虞预；更有著《文史通义》的章学诚，著《越缦堂日记》的李慈铭，著《中国历朝通俗演义》的蔡东藩，著《中国通史简编》的范文澜。这些伟大的文史学家，忍得住困苦，经得起诱惑，耐得住寂寞，秉笔直书，为中华民族留下了一部部信史，为后人留下了宝贵的精神食粮。

绍兴是中华古文明的发祥地之一，其农业、手工业曾经有过的辉煌，为世所瞩目。陶瓷器、青铜器、丝织、酿造等等绍兴都独具风采，特别是瓷器最早出现在绍兴，瓷的发明，改变了人类的生活方式，给世界的贡献是十分巨大的。近代以来，中华民族科学精神觉醒，绍兴人多以科学报效国家，大批精英出洋深造，归来后投身祖国的科学事业，像竺可桢、陈建功、钱三强等一批批独领风骚的科学家冒出来了，绍兴不但出文人，现在，还成了培养科学家的摇篮。

鲁迅先生认为中国的书法是一种"饰文字为观美"的独有民族艺术，一般认为它成熟于东汉末年。而实际上先秦时期的篆书及两汉隶书已具备了很高的书法艺术水准。绍兴的书法从先秦至近现代，名家迭出，名作云集，如群星灿烂，经久不衰。中国书法史上里程碑式的人物，如：王羲之、王献之、智永、贺知章、陆游、徐渭、倪元璐、赵之谦、马一浮、徐生翁等均出自绍兴，绍兴因此被称为"中国书法之乡""中国书法圣城"。现代的书法名家更是不计其数，每年的三月初三，即王羲之兰亭雅集纪念之日，被定为中国兰亭国际书法节，国内外书家云集，使"书法圣城"的称谓更名副其实。文人画后于书法得到发展，绍兴的绘画起始于唐宋，此后一发不可收，名画家辈出，以致与书法并驾齐驱。徐渭、赵之谦、任伯年等等，为中国画的发展撑起了一片蓝天。

鸟尽弓藏叹文种

文种，名会，字子禽（一说少禽），生卒年不详，楚国郢（今湖北江陵西北）人。曾任楚宛城令，后奔越，勾践任以国相，委以国政。

文种任楚国宛城令时，一方面勤政爱民，另一方面礼贤下士，注意为国家搜罗人才，正是他发现了范蠡的才能。后两人一起奔越，事越王勾践20余年，成就了一番大事业。可以说，文种对范蠡有知遇之恩。

公元前494年，越王勾践夫椒兵败，栖于会稽时，文种就提出了应重用贤臣的思想，勾践也认识到问题的重要性，于是"执其手与之谋"，文种担负起了挽救越国危亡的重任。当时，国破军残，举国一片哀声，而文种运用他出色的外交手段，两次入吴议和，最后"吴不告庆，越不告败"，为越国复国雪耻创造了休养生息的机会。

范蠡曾说，"四封之内，百姓之事，蠡不如种"。当勾践入吴为奴，挑选守国之臣的时候，大夫皋如、曳庸一致推举文种。而文种也敢于受任于危难之际，立志整顿好封疆之内的戍守，随时作好战斗的准备；让荒野没有遗弃的土地，百姓都亲近归附。他率领百姓"修耕战之备"，百业俱举，为越国国力的恢复奠定了基础。同时，"虚其府库，尽其宝币"，不断向吴国贡献玉帛、子女，贿赂太宰伯嚭。勾践能安全返国，文种起了重要作用。

复国雪耻是勾践的政治目的，为达到这一目的，一方面需要富国强兵，另一方面则要千方百计地削弱敌国。于是文种向越王献上"伐吴九术"。"九术"之中，有六术是针对吴国的。越王勾践一一加以实行。

　　"九术"着实灵验,屡试不爽,从而影响了两国战略态势的变化,越国由弱转强,赢得了主动权。

　　可惜的是,越王败吴之后,听信谗言,怀疑文种有篡国图谋,赐文种长剑以自杀,其理由是"九术之策,今用三已破强吴,其六尚在子所,愿幸以余术为孤前王于地下谋吴之前人"。有功不赏,有恩不报,也使越王勾践留下了擅杀功臣的骂名。

知进知退范大夫

范蠡(前536—前448),字少伯,楚国宛(今河南南阳)人。他出身贫贱,但博学多才,与楚宛令文种相识、相交甚深。范蠡因不满当时楚国政治黑暗及非贵族不得入仕之规,与文种一起投奔越国,辅佐越王勾践。

范蠡初入越国,勾践常与他坐谈终日,赏识他的才能。但因小人谗言,范蠡并没有得到越王的及时重用。公元前494年,勾践举兵伐吴之前,范蠡曾经劝说勾践不要擅启兵端,越王不听,举兵伐吴,结果"兵败失众,栖于会稽",越国差点覆亡。到此时,勾践才后悔没有听从范蠡的话。

越国到了覆亡的边缘,此时,范蠡完全可以一走了之,但他没有这样做。当勾践要作为人质到吴国去服劳役的时候,他便自告奋勇陪伴勾践去吴国。当时,勾践想让范蠡留在国内治理国家,文种随他去吴国。范蠡却说:"兵甲之事,种不如蠡;镇抚国家,亲附百姓,蠡不如种。"并且很自信地说:"辅危主,存亡国。不耻屈厄之难,安守被辱之地。往而必反,与君复仇者,臣之事也。"入吴三年,他不离越王左右,执君臣之礼,为越王出谋划策,分忧解难。

　　一次，吴王召见越王，范蠡跟随。吴王对范蠡说，我听说有节操的女子不嫁破败的人家，有德有能之士不在绝灭之国做官。如今越王无道，国家已将灭亡，社稷也将毁坏崩溃，自身死而世系绝，被天下人讥笑。而你和你的主人成为奴仆，一起来归顺吴国，难道不觉得卑贱吗？我现在想赦免你的罪过，你能改过自新，放弃越国为吴国效劳吗？这时勾践俯伏于地，急得涕泪满面，心想从此要失去范蠡了。不料范蠡十分平静地对吴王说，我听说亡国之臣不敢谈政事，败军之将不敢讲勇敢。我在越国不忠不信，如今越王不自量力，发兵与大王对峙，以致获罪投降。承蒙大王鸿恩，使得我们君臣能够保全性命。能够入内替大王打扫庭除，出外供大王驱使，于愿已足，不敢有其他奢望。吴王知道无法说动范蠡，只好再把他关在石室之中。

　　有了吴宫石室的患难与共，深知范蠡的忠诚和才能，此时的勾践对范蠡可以说是言听计从。而范蠡按照"立国树都"之旨，建立越国的政治、经济和军事中心——"蠡城"，并以此为复兴基地，与文种等大臣一起辅佐勾践推行"抚民保教"（生聚教训）的政策和措施。如此"谋之二十二年"，使越国逐渐由弱转强，终于在公元前473年灭掉吴国。

　　范蠡的才能主要表现在审时度势、把握战机的军事行动上。

　　勾践报仇心切，从吴国回来的第四年，越国刚有起色，就想伐吴。但范蠡认为，时机未到，强求不吉利，过早行动，成败还是个未知数。连续四年，范蠡要么以天时未到，要么以人事未尽劝阻越王。

他认为形势变化，强弱转化是一个长期的过程，需要耐心的准备和等待，不急不躁。特别是在敌强我弱、敌众我寡的情况下，必须积蓄力量，把握战略机遇。不仅要耐心地准备和等待，还要迷惑吴国，使其放松警惕。等到吴国君臣上下骄恣，百姓徭役沉重，饥寒交迫，天怒人怨的时候，就可讨伐了。勾践虽然生气，但因有前车之鉴，还是听从了范蠡的劝告。

勾践十五年（前482），吴王夫差北上称霸，"精兵从王，国中空虚"。勾践急欲伐吴，但范蠡还是劝他等来年春天，他说，吴国军队刚离境不远，如果得知我们乘虚袭击，军队调回不难。次年六月，吴王与晋国争盟于黄池，范蠡认为时机已到，才发兵袭吴。可见范蠡在攻吴时机的选择上是十分谨慎的。此后，在战争主动权完全掌握在越国手里之后，范蠡在攻城略地的具体战术上是"速战速决"还是"围而困之"也不掉以轻心。越军远离本土，恐怕后勤不继，必须速战速决，如"姑苏之役""笠泽之战"；待到外围扫清，攻打吴国都城时，则"围而困之"，使其不战自溃，体现出一个军事战略家的高瞻远瞩和深思熟虑。

计然传越致富经

计然，生卒不详。姓辛氏，名文子。葵丘濮上（今河南民权县东北）人。

计然初到越国，正是越王勾践初践君位，厉兵秣马，准备攻打吴国的时候。计然见到越王，向越王陈述转货交易、战前积蓄以富国强兵之策。勾践看他年轻，没有去理会他。于是计然"退而不言"，在吴、楚、越三国之间从事商业活动，积累了丰富的经商理财经验。勾践兵败困于会稽，广招人才，计然才被列于下大夫之位，共同参与国政。其"省赋敛"、富民贵谷的"民本"思想，"顺四时""劝农桑""陇积蓄""利源流"的备战备荒和"农末皆利"思想，为勾践所接受，其功绩则与范蠡、文种同列，为越国三重臣之一。

计然在治国理财方面具有丰富的经验和杰出的才能。

越王勾践返国之后，心想雪耻之事，可是越国新败，国小民穷，虽然在入吴的三年里，有文种等人的治理，国内民心安定，生产逐渐得到了恢复，但要与新霸大国对抗，谈何容易！社稷虽然保住了，但物资匮乏，"野无积庾"，仓廪不实，军粮不继，所以越王勾践担心"谋不成而息，恐为天下咎"。于是向计然问计。计然认为，兴师动众前一定要先积蓄粮食、钱币、布匹。不积蓄,没有粮食,战士就会挨饿受饥,军队就没有战斗力,两军对垒,非死即伤。国家军队如此,一个家庭,一个人也是如此。他说:"人之生无几,必先忧积蓄,以备妖祥。凡人生或老或弱,或强或怯,不先备生,不能相葬。""饥馑在间,或水或塘,因熟积以备四方。"他从备战备荒出发,向越王勾践提出了几方面计策:

首先是"六岁穰六岁旱"的农业循环说。他认为事物都有阴阳盛衰的变化规律,必须掌握这一规律,积极顺应变化趋势而做好准备,积蓄实力以应对困难。要采取与民休息的政策,先减免百姓的赋税,还富于民,并积极引导、奖励耕织,发展农业生产。让田野得到开垦,粮仓里堆满粮食,老百姓生活殷实。农业生产要遵循时令的规律,军队的训练和出征要在农隙进行,"师出无时",就会夺天时,乱民功,造成生产的破坏。遵循阴阳天时的变化规律,集中群臣的智力来决策、来运作,这样才能理好财,实仓廪而备战荒。

其次是物价观测、贵出贱取等经商致富的"积著之理"。计然认为,与农耕生产一样,君主"利源流,非必身为之也",没有必要事事亲自去做,关键是要懂得"通习源流"能使货物流转致富的道理,然后任命贤能之臣,根据百姓的缺乏和盈余,帮助和诱导他们进行生产和交易,以积累财富。同时考察官吏的能否,进行赏罚。他提出"积著之理,务完物,无息币"观点,认为积著的道理,不在积压,而在流转,在商贸经营活动中理财积聚。经商要摸清市场的行情,了解有余和不足。有余和不足可以影响货物的市场价格，但是有余和不足亦可以相互转化，"贵上极则反贱，贱下极则反贵"，要根据这种市场的规律来从事经营活动。"贵出如粪土"，以防止"息币"，即货币的积压；"贱取如珠玉"，囤积货物，待价而沽，以求得更大的经济效益。所以货畅其流，财币"行如流水"，积蓄才会愈来愈多，国家才会富强起来。这是我国最早出现的商业经营原则。

第三是农末俱利的平籴论。春秋战国之交，农业生产的发展，带来了手工业和商业的兴旺，且有互争高下的趋势。计然认为，作为国君，要使国家富强，人民富足，必须正确处理好农、工、商之间的关系，摆正"本"与"末"，即要做到"农末俱利"。农民和商人的基本利益都要保护。农民有利，才会努力发展生产，使市场货源充足；商人有利，才会不断通关往来，使贸易繁荣，这就是"治国之道"。

郑吉开拓丝绸路

郑吉(?—前49),西汉会稽人,生活于西汉武帝、昭帝和宣帝年间,这一时期是西汉对匈奴及西域地区经常用兵的年代。当时西域由36个小国组成。在汉之西域都护府设置之前,诸国皆役属于匈奴,受制于匈奴的僮仆都尉。所谓僮仆都尉就是"视诸国之民,为家僮奴仆"。

郑吉行伍出身,多次随西汉大军出入西域。汉宣帝地节二年(前68),郑吉以侍郎的身份被派往渠犁屯田积谷。渠犁屯田始于汉武帝太初年间(前104—前101),主要因为汉朝长期对匈奴作战,战线过长,导致国库空虚,汉武帝采用桑弘羊的屯田建议,在前线进行屯田,及时供应战争所需。因渠犁地广,水草肥沃,可灌溉的田有5000顷以上。当时参与屯田的大都是免刑罪人,史称屯田卒或屯田士。屯田士的编制为准军事组织,平时参加生产,积蓄粮食;战时参与打击匈奴的战斗。因种种原因屯田事业在汉武帝征和年间曾一度中断,但至汉宣帝时,在郑吉等努力下,屯田戍边事业不断向纵深发展。其间郑吉还带去了中原的先进生产技术,将井

渠法和穿井技术用于屯田。同时把西汉先进的生产工具与西域诸国的其他商品进行交换，从而也推动了西域诸国的生产，安定了西域诸国。

在屯田的同时，郑吉还率部参加了对西域车师国及匈奴的战争。《汉书·西域传下》"车师"条载，地节二年，汉朝廷派侍郎郑吉、校尉司马憙率领免刑罪人在渠犁屯田积谷，攻打车师。这一年秋收后，郑吉、司马憙就带领当时西域诸国兵万余人以及屯田士1500人共击车师，攻破车师国都城交河城（今新疆吐鲁番市西郊），车师国随之降汉。为了安定车师国的官吏百姓，郑吉就留下一个军侯及20个士兵保卫车师王，自己领兵回到渠犁屯田。车师王害怕匈奴军队去杀他，于是逃到乌孙，郑吉安排车师王的妻子在渠犁。不久又派人送车师王妻子到长安，汉朝给予了丰厚的赏赐。汉宣帝神爵年间（前61—前58），匈奴内部矛盾严重，日逐王先贤掸打算投降汉朝，他秘密派出使者和郑吉联系。郑吉调动了渠犁、龟兹诸国5万人马前往指定的地点迎接日逐王来降。日逐王部下1.2万人、大小头目12人随郑吉到了河曲地区，不久又带着日逐王及其部下到了京师，汉朝廷封日逐王为归德侯。

郑吉先破车师，后又迎降日逐王，威震西域。早在破车师之时，郑吉因功被晋升为卫司马，被任命为护鄯善以西南道使者，负责卫护鄯善西南方（塔里木盆地以南、昆仑山以北，所谓"南道"）各国的安全。而降日逐王之后，汉宣帝则命他既护鄯善以西的南道，又护车师以西的北道（从楼兰，经车师前国、焉耆、龟兹、温宿、疏勒，翻葱岭之路）。从此"丝绸之路"的南、北两条道路，都由他来领护，故号称都护。在中国历史上，都护一职的设置，就是从郑吉开始的。汉宣帝神爵三年，郑吉正式出任西域都护后，选择西域中心、土地肥饶的地方设立都护的幕府，治乌垒城（在今新疆库尔勒与轮台之间），负责处理西域各国事务，长期观察乌孙、康居等诸国的动静，一旦有变，可以安抚的就安抚，不能安抚的就击败它。同时继续发展屯田事业，一直屯田至莎车（今新疆喀什）。从此使西域"三十六国之人，皆为汉朝天子之臣民，三十六国之河山，皆入汉朝之版图，西域之一统于中国，由此始焉"。为此，汉王朝为嘉奖其功劳，曾下诏封郑吉为安远侯，食邑千户。

千古书圣王羲之

王羲之(321—379),字逸少,原籍琅琊临沂(今山东临沂),居会稽山阴,官至右军将军、会稽内史。

王羲之出身于魏晋名门琅琊王氏,他七岁就擅长书法。传说晋帝当时要到北郊去祭祀,让王羲之把祝词写在一块木板上,再派工人雕刻。刻字者把木板削了一层又一层,发现王羲之的书法墨迹一直印到木板里面去了。削进三分深度才见底,人们惊叹王羲之的笔力雄劲,书法技艺炉火纯青,笔锋力度竟能入木三分。

十六岁时,王羲之被郗鉴选为东床快婿。郗鉴在晋惠帝时为中书侍郎,有个女儿,年长二八,美貌过人,尚未婚配,郗鉴要为爱女择婿,郗鉴与丞相王导情谊深厚,又同朝为官,听说其家子弟甚多,个个都才貌俱佳。一天早朝后,郗鉴就把自己择婿的想法告诉了王丞相。王丞相说:"那好啊,我家里子弟很多,就由您到家里挑选吧,凡你相中的,不管是谁,我都同意。"

郗鉴就命心腹管家,带上重礼到了王丞相家。王府子弟听说郗太尉派人觅婿,都仔细打扮一番出来相见。郗鉴的管家寻来觅去,一数少了一人。王府管家便领着郗府管家来到东跨院的书房里,就见靠东墙的床上一个袒腹仰卧的青年人，对太尉觅婿一事，无动于衷。郗府管家回到府中，对郗太尉说："王府的年轻公子二十余人，听说郗府觅婿，都争先恐后，唯有东床上有位公子，袒腹躺着若无其事。"郗鉴说："我要选的就是这样的人。走，快领我去看。"郗鉴来到王府，见此人既豁达又文雅，才貌双全，当场下了聘礼，择为快婿。

王羲之自幼爱习书法，由父王旷、叔父王廙启蒙。七岁善书，十二岁从父亲枕中窃读前代《笔论》。王旷善行、隶书；王廙擅长书画，王僧虔《论书》曾评："自过江东，右军之前，惟廙为最，画为晋明帝师，书为右军法。"王羲之从小就受到王氏世家深厚的书学熏陶。王羲之早年又从卫夫人学书。卫铄，师承钟繇，妙传其法。她给王羲之传授钟繇之法、卫氏数世习书之法以及她自己孕育的书风与法门。《唐人书评》曰："卫夫人书如插花舞女，低昂美容。又如美女登台，仙娥弄影，红莲映水，碧沼浮霞。"今人沈尹默分析说："羲之从卫夫人学书，自然受到她的熏染，一遵钟法，姿媚之习尚，亦由之而成，后来博览秦汉以来篆隶淳古之迹，与卫夫人所传钟法新体有异，因而对于师传有所不满，这和后代书从帖学入手的，一旦看见碑版，发生了兴趣，便欲改学，这是同样可以理解的事。可以体会到羲之的姿媚风格和变古不尽的地方，是有深厚根源的。"另一方面是他的转益多师、博采众长，据传为王羲之所撰的《题卫夫人〈笔阵图〉后》自述："予少学卫夫人，将谓大能；及渡江北游名山，见李斯、曹喜等书，又之许下，见钟繇、梁鹄书，又之洛下，见蔡邕《石经》三体书，又于从兄洽处，见张昶《华岳碑》，始知学卫夫人书，徒费年月耳。遂改本师，仍于众碑学习焉。"从这里可知，王羲之由狭隘地跟卫夫人习书，到见众碑帖后眼界大开，才找到书学的正确之路。在书法实践中，王羲之草书师法张芝，正书得力于钟繇，加上他的天才与勤奋，一变汉魏朴质书风，创造妍美流变的今体。其书法后世流传的刻本甚多，以《乐毅论》《兰亭集序》《十七帖》等为著，今存世摹本墨迹廓填本有《快雪时晴》《奉橘》《丧乱》《孔侍中》等帖，另有唐怀仁集王羲之《圣教序》等。

　　东晋永和九年(353)三月初三,王羲之邀41位名士在兰亭举行修禊活动。修禊是一种流传民间的祭祀习俗,人们在农历三月上旬的巳日,到水边用香薰草蘸水互洒身上行祓祭仪式,或沐浴洗涤身上污垢,以祈求消病除灾。江南三月多雨,这天却格外晴朗,崇山峻岭,茂林修竹,惠风和畅,清流激湍。王羲之与41位名士,感受春意,在流觞曲水、歌诗品酒之后,王羲之乘着酒兴,写下了被誉为天下第一行书的《兰亭集序》。

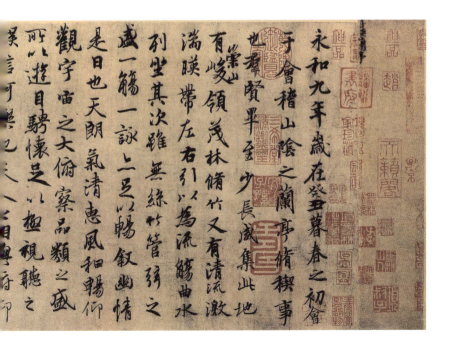

《兰亭集序》是有感而发，全文分五段，先写时间、地点和事件，即"修禊事"；再写兰亭周边山水景色，春色宜人，流觞曲水，饮酒吟诗，乐在其中。

第三段写这一天天朗气清，让人体会到宇宙之大，物产丰富，乐趣无穷。第四段写与好友相处，俯仰之间就是一生，时间短暂。每当人们感到愉快满足的时候，却不知道死期已悄然而至，感叹喜欢的东西会成为陈迹，最终同归于消失。

最后一段写出了自己的想法，认为生和死没有差别是荒谬的，寿命长短是一样的说法也是不对的，活在世上必须珍惜时间，珍视生命。

《兰亭集序》不仅文美，书法更是飘逸俊美，出神入化，被誉为中国历史上"天下第一行书"，是书法瑰宝。

王羲之不仅在创作上留下了许多瑰宝，他所撰的理论著作《题卫夫人〈笔阵图〉后》《书论》《笔势论十二章》《用笔赋》《记白云先生书诀》等，对后世的影响也是深远的。他第一次从心理学的角度论述了书法创作的心态，如："夫欲书者，先乾研墨，凝神静思，预想字形大小、偃仰、平直、振动，令筋脉相连，意在笔前，然后作字。"这段文字将书法与人，人与书法融于一体考虑，使人们觉得书法创作是一种生命的操练，获得心理的美感。

王羲之最早提出"书道"一词，并进行了阐述。他认为"书法"最精髓处是同自然界的道理一致："把笔抵锋，肇乎本性。"自然界是辩证的，所以在王羲之的眼里，书法创作同自然界的万事万物一样的："力圆则润，势疾则涩；紧则劲，险则峻；内贵盈，外贵虚；起不孤，伏不寡；回仰非近，背接非远；望之惟逸，发之惟静。"正因为行笔同自然之妙有相通之处，所以他的《用笔赋》全是描述自然界的万象，让人从中领悟笔法。他不是斤斤于技术层面上去讲解笔法，这一笔要如何去写，而是从"道"的高度去阐述用笔，用自然界的事物来启发人们，达不言书法而言书法之境界。

山阴道士贺知章

贺知章（659—744），字季真，又字维摩，号四明狂客，越州永兴人，后迁入山阴。唐初授国子四门博士，又迁太常博士，后又迁礼部侍郎，加集贤院学士，充皇太子侍读，徙工部侍郎，兼秘书监同正员等职。晚年又授太子宾客，银青光禄大夫兼正授秘书监，故后人又称贺秘监。

贺知章是唐玄宗李隆基备受推崇的文人之一。唐玄宗写有《贺知章赞》："礼乐之司，文章之苑。学优艺博，才高思远。"

贺知章在西京宣平坊有宅。对门有小板门，常见一老人乘驴出入其间。积五六年，视老人颜色衣服如故，亦不见家属。询问里巷，皆云是西市卖穿钱绳索的王老，更无他业。察其非凡也，常因暇日造之。老人迎接甚恭谨，唯有童子为所使耳。贺则问其业。老人随意回答。因与往来，渐加礼敬，言论渐密，遂云善修道炼丹之术。贺知章素信重之，愿接事之。后与夫人持一明珠，自云在乡时得此珠，保惜多时，特敬献老人，求说道法。老人即以明珠付童子，令其换饼。童子以珠易得三十余胡饼，遂请贺知章吃饼。贺知章心想宝珠特以轻用，意甚不快。老人曰："夫道者可以心得，岂在力争；悭惜未止，术无由成。当须深山穷谷，勤求致之，非市朝所授也。"贺知章意颇悟，谢之而去。数日失老人所在。贺知章因求致仕，入道还乡。

贺知章在八十六岁时得了一场大病，躺在床上已经完全不省人事了。但后来死里逃生，又活过来了。于是上表奏明皇上，请求恩准他回乡当道士。唐玄宗准许了他的请求，并同意贺知章把自己在京城的家捐赠出来作为道观，还特地赐名"千秋"。又下诏在京城东门设立帐幕，让百官为之饯行。

贺知章临行，与唐玄宗辞别，不由得老泪纵横。唐玄宗问他还有什么要求。贺知章说："臣知章有一犬子，尚未有定名，若陛下赐名，实老臣归乡之荣也。"玄宗说："信乃道之核心，孚者，信也。卿之子宜名为孚。"知章拜谢受命。过了一天贺知章不觉大悟，自忖道："皇上太取笑我啦。我是吴地人，'孚'字乃是'爪'下加一'子'字。为我儿子取名'孚'，岂不是称我儿爪子吗？"

临行那天，唐玄宗又亲自写诗并序为他送行，《送贺知章归四明》："天宝二年，太子宾客贺知章，……志期入道。朕以其年在迟暮，用循挂冠之事，俾遂赤松之游。正月五日，将归会稽。遂饯东路，……乃赋诗赠行。

遗荣期入道，辞老竟抽簪。岂不惜贤达，其如高尚心。寰中得秘要，方外散幽襟。独有青门饯，群僚怅别深。"

大概是意犹未尽，又写了第二首："筵开百壶饯，诏许二疏归。

仙记题金篆，朝章拔羽衣。悄然承睿藻，行路满光辉。"

玄宗赠了诗，还诏赐"镜湖剡川一曲"，即鉴湖最美的一道湖湾给贺知章。其时，身为太子后继为皇帝的唐肃宗李亨亦在送行之列，李亨在贺知章死后14年，还颁下诏书："故越州千秋观道士贺知章，器识夷淡，襟怀和雅，神清志逸，学高才雄。……可赠礼部尚书。"可见贺知章对朝廷的影响与社会地位。

贺知章回越州后，最有影响的两首诗是《咏柳》和《回乡偶书》。《咏柳》："碧玉妆成一树高，万条垂下绿丝绦。不知细叶谁裁出，二月春风似剪刀。"

最令人难忘的是《回乡偶书》："少小离家老大回，乡音无改鬓毛衰。儿童相见不相识，笑问客从何处来。"

这是贺知章在回到阔别50年的故乡后所做的一首诗。久居在外的游子回乡，所见所闻所感的人事，是说不胜说、写不胜写，诗人唯独选择一个饶有情趣的生活场景记录了下来，既使诗篇鲜活灵动，又寄意深刻。正是由于诗人"少小离家老大回"，从未见过面的儿童自然"相见不相识"。不相识自然要加以问讯。而面前的陌生人已是"鬓毛衰"的风尘仆仆的老翁，儿童出于礼貌便亲切自然地"笑问客从何处来？"整首诗就在这里戛然而止。没有再写诗人的答话。乍一读来，似乎言未尽，意更未尽。然而，这正是诗的妙谛所在，引人寻味。可以推想，儿童原是寻常的一问，并无他意；可有心的诗人听来，却受到极大震动，故乡人的反亲而为疏，自己的反主而为客，使诗人于惊愕之余难免引起万千感慨与无限的哀伤，这真是"此时无声胜有声"，更充分地将久客伤老之情表达出来了。贺知章还有第二首《回乡偶书》："离别家乡岁月多，近来人事半消磨。惟有门前镜湖水，春风不改旧时波。"

"回乡"的诗词或绝句虽非贺知章独有，但流传久远和广泛知晓则非《回乡偶书》莫属。宋代诗人范晞文在他的《对床夜话》中曾写到唐代的诗人杨衡、张籍和卢象也有这方面的诗或绝句，但他认为以贺知章的《回乡偶书》"益佳"。

贺知章的德高望重还体现在对后学的提携和奖掖。李白是唐代最为杰出的诗人之一，与贺知章年龄相差42岁。当年李白到长安，以一首《蜀道难》倾倒贺知章，贺知章展开诗文阅看，从第一行诗句"噫吁嚱，危呼高哉！蜀道之难，难于上青天"所迸发出的大气磅礴，深感面前这位青年深不可测的才华，"读未竟，称叹者数四"，最后惊讶地对李白说："公非人世之人，可不是太白星精耶？"贺知章就此呼李白为"谪仙人",并引荐给唐玄宗。贺知章与李白结为忘年之交,两位诗人,一老一少,一见如故,相见恨晚。贺知章即邀请李白对饮畅叙,但恰好手头无钱沽酒,就毫不犹豫地解下随身佩戴用以显示官品级别的金龟,要人去换酒。"金龟换酒"的举动深深地感动了李白,李白对这位真挚、豪爽、年高德劭的贺老倍加敬重。由于贺知章的奖掖,李白名倾一时,唐玄宗对他也颇为器重。

贺知章金龟换酒与李白畅饮,后人引为旷达酣饮、倾心结交的典故,宋代刘望之《水调歌头·劝子一杯酒》词中云:"谪仙人,千金龟,换美酒。"自古就有酒徒脱衣沽酒的佳话,汉代司马相如带卓文君刚回成都时,没钱买酒,脱下鹔鹴裘作价换酒,夫妇尽欢同饮。晋代元孚将皇帝颁赐近侍的冠饰金貂用来换酒,为有司所弹劾,幸亏皇帝饶恕了他,未加治罪。贺知章为秘书监,得佩金龟,他以金龟换酒,追究起来是犯法的,为了喝酒也就顾不得了。后来,为了痛快饮酒,贺知章还是囊中常备酒钱的,以免再出现金龟换酒的尴尬事发生。有一次,贺知章出外游赏,见到袁氏别墅林秀宗清,尽管与袁氏不相识,他还是私自进去游览赏玩,并说不用愁坐久了没酒喝,我口袋里有的是钱。贺知章为此写有《题袁氏别业》诗:"主人不相识,偶坐为林泉。莫谩愁沽酒,囊中自有钱。"

这诗成为贺知章时时口袋里备钱买酒喝的佐证。后来贺知章去世,李白独自对酒,怅然有怀,想起当年金龟换酒,便写下《对酒忆贺监二首》并序:"太子宾客贺公。于长安紫极宫一见余。呼余为谪仙人。因解金龟换酒为乐。殁后对酒。怅然有怀而作是诗。

四明有狂客，风流贺季真。长安一相见，呼我谪仙人。昔好杯中物，今为松下尘。金龟换酒处，却忆泪沾巾。

狂客归四明，山阴道士迎。敕赐镜湖水，为君台沼荣。人亡余故宅，空有荷花生。念此杳如梦，凄然伤我情。"

贺知章去世后，许多旅越诗人往访他的故里，以寄怀念之情和敬仰之意。李白于天宝六年（747）秋第二次来越中，以《访贺监不遇》诗深情追念这位忘年之交："欲向江东去，定将谁举杯？稽山无贺老，却棹酒船回。"表达了诗人对贺知章的深深情意。贺知章回越州后，引发了一波又一波唐朝诗人的唱和活动，继而又引出了一条唐诗之路。

清白自期范仲淹

范仲淹(989—1052),字希文,北宋苏州吴县(今江苏苏州)人,著名的军事家、政治家和文学家。范仲淹不但具有政治军事才干,而且工于诗词散文,其《岳阳楼记》中"先天下之忧而忧,后天下之乐而乐"的名句,千百年来一直为人们引用,具有广泛的影响。

宝元二年(1039)七月,范仲淹赴越州任知府。上任不久,范仲淹就兴办府学,在卧龙山西岗,即今风雨亭附近,建造稽山书院。邀请当时著名学者李泰伯来越州讲学。在范仲淹的影响下,下属官吏也开始重视教育,"一时郡内多置学宫,聘名儒主之"。

范仲淹曾在越州州城卧龙山疏浚废井,得泉甘而色白,夏天如咀轻冰,冬天如得阳春,命名为"清白泉";并把官署厅堂改名为"清白堂"。又构亭于其侧,曰"清白亭",并自撰《清白堂记》:

"会稽府署据卧龙山之南足,北上有蓬莱阁,阁之西有凉堂,堂之西有岩焉。岩之下有地,方数丈,密蔓深丛,莽然就荒。一日,命役徒芟而辟之,中获废井。即呼工出其泥滓,观其好恶,嘉泉也。择高年吏问废之由,不知也,乃卮而澄之。

三日而后,汲视其泉,清而白色,味之甚甘。渊然丈余,绠不可竭。当大暑时,饮之若饵白雪,咀轻冰,凛如也;当严冬时，若遇爱日，得阳春，温如也。其或雨作云蒸，醇醇而混，盖山泽通气，应于名源矣。又引嘉宾，以建溪、日铸、卧龙、云门之茗试之，则甘液华兹，说人襟灵。

观夫大易之象，初则井道未通，泥而不食，弗治也；终则井道大成，收而勿幕，有功也，其斯之谓乎！又曰：'井，德之地'，盖言所守不迁矣。井以辨义，盖言所施不私矣。圣人画井之象，以明君之道焉。予爱其清白而有德义，可为官师之规，因署其堂曰'清白堂'，又构亭于其侧，曰'清白亭'。庶几居斯堂，登斯亭，而无忝其名哉！宝元二年月日记。"

上半部分译成白话文就是："会稽府署所在的龙山山麓有一块荒地，扒开杂草，有一废井，挖开淤泥，发现是一眼佳泉。问老者佳泉被废的原因，都说不上来，于是把泉疏浚了。

过了几天，汲泉品味，清冽甘甜。冬暖夏凉，通山泽之气，气候变时有氤氲之气产生，汲而泡茶，都觉鲜滋有味。"

文章的下半部分说道，根据事物变化的现象观察，当初井源闭塞，井水混浊泥泞而不能饮用，这是未加治理的缘故；而最终井道大成，取用不必以盖，则是疏导的功绩。这里，反映出范仲淹为政的思想。

接着，文章又据《易经》发挥，认为井德之地，在于"所守不迁"；井泉之义，在于"所施不私"；圣人画井之象，在于"明君子之道"。由于爱此泉"清白而有德义"，可以"为官师之规"，文章最后寄望："庶几居斯堂，登斯亭，而无忝其名哉！"

　　范仲淹还大力褒扬越州历史上的爱国名臣范蠡、诗人贺知章等人，重视保存越州文化古迹。范仲淹在越州一年余，他关心民众疾苦，体恤贫弱寡孤，并经常用自己的薪俸周济贫苦百姓，深得人民拥戴。范仲淹离任后，越州人民于州治所前兴建"希范亭"，碑题"百代之师"以示纪念。

　　今清白泉遗迹尚存。泉东南两侧用石栏板砌筑，泉西侧岩石呈天然台阶可下池，泉北为天然石壁。在清白泉南面砖壁上立有两块碑刻，一块为《复清白泉记》碑，明代碑刻。此碑立于明成化十三年（1477），绍兴知府戴琥撰文，同知黄壁书丹，推官蒋宜篆额。另一块为《清白泉记》碑，清代碑刻。立于清顺治十三年（1656），绍兴知府施肇元撰文，唐九经书丹。两碑均记述了清白泉之来历，并以范仲淹清白德政为鉴，加以自励。

　　青白堂与清白亭早已相继倾圮。为凭吊先贤遗迹，使历史景点得以再现，2006年，绍兴市建设局在清白泉旁重新恢复建造了清白亭。该亭为四角攒尖顶，飞檐翘角，亭上悬"清白"匾额，系范仲淹手迹，亭柱楹联为宋王十朋所撰诗句："钱清地古思刘宠，泉白堂虚忆范公。"2009年又在清白泉对面恢复重建清白堂，该建筑坐东朝西，三间两厢，建筑面积126平方米，建筑外观典雅而不失庄重。

亘古男儿一放翁

陆游(1125—1210),字务观,小字延僧,号放翁,越州山阴人。陆游出生于书香家庭,高祖陆轸以进士起家,祖父陆佃为王安石学生,官至尚书左丞。父亲陆宰曾官京西转运副使,为越州藏书大家。全家以质直有守而又宽易清恕为风尚。

陆游生活在北宋末年至南宋前期。其时战争不断,百姓苦难重重,江山支离破碎。他出生的第二年,金人入侵,北宋沦亡。他随着家人逃难,尝尽了颠沛流离的痛苦,九岁时才回故乡绍兴定居。当时他经常看到具有爱国思想的父亲陆宰与其他爱国志士商议国事。从小饱经丧乱的生活感受,群情激昂的抗敌气氛,培养了陆游忧国忧民的思想,立下了"上马击狂胡,下马草军书""平生万里心,执戈王前驱""平生铁石心,忘家思振国"的志向。

为了效力国家,陆游和其他封建社会的知识分子一样,也走上了科举的道路。绍兴二十三年(1153),他赴京(临安)考试,名列秦桧孙子秦埙之上,因此受到秦桧的排挤。直到秦桧死后,陆游方被起用。初为福州宁德县主簿,不久调官行在,除敕令所删定官。孝宗即位后,赐进士出身,除枢密院编修官兼编类圣政所检讨官,因他主战抗金,一直遭到朝中主和派的排挤,但他一有机会就上书朝廷,提出许多抗金救宋的策略和政治措施。一些权臣讨厌他,给他加上一些罪名,隆兴元年(1163),因与张焘论曾觌、龙大渊结党营私事,触怒孝宗,出为镇江通判,接着以"交结台谏,鼓唱是非,力说张浚用兵"而免官。乾道五年(1169)出任夔州通判。八年,入四川宣抚使王炎幕府,并亲上南郑前线抗金。其时为陆游人生最得意之时期,诗风亦为之大变。可惜为时仅八个月,陆游便回到后方,通判蜀州,摄知嘉州,又摄知荣州。参议四川制置使幕府,又因"燕饮颓放"故,被罢嘉州新命。淳熙五年(1178),陆游离川东归,任提举福建常平茶公事,次年改除江南西路常平茶盐公事,第三年因救灾而被劾,又投闲置散六年。十三年,起用为严州军州事,十五年任满回家。次年官礼部郎中,又被何澹所劾,罢官返里。这次罢官后,陆游一直隐居于山阴三山别业和会稽石帆别业,过躬耕生活,直至宁宗嘉定三年(1210)六月二十四日赍志以殁。

终陆游一生,得意时期加起来不足六年,而遭受的打击却达八次之多。正是这么多打击,激发了陆游的爱国主义情怀和忧国忧民思想。

陆游在《初冬杂咏》一诗中说:"书生本欲辈莘渭,踌躇乃去为诗人。"也就是说,做诗并非陆游本愿,他希望像伊尹、吕尚那样辅佐明主,为国出力。他又在《春晚读书感怀》中说:"此诗倘不作,丹心向谁明?"现实迫使他以诗言志。陆游是南宋时期伟大的爱国诗人,平生创作近万首充满爱国精神的诗词,为现存诗歌数量最多的诗人,在中国文学史上产生了深远的影响,他的爱国精神也一直激励着后人。

陆游留给后代的宝贵财富是:对国家忠,对人民爱,对自己保有独立人格。唯其如此,陆游的形象才那么光彩夺目。

陆游的诗歌涵盖面非常广泛,几乎涉及南宋前期社会生活的各个领域。陆游有诗描写田园风光、日常生活。陆游热爱生活,善于从各种生活情景中发现题材。无论是高山大川还是草木虫鱼,无论是农村的平凡生活还是书斋的闲情逸趣,"凡一草、一木、一鱼、一鸟,无不裁剪入诗"。《游山西村》一诗,色彩明丽,并在景物的描写中寓含哲理,其中"山重水复疑无路,柳暗花明又一村"成为广泛流传的名句。他的《临安春雨初霁》,描写江南春天,虚景实写,细腻而优美,意韵十足。

陆游有豪放的爱国诗,也不缺缠绵的爱情诗。陆游的词,最著名的当属在沈园遇唐婉的《钗头凤》:"红酥手,黄縢酒,满城春色宫墙柳。东风恶,欢情薄。一怀愁绪,几年离索。错、错、错。

春如旧,人空瘦,泪痕红浥鲛绡透。桃花落,闲池阁。山盟虽在,锦书难托。莫、莫、莫!"

当唐婉读到这首词后,痛苦眷恋的内心,又一次掀起了情感的波澜,于是和了一首情感哀怨,同样催人泪下的词:"世情薄,人情恶,雨送黄昏花易落。晓风干,泪痕残,欲笺心事,独语斜阑。难、难、难。

人成各,今非昨,病魂常似秋千索。角声寒,夜阑珊,怕人寻问,咽泪装欢。瞒、瞒、瞒。"

　　陆游与唐婉的婚姻悲剧都被刻在上述两首词里。唐婉因那次见面，染上疾病，三年以后就去世了，陆游又活了50多年。在这余生中，陆游数次重进沈园，每到沈园，大多有诗怀念唐婉。庆元五年（1199），七十五岁的陆游再游沈园。这时候唐婉已香消玉殒44年之久，但陆游的缱绻之意却反而随着岁月的流逝而加深。他努力追忆着深印在脑海中那惊鸿一瞥的一幕，在荷花池畔题下《沈园二绝》："梦断香消四十年，沈园柳老不飞棉。此身行作稽山土，犹吊遗

踪一泫然。城上斜阳画角哀，沈园无复旧池台。伤心桥下春波绿，疑是惊鸿照迎来。"

随着人生的路愈来愈短，陆游深感来日虽无多，而怀念却无期。他一次次提起已显得沉重的羊毫笔，平静而坚定地表达了珍藏于心底的至死不渝的爱情。八十四岁时作《春游四首》之三："沈家园里花如锦，半是当年识放翁。也信美人终作土，不堪幽梦太匆匆。"

　　陆游是南宋文坛多才而高产的大家,尤其在诗歌领域,成就最为突出。现存《剑南诗稿》85卷,所录诗作就多达9300首。陆游在散文创作方面也有很高的成就,所作散文以语言洗练、结构整饬著称,被后人推为"南宋宗匠"。现存《渭南文集》50卷,《放翁逸稿》2卷,另有《南唐书》《老学庵笔记》等单行于世。

心学大师王阳明

王阳明(1472—1529),名守仁,字伯安,号阳明,出生于明代绍兴府余姚县。明成化十七年(1481),王阳明父王华得中状元,因恋鉴湖山水,举家迁居山阴,造状元府于山阴县东光相坊光相桥侧畔。王阳明曾筑室会稽宛委山阳明洞而自号古越阳明子,故学者称他为阳明先生。

王阳明天资聪慧,在京师就读时,曾问塾师:"何为第一等事?"塾师答以"惟读书登第耳"。他却以为"登第恐未为第一等事,或读书学圣贤耳。"弘治二年(1489),他在江西"谒娄一斋谅,语宋儒格物之学(朱熹之学),谓圣人必可学而至,遂深契之。"还家之后,整日端坐,讲读五经,不苟言笑,立下了当一代圣人的决心。弘治十二年(1499),王阳明参加第三次会试及第,赐进士出身,观政工部,从此踏上仕途,历官南赣巡抚、南京兵部尚书、左都御史,在江西赣州等地剿匪,推行保甲制度,平定宁王朱宸濠的叛乱,受封为新建伯,谥文成,从祀孔庙。王阳明从政之余,读书不辍,曾师事娄谅,泛览儒、释、道三家。一生经历成化、弘治、正德、嘉靖四朝，面对社会危机，深感于"天下事势如沉疴积瘘"，已到了"何异于病革临绝之时"，所以决心要寻求一种能使天下事势"起死回生"的良方。他以为当时读书人沉溺于理学，只作沽名钓誉之阶，无补于社稷安危。他经过千辛万苦，建立了拯救世界的身心之学即"心学"。

然而，王阳明的最大成就还是他的心学理论。阳明心学是明朝中后期影响最大的哲学思想，主旨是尊重人性及人性释放。后传至日本、朝鲜半岛、东南亚各地，我国的台湾地区，其弟子及仰慕者非常众多。

阳明心学源于孔孟，孟子过世后，儒教身心之学丧失殆尽，王阳明重整心学，并将其发扬光大，开创了身心之学的新学风。

在王阳明看来，心即理，心即良知。无论圣人还是凡夫，无论贤士还是愚人，无论学者还是白丁，只要是人，心中皆有良知，良知是永远不灭的光明，是每个人与生俱来的东西。只要听从良知的命令，无论遇到任何困难都可以轻松克服，并且不会误入歧途。

只要在事事物物上都"致良知"，那么任何人都可以成为圣人。圣人和普通人没有本质区别，只有含金量的多少。人心像镜子，圣人的心如明镜，因为圣人天天在抹拭镜子，没有灰尘；普通人的心不够明亮，因为普通人缺少抹拭镜子的方法。这个抹拭心镜的方法也叫致良知。

王阳明说人人都可以成为圣人、满街都是圣人、人人心中有良知的学说振奋了弱者的心灵，给那些深陷权势和名利的旋涡而不能自拔，遭受现世重压而不能逃脱的世俗中人指出了一条正大光明、强而有力的快乐生存之路。"良知"说不仅鼓舞了知识分子，也鼓舞了不通文墨的平民百姓，它迅速从都市和乡村中传播开来，成为风靡一时的学说。

阳明心学被认为是行动哲学，其实还与王阳明独创的"知行合一"说有关。"知行合一"说是王阳明在龙场悟道时提出的学说，此学说的中心是"行"，而不是"知"，这是一种实践主义的思想。所谓的"行"，并不是与"知"对应的"行"，也不是局限于具体的实践行动。王阳明曾说："一念发动处即是行。"可以看出，"行"包含的范围很广，心中萌发的意念也可以看作是"行"。"知行合一"学说就是面对当时只说不做，空谈误国的社会风气，也是针对以八股文为工具的科举考试的弊病。八股取士，选出的文官会说不会做，选出的武官，会用刀枪，但不会指挥战争。这是明朝衰落的重要原因。知行合一之说就是想解决当时的社会大问题。

当然，"知行合一"理论也有不科学的地方，王阳明及时发现了此说的弊病，在晚年概括了"良知"学说。想以"良知"改造人、改造社会。

在阳明心学学派中，做事低调、治学严谨的学者很多。他们的学问都做得很精深，德行也很高尚。很多学者对于自己的"一念之动"和行为都会进行深刻的反思，并能"戒慎恐惧"，保持"慎独"，做一个真正的正人君子。

艺坛奇才徐文长

　　徐渭(1521—1593)，明山
阴人。初字文清，后改文长，号天
池山人、青藤道士，或署田水月。
徐渭有着崎岖坎坷的人生，他生
于明正德末年，一生经历了嘉
靖、隆庆、万历三朝。徐渭六岁开
始读书，自谓"书一授数百字，不
再目，立诵师所"。十五岁拜家乡
一位叫彭应时的武举人为师，学
习射箭与剑术。这为他日后七年
抗倭的军事生涯打下了坚实的
基础。最值得徐渭骄傲的是，他
参加了著名的绍兴城西"柯亭之
战"、城东的"皋埠之战"以及钱
塘江入海口的"龛山之战"。这些
抗倭经历，徐渭都以诗文进行了
记载。徐渭因多才多艺被当时总
督七省军务的胡宗宪招入幕府，
担任记室，代拟文稿。呈献给嘉
靖皇帝的两篇《白鹿表》使其名

声大振。但后因胡宗宪受严嵩案牵连入狱,徐渭惧牵连,精神受到刺激,竟然多次自杀未成,后因杀妻,被打入死牢。经朋友营救,改判长期监禁。新老皇帝交替时,大赦天下,入狱七年后,徐渭获释。后半生,徐渭漫游各地,多次为幕,并创作了大量的书画和诗文,但耿直不阿的性格,使晚年的徐渭贫病交加,最后在"几间东倒西歪屋,一个南腔北调人"的境遇中结束了坎坷的一生。

就书法、绘画、诗文、戏曲四者而言,徐渭自谓"吾书第一、诗二、文三、画四",可以说这是徐渭对自己艺术成就的较为客观、清醒的评价。徐渭学书首推王羲之,从他所做的《兰亭次韵》《再游兰亭诗》《兰亭》等诗,可见其对书圣及《兰亭集序》的神往之情,他认为王羲之是书坛圣人。徐渭书法学的是魏晋时代的钟王楷书,行草书远宗晋人索靖,近学黄山谷、苏轼、米芾、祝允明等宋明诸家。在

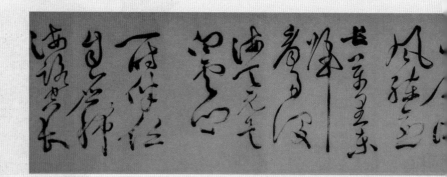

书学渊源上，受杨珂及陈鹤的影响最大。杨珂多作草书，陈鹤的草书效法怀素，真书则取晋人法。"渭素喜书小楷，颇学钟王。"徐渭传世楷书不多，在行草书方面，徐渭很欣赏张弼，故而在体势上间接继承张旭、怀素二人之狂草。徐渭《草书春雨诗卷》，字形运笔尚可明显看出祝允明的影响。徐渭草书章法有一种密集的形式，如《草书杜甫诗轴》《应制咏剑词轴》等，亦是自祝允明草书蜕变而来。祝允明的草书写得较密，几乎没有行距，字密集铺排在一起，各行之字互相迎让穿插，即是发徐渭密集章法之先河。袁宏道云："不论书法而论书神，诚八法之散圣，字林之侠客也。"诚然，徐渭是不会为法所缚的，即使是书学道路的起点——临摹古人书法，徐渭也要有自我，不肯屈膝于古人。其《书季子微所藏摹本兰亭》云："非特字也，世间诸有为事，凡临摹直寄兴耳，铢而较，寸而合，岂真我面目哉？"并主张

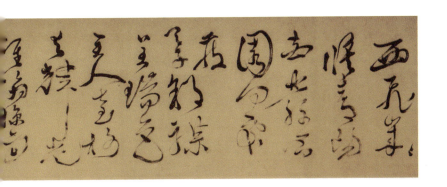

"取诸其意气而已"。徐渭善取古人"书神",而始终不失自家本色,故有英气生趣而"精奇伟杰"(陶望龄《歇庵集》)。徐渭《行草应制咏剑轴》,纸本,丈八巨制,气势恢宏,以草书笔意写行书,为其晚年书法代表作。徐渭的书法是"无法之法"的典型,观者有时连字迹也分辨不清,可以说"无法"到了极点。但就在这样的作品中,每一笔画都很到家,显示出坚实的笔力,字与字的俯仰也极注意,一字或数字欹侧似倒,接下来总有相挽相救的一字或数字,在杂乱中求平衡,显得奇趣横生。故而,这类作品并非真正的无法,而是把书法之法放到更大的天地中去表现,不拘一点、一画、一字的得失。为自己取得了最大的表现自由,给观者以最深刻的印象。徐渭以一种与传统做斗争的心态进行创作,毫不在意别人的眼光,他所创作的书法作品不拘一格,看似粗劣散乱,被称为"野狐禅"。但他对气势、神韵的追求,作品带有的感情色彩、个性特征,都堪称是中国古代书法史上的高峰。从《前后破械赋》开始,徐渭在狱中就创作了大量的书法作品。这些作品挣脱了传统儒家道德的束缚,不拘法度抒发心中的痛苦和愤懑之情。他进入了一种忘我的创作境界,他的行草书具有一种癫狂的醉态,笔墨流动,仿佛非理智清醒的人所为。陶望龄评价说:"渭于行草书尤精奇伟杰。"

徐渭中年学画,其画能吸取前人精华而脱胎换骨,一改因袭模拟之旧习,重写意慕生,不求形似求神似,以其特有之风格,开创了一代画风。山水、人物、花鸟、竹石无所不工,以花卉最为出色,公认

为青藤画派之鼻祖。

徐渭是一个开大写意画派的杰出画家，他的大写意花卉奔放淋漓，追求个性的解放，所画"无法中有法""乱而不乱"。徐渭的写意画，不管花鸟、山水、人物，其布局都灵活善变，视题材、主题和画幅形式的要求，出奇制胜，确实达到了"旷如无天，密如无地""能如造化绝安排"的艺术境地。他深得用墨三昧，善于用水用墨，大泼墨、大破墨尤见功力，淡破浓、浓破淡，极尽墨法之变化，淋漓润泽，生意盎然。徐渭的水墨画技法全面，充分体现了他纵横奔放的才华，把中国写意画推向又一个高峰。明代许多名家中，能如徐渭于绘事兼长各科，挥洒自如，情景交融的，可谓屈指可数。他的作品，带给人们的艺术享受是隽永的。从一定意义上说，徐渭是明清大写意画派的开山大师，他的绘画艺术是我国文人画发展到明代的一个新的突破。

徐渭在文学上也有突出成就。他反对明代前后七子"文必秦汉,诗必盛唐"复古运动的扼杀个性的形式主义倾向,主张清新自然的创作风格,诗文多直抒胸臆,反映怀才不遇

和愤世嫉俗的思想,表现出艺术的真情实感。其诗主张独创,反对拟古,其散文受苏轼影响,文笔潇洒自如。徐渭亦从事杂剧写作,有如泣如诉、充溢郁勃奇崛之气的《四声猿》,或借古喻今,鞭挞黑暗;或歌颂女子的聪明智慧。他对南戏有深入的研究,写下了中国古代戏曲史上第一本南戏的概论性著作《南词叙录》,对南戏的渊源、发展及表现形式、作家、作品均有所涉及,并提出自己的看法。徐渭是中国戏曲史上第一位系统整理宋明南戏的专家,同时建立起我国的曲学体系——从前人的零碎片谈提升至全面考察,开启了日后的曲学发展。

徐渭青年时立志科举,可以说是科场狂生,然而命运捉弄,徐渭竟布衣一生,沦做幕僚。然而,徐渭不经意中以自己的经历造就了幕学体系,丰富了幕学理论,后人把徐渭敬为"幕祖"。在徐渭之前,绍兴

地方已经有做幕僚的风气，绍兴读书人多，但中试者有限，天生我才必有用，聪明才智要发挥，做幕僚就是科场失意的士子的体面归宿。但徐渭之前，做幕僚不成气候，没有规矩。徐渭这一生做过胡幕、李幕、吴幕、张幕等多次幕僚，总括而言，胡宗宪幕最有成就，吴兑宣府幕最快乐，所有这些为幕的经验，形成了做幕僚的一套基本规范。徐渭后三百多年，幕僚事业大有发展，绍兴曾有上万的著名幕僚，即历史上的"绍兴师爷"。绍兴师爷是明清时期封建官僚体制与绍兴人文背景相结合的职业群体，是专业性、地域性极强的幕僚群体，肇始于明，盛行于清，没落于辛亥革命前后。在中国近代史上，绍兴师爷与各地方行政官吏、士绅、商人等共同操纵了封建社会的政治、经济、军事、司法等诸多领域，成为中国封建统治者不可或缺的工具之一。

徐渭是智慧的化身，徐渭靠智慧做过很多为民请命、仗义任侠的事。由于徐渭没有官名，正史，包括地方志都没有记载，这些故事只能流传在老百姓的记忆中。

儒学殿军刘宗周

刘宗周(1578—1645)，初名宪章，字启东（一作起东），号念台。明末山阴人，阳明心学传人，是阳明心学的纠偏者。因讲学绍兴府城之蕺山书院，创立蕺山学派，后世尊称其为"蕺山先生"。

刘宗周于万历二十九年(1601)考中进士，经万历、天启、崇祯三朝，历任礼部主事、尚宝司少卿、通政司右通政、顺天府尹、工部侍郎及南京左都御史等职。刘宗周在朝为官，三落三起，虽出仕几十载，但一生真正做官只四年多。刘宗周学问见识非同一般。万历年间，他敢于替东林党人说话；天启年间，他毅

然弹劾权势熏天的魏忠贤和客氏;崇祯时,他多次上疏,进献国策,以图摆脱国家的危机。崇祯时期,刘宗周在他的《与周绵贞年友书》中写道:"今天下事日大坏,莫论在中在外。"但刘宗周还是希望崇祯皇帝"超然远览,以尧舜之学,行尧舜之道"。崇祯斥其迂腐之言,欲要重处,最后降旨把他革职为民。崇祯十七年(1644),李白成攻破北京城,崇祯自缢身亡。次年七月,清兵攻陷南明小朝廷,福王被捕惨遭杀害。六日,在杭州监国的潞王降清。七日,刘宗周听闻消息后放声恸哭:"此予正命时也。"就此绝食,绝食20天而死。

刘宗周为官的严于操守、厉于修身与他的"补偏救弊"的"慎独理论和"敬诚"学说是分不开的。

作为明末的儒学大师,他对儒学的贡献是多方面的。他看到明末阳明心学末流之弊,因而为之全力纠正。刘宗周的学说有六个方面:他的气一元论的宇宙观、以气质为本的人性论、"良知不离闻见"的认识论,以"意"为本的诚意说,以"独"为本的慎独说,以"儒"为宗的辟佛论。而其中最为主要是他的慎独"理论和"敬诚"学说。

刘宗周认为"君子之说,慎独而已矣。……'学问吃紧工夫,全在慎独。'人能慎独,便为天地间完人。"在他看来,"慎独"包括了上至对宇宙本体的认识,下至个人的道德修养等一切重要学问和做人的道理。"独"即是人的主观意识的"心",也就是王阳明所谓的"良知",他还认为"慎独"能使人的修养达到"中和"的境界,是实践"中庸之道"的必要途径。他反对朱熹"戒慎属致中,慎独属致和"的看法，亦修正王阳明个人独处时约束自己行为的纯修养功夫，而主张以人类独具的心智功能进行自觉陶冶，强调"人虽匹夫，必有志也。"人应有志进取，迁善改过；人应以仁义为准，不弃生轻死；人应死而有益于天下，为尽道而死；"与其墨墨而生，毋宁烈烈而死"，要爱国勤民，死得其所。由此看来，"慎独"不仅仅是一般的道德修养方法，而是融合一切的理学思想。如何能做到"慎独"呢？他认为，"慎独"要与"敬诚"相联结，"敬诚"是"慎独"之功夫。他说，《大学》之要，诚意而已矣。格致，诚意之功也。《中庸》之要，诚身而已矣。明善，诚身之功也。"他认为忠信无欺就是诚，不在诚字上立脚的人犹如禽兽。意念是后天的，应防恶念，举善念。他揭露当时社会的病根是：诚与伪对，妄乃生伪。妄念一出，真与伪、信与欺则流行，"近世士大夫受病者，皆坐一伪字，使人名之曰伪道学"，则欺人罔天无所不至，不识人间有廉耻事。他不拘师说，指出王阳明的致良知是"婉转说来，颇伤气脉"。关于刘宗周"慎独"理论，其门生黄宗羲说："先生之学，以慎独为宗，儒者人人言慎独，唯先生始得其真。"

刘宗周讲学20年，历东林、首善、证人、蕺山等书院，其中证人、蕺山均在绍兴。在讲学过程中，刘宗周经常与过往学者如东林书院的刘永澄、高攀龙、黄尊素，首善书院的邹元标、冯从吾，石篑书院的陶爽龄等论学，于是形成以"慎独为宗"的蕺山学派。

"浙东学派"始于南宋，延续下来的有明中期王阳明的"心学"，明末刘宗周的"慎独"学说，到清代，已是浙东学派的全盛时期，有一代大儒黄宗羲，以及朱之瑜、万斯同、全祖望、章学诚、毛奇龄、毛万龄等著名学者为代表。

浙东学派的思想从王阳明的"阳明学派"一脉相传下来，到了刘宗周的蕺山学派，再由刘宗周的大弟子黄宗羲撑起"浙东学派"的旗帜。

黄宗羲在《明儒学案》一书中，把阳明心学列为儒家思想的正脉。以他为代表的浙东学派的学者，率先提出"经世致用"这一实学思想。

沉湖明志祁彪佳

祁彪佳(1602—1645),字幼文、虎子,又字弘吉,号世培,别号远山主人。出身于世代官宦之家,其父做过江西右参政,又是藏书家。祁彪佳自幼受到儒家思想的教育与熏陶。他17岁中举,21岁成进士,历任福建兴化府推官,福建道御史,苏浙巡抚,弘光朝大理寺丞,右剑都御史等职。

明天启三年(1623),22岁的祁彪佳初任福建兴化府掌管刑狱的推官,时僚属士绅皆以其年少、出身纨绔家庭、不熟悉民情而为忧虑,或以为可欺。而他掌管事务仅数月,有关民风利弊、狱情钱谷皆了然于胸。治猾吏、禁豪右、惩刁讼、绝贿赂,剖决详明,吏民皆大畏服。明崇祯四年(1631)起为福建道御史。针对当时局势,他屡次上疏,如《赏罚激劝疏》《合筹天下全局疏》,直言谏诤,条陈民间疾苦。六年,祁彪佳巡按苏(州)松(汉)诸府,吴中无赖假天罡党欺凌百姓,祁彪佳立即逮捕为首者四人,因民怨鼎沸而杖杀之,收到了杀一儆百的效果。明崇祯七年(1634),宜兴陈一教仗恃与首辅周延儒有姻戚关系,陈家子弟及家奴恃势横行乡里,无恶不作,逼得乡民焚其居发其祖坟。事发后,祁彪佳依法捕治为首者,而对陈一教子弟及家奴也不徇私情,依律一一作了严惩,百姓冤屈得申,权贵为之侧目。为此,祁彪佳遭到权相周延儒的嫉恨。后借考核之机将祁彪佳降俸处分以报复。次年,祁彪佳以侍养为名辞官归家。家居期间,恰逢绍兴府各县连年遭灾,他联合地方贤达,全力投入救灾赈济工作,推行私籴法、分籴法,设粥厂法、分米法,设药局法等救济灾民。在他带动下，富家大室闻风布施，救治灾民几万人。与此同时，祁彪佳还详尽记载救荒举措、实施办法及其效果，在此基础上辑录古今救荒办法，撰写《救荒全书》，为赈灾积累了丰富经验。崇祯十五年(1642)，祁彪佳应召赴京担任官吏考察大计，秉公办理，无敢以一钱一简至其门，舆论大服。计典毕，改南京畿道，连上三疏，力陈诏狱缉事、廷杖之弊，疏劾周延儒党羽吴昌时，朝臣皆为他担心，他却丝毫不以为惧。南明弘光初(1644)，刘肇荃驻京之骑兵劫掠百姓财物，浙江入卫都司兵见之不平遂相冲突，浙兵战败，骑兵乘势焚掠，死伤兵民计400余人。祁彪佳严治刘肇荃及其所属首恶，并慰问抚恤被难兵民，计启给钱医治。巡按苏松诸府期间，所至访问父老，体察民情，痛斥豪强兼并，针对百姓不堪重负的遭遇，上奏《陈民间十四大苦疏》，要求弘光朝廷采取切实措施，减轻百姓负担，并特别指出"三吴赋税重于他地，而差解之役更倍之。"为此，他实施清积察、省赃赎、禁滥差、定解法、平漕兑、节供应、敦风化等举措，使三吴百姓普遍得到实惠。

　　南明弘光二年(1645)五月,清兵攻陷南京,福王被抓,南明弘光政权宣告结束。六月,潞王监国杭州,授祁彪佳兵部侍郎、苏松总督,未上任杭州失守,潞王降清,祁彪佳返里。清兵旋即渡江,兵临绍兴。清军统帅李罗素闻祁彪佳清名,以书币礼聘。祁彪佳听说绍兴有些绅士已被清廷收买,渡江去做贰臣,心中愤慨万分,于是决定以死报国,毅然写下了"时事至此,论臣子大义,自应一死。……况生死日暮耳,贪旦暮之生,致名节扫地,何见之不广也!……虽不敢比踪信国(文天祥)亦庶几叠山(谢翱羽)之后尘矣"的绝命书和"含笑入九原,浩然留天地"的绝笔诗,自沉于自家寓园的池水中,以自己生命谱写了一曲恪守民族气节之歌。南明唐王追赠祁彪佳为少保、兵部尚书,谥"忠敏",清乾隆四十一年(1776)赐谥"忠惠"。

　　祁彪佳墓原本规模宏大,可惜被毁于20世纪六七十年代。如今,在亭山南坡的祁彪佳墓的旧址上立有石碑用以纪念,游人到此可以凭吊遗迹,缅怀先贤。

"不降"书门王思任

王思任(1574—1646),字季重、金星,号遂东、谑庵,明山阴人。少时攻举业,师从黄葵阳,因落笔灵异,深得葵阳器重。万历二十三年(1595)中进士,先后任兴平、当涂、青浦知县,迁袁州推官,擢刑部主事,转工部主事,晋屯田郎中。鲁王监国绍兴时,任礼部主事兼詹事,进礼部尚书。后清军南下,绍兴陷落,王思任弃家入秦望山绝食而亡。

王思任初任兴平知县时,即以善断疑案和冤狱而闻名。继任当涂知县时,适逢太监邢隆到当涂一带开矿。开矿是万历年间的一项苛政,所至之处,民不聊生。王思任以谐谑稳住邢隆,巧妙地以明朝龙脉所在为由,将邢隆骗走,保住了当涂一带不受骚扰。任青浦知县时,清田均役,将无田有役改为役必以田,五年三四役改为五年一役,50亩当大役改成70亩以上大役,极力为百姓争取利益,使民负得以减轻,却因此与漕运使相忤而落职。出任江州备兵使者时,大力整顿防务,不仅保住江州不受兵祸,还发兵解除了邻邑黄梅县之危。离职时,"江州为之罢市,哭声裂匡山之谷。"此话虽有些夸张,但可见其任内政绩得到百姓的高度赞誉。

王思任曾作《感述》一诗曰:"骨傲口不训,触眼遭时忌,贬逐走东西,稍登忽韭替。"把其一腔愤懑和对现实的失望都表达了出来,这也正是他一生颠沛流离生活的真实写照。明末,正是东林党和阉党斗争激烈的时期。东林党虽然是反对阉党的知识分子团体,但声势所及,不免有一些沽名钓誉之徒厕身其间,行事也不免偏激过当,王思任采取了"君子群而不党"之态,没有卷入这场纷争,但他反对阉党骄横跋扈。当他改任袁州推官时,魏忠贤曾派人收买,王思任不仅婉绝,并作《脚板赞》云:"曾入帝王之门,曾踏万峰之顶,曾到齐晋云间欺官之署,曾走狭邪非礼亡赖之处,而不曾投刺于东林魏党,乞食墙间,沽名井上。所以然者,脚底有文,脚心有骨。"以此表明自己不愿依附于权势的心迹。

清顺治二年(1645)五月,南京陷落,明福王仓皇走芜湖,而权相马士英亦拥兵奉太妃入浙江。此时,王思任上疏太妃,指出弘光朝廷从不曾切实讲求报仇雪耻。清军进逼杭州,马士英欲渡江入越。王思任致书拒之云:"吾越乃报仇雪耻之国,非藏垢纳污之地也,职请先赴胥涛,乞素车白马,以拒阁下。"当鲁王监国绍兴时,清兵渡江在即,面对颓势,王思任屡次上疏,极言种种弊政。怒斥权相马士英专擅朝政、祸国殃民,要求"立斩士英之头,传示各省,以为误国欺君之戒"。次年六月,清兵陷绍兴,鲁王亡走海上,王思任于凤林山祖墓旁筑草舍以居,名为孤竹庵。清巡按御史王应昌邀其出山,亲朋好友也多以利害相劝,但他始终不为所动,闭门大书曰:"不降",并留言"社稷留还我,头颅掷与君。"决心以于谦为楷模,献身恢复明朝的大业。清贝勒博洛驻节城中后,王思任不剃发,不入城,绝饮食,于顺治三年(1646)年九月二十二日卒。临终前,连声高呼"高皇帝",犹如宋代抗金将领宗泽濒死时之三呼"过河"。由此被誉为绍兴历史上最有名的硬骨头文人之一。

"绝代散文家"张岱

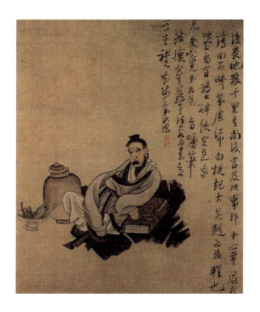

张岱(1597—1689),明末山阴人。张岱出身于一个仕宦家庭,他在文学上沿袭公安派、竟陵派的主张,反对桎梏性灵的复古主义,提倡任情适性的文风。但又不为公安、竟陵所囿,能吸取两家之长,弃两家之短。其作品题材范围广阔,于描写山水景物之外涉及社会生活的各个方面。

明亡后,他隐迹山居,在国破家亡之际,回首20年前的繁华靡丽生活,写成《陶庵梦忆》和《西湖梦寻》两书,以抒发他对故国乡土的追恋之情。张岱文笔活泼清新,时杂诙谐,不论写景抒情,叙事论理,俱趣味盎然。从张岱散文内容看,题材的世俗化、生活化,自娱和忧时结合的情怀是其一大特点。张岱散文大多表现本人的生活场景,诸如读书、品茶、戏曲技艺、弹琴、灯景、游山玩水、古董鉴赏等,但也不轻视宏文大典,其历史著作中的论赞,关乎当时朝政的得失，笔端感情真实深厚，而流传不衰。张岱散文特点之二，不拘格套，行文随意自然，无固定格式。大多篇幅短小，有的几百字，少的仅百余字，但皆台旨以小见大。他的山水、风俗散文，既能于方寸之地各吐万象，牢笼百态，又能包容纷繁复杂的大场面，如《西湖七月半》《扬州清明》《虎丘中秋夜》《金山竞渡》《绍兴灯景》等，所取场景阔大纷繁，人物众多，既有粗线条勾勒，又有细腻的工笔描绘。其人物散文善于通过精当的材料展示人物的性格，如《柳敬亭说书》《彭天锡串戏》《姚简叔画》等，一桩小事，一个细节，一种场景，往往信手拈来，稍加点染便境界全出，人物性格跃然纸上。张岱散文特点之三，语言清新，既有文言的典雅、明丽、凝练简洁，又有俗语生动谐趣、通俗浅易的特点。他善于吸收民间生动的谚语、俗语、传说，或者是戏曲语言，将其充实编织到文言中，使其既雅且俗，雅俗相宜，亦庄亦谐，具有鲜明的时代气息。

张岱在追抚繁华片事之中，就含有无限的家国之痛，即使不着一字也关涉忧伤排愤者，叹《黍离》、悲《麦秀》之情自在，这就造就了张岱的散文艺术的厚重的历史文化感，以及它的历时性的生命力。张岱以散文的成就，被认为是晚明小品文的代表作家。

张岱又是明末爱国史学家。他家经三代积累，聚集了大量明朝史料。他从32岁开始就利用家藏资料编写纪传体的明史。明亡后，他在"布衣蔬食常至断炊"的困苦生活中坚持写作，终于完成了这部史书，题名为《石匮藏书》。当时由于崇祯一代史料不足，《石匮藏书》只记到天启朝。直到康熙初，他应征参加编修《明史纪事本末》，才补写了崇祯一朝的纪传，题为《石匮后集》。他借辑明代遗事表达了对故国的沉痛怀念和坚贞的民族气节。

张岱史学著作现存有《古今义烈传》《史阙》《于越三不朽图赞》和《石匮书》《石匮后集》。《石匮书》参照《史记》，分本纪、表、志、世家、列传五部分，标明220卷。张岱撰写《石匮书》经历了明亡前和明亡后两个不同的思想发展阶段。明亡前受家庭修史传统和藏书的启迪，为纠正明实录和私人修史失实而阙误；明亡后则是以强烈的民族爱国感，国可灭而史不可灭，决心写部真实反映明朝兴亡的史著而流传后世。入清以后，张岱已沦为城市贫民，在生活极其贫困，且又受到文化专制的高压和恐怖的情况下，"五易其稿，九正其论，稍有未核，宁阙勿书。""事必求真，语必备确。"张岱从历史事实出发，认真总结并揭示了明朝灭亡的过程及其原因：他认为"盖我明亡之症，已见之万历末季矣……'我明天下不亡之崇祯，而实亡之天启，不失之流贼，而实失之（魏）忠贤。'"

《石匮书》继承了《史记》等正史传体的体例，又有所发展，其中"志"的设置，有《科目志》《河渠志》《钱刀志》《马政志》《盐荚志》《漕运志》等，反映了明朝政治经济制度的特点。人物列传组合上，既有奉传，又有类传，深得史传剪裁之妙，既简易又不致漏载，最显著的是以文学手法来写史，文笔优美自然。人物列传既简练，又细致入微，抓住人物本质的传神细节，生动描写人物性格特征与精神面貌。张岱推崇朱元璋的"明达"之说,史传语言以通俗的文言为基础,大胆引进口语、俗语,把通俗化推向史著这一庄严的领域。体大思精的史学巨著《石匮书》及《史阙》《石匮书后集》等著作,为明清之际的学术文化史,乃至整个中国文化史竖起了一座巨大的丰碑。

张氏世代善诗文,好丝竹、戏曲、园林。徐渭即为张岱祖辈友人。张家从祖父辈起家里就蓄养戏班子,先后有"可餐班""武陵班""苏小小班"等6个之多,张岱自小喜欢看戏,"好梨园,好鼓吹",擅长琴曲,与演员生活在一起;精戏曲,编导评论追求至善至美。既是导演,又是剧作家,他曾创作杂剧《乔坐衙》,改编传奇《冰山记》,在绍兴城隍庙和山东兖州演出,获得很好的效果。张岱具有多方面的兴趣爱好,他"好美食",是一位美食家,《夜航船·物理部》有名产加工的记载;"好古董",极爱收藏,《琅嬛文集》卷五的"跋""铭"皆是张岱为亲手收藏的书帖、画卷和金石、瓷、壶作的书跋、书刻文字,具备非凡的鉴赏水平。

张岱在文学、史学和艺术理论上之所以卓有特色,很重要的原因之一就在于他能将贵族文化形态与正兴起的民间文化中的精华恰到好处地融为一体,这是他不同于众的卓越之处。张岱的所为,反映了文学、艺术在明末一个值得注意的新走向。张岱友人王雨谦曾谓张岱为"文中之乌获,后来之斗杓","史学知己"李砚斋谓其"当今史学,无逾陶庵",当时的张岱就受到人们的高度誉扬。

五四以后,周作人及黄裳分别称其为"绝代散文家""是我平素非常佩服的作者"。他的散文创作风格深深影响了周作人、俞平伯、黄裳、汪曾祺等一大批人。20世纪90年代至今,张岱著作陆续得到整理出版,研究张岱的专著和论文纷纷刊发,成为当今文学研究的热点之一。

一身傲骨陈洪绶

陈洪绶(1598—1652),明末诸暨人。字章侯。幼名莲子,号老莲,又号小净名。明亡以后,自号僧悔、悔僧、悔迟、老迟等。诸暨得天独厚的人文积淀开启了陈洪绶的早熟和勤奋。传说他4岁自画关公像于壁,10岁濡笔作画使老画家孙杖、蓝瑛惊奇,14岁可悬画市中卖钱,19岁画名远播,到后来传到海外,如朝鲜、日本、乌兹别克斯坦等地。艺名很大,但仕途功名毫无成就,屡试屡败。43岁上京捐为国子监生,后被召入宫廷临摹历代帝王图像,因不满朝廷而归乡。明朝覆灭后,他在49岁那年出家在绍兴云门寺为僧,常纵酒狂放,借以发泄"故国遗民"的悲怨。晚年在绍兴、杭州一带以卖画为生。

陈洪绶是一位全面型画家,人物、山水、花鸟及梅竹四大类都涉足,其中人物画包括故事画、宗教画、高士画、仕女画及肖像画(木刻插画);山水画则从全景的大轴到特写的斗方一应俱全;花鸟画包括草虫(尤其是蛱蝶)、水仙和菊花画;梅竹画包括枯木、竹石一类。其绘画风格影响了中国百年画坛。到清末,直接或间接由陈派画宗再传三传而得其法的著名画家就达55人;"海派"著名画家任熊、任熏、任颐等人的画风都是继承了陈洪绶的传统;现代艺术大师徐悲鸿的人物画,就运用了陈画朴质有力的特征和水晕黯章的技法；齐白石的人物，也吸收了陈洪绶善于传神、夸张的手法；国画大师谢稚柳早年的书画艺术也受到陈洪绶的影响；当代画家程十发更把陈洪绶的独到之处引入唯美艺术及民间艺术。不仅如此，陈洪绶在世时画名就远播海外："朝鲜、兀良哈（蒙古国东部）、日本、撒马儿罕（乌兹别克）……购莲画，重其值，海内传模为生者数千家。"

陈洪绶擅长人物画，精工花鸟，兼能山水。他画的仕女装束古雅，眉目端凝，古拙中透露出一丝妩媚，颇为爱好者和收藏家所喜爱。其人物画成就，人谓"力量气局，超拔磊落，在仇（英）、唐（寅）之上，盖明三百年无此笔墨"，鲁迅曾评："老莲的画，一代绝作。"他为人刚直，疾恶如仇，因独特的艺术风格和高尚的品行被世人铭记。

陈洪绶年幼丧父，不满20岁，祖父与母亲也相继去世。他的哥哥一心想鲸吞家产，陈洪绶就将自己的那份拱手相让，离家出走，来到山阴向阳明学派学者刘宗周拜师学艺。陈洪绶天赋过人，深得绘画精髓。崇祯帝得知他的才华，决定任命他为内廷供奉宫廷画家。他目睹朝廷的腐败，对黑暗的政治深恶痛绝，抗命不就。明崇祯十六年（1643），他一气之下南归隐居，寄寓于已故画家徐渭的故居——青藤书屋，在那里静心作画。

后来清兵攻入浙江，刘宗周不愿做亡国奴，绝食身亡。陈洪绶悲痛万分。迫于时局，他入空门避祸，在平水云门寺削发为僧，自称悔僧、云门僧。他本无心入空门，曾自云："岂能为僧，借僧活命而已。"于是一年后又还了俗，卖画为生。有一次，一位官员为了骗取陈洪绶的画，便声称自己有件古画，请陈洪绶到他的船舱中去鉴定。陈洪绶答应并前去，不料到船里时，那官员拿出来的不是画而是绢，执意要陈洪绶为他画画。陈洪绶不愿作画，官员千方百计要留住他。他十分恼火，一面破口大骂，一面脱衣服准备往水里跳，官员见状只好作罢。

陈洪绶一生坎坷，性格倔强，不愿同流合污。去世后葬于越城区鉴湖街道谢墅村官山岙。其画艺画技为后学所重，堪称一代宗师。他的身上体现着宁折不弯的文人风骨，堪称越人之光。

平台功臣姚启圣

姚启圣(1624—1683),字熙止,号忧庵。明会稽(今浙江绍兴)马山姚家埭人。家产殷富,无纨绔习气。身材魁伟,臂力过人,少负大志,耿直仗义,任侠豪放,视金钱如粪土。文武兼备,临阵出奇制胜。历官知县、知翔、福建总督、兵部尚书加太子太保。

清军定江南后,姚启圣投笔从戎。在任通州知州时,因执土豪杖杀之,弃官归里。路遇两健卒掠一女子妄图不轨,姚启圣见状借故与之好语,乘隙夺其刀杀之,送女子还家。后为躲避缉捕,流亡辗转数年。顺治十六年(1659),在盛京(今沈阳)入族人籍,投镶红旗汉军。康熙二年(1663),应八旗乡试,列举人第一名,授广东香山(今中山)知县。因前任欠缴税银数万而入狱,姚启圣经申报悉数代为偿付。香山濒海,下海捕捞、贸易,为县民重要经济来源。姚启圣为民生计,擅开海禁,因此而被罢官。后经商七年。

姚启圣为平定闽浙藩乱,驰骋疆场,屡建战功。康熙十二年(1673),"三藩"乱起。次年三月,"三藩"之一驻福建耿精忠部反叛,执福建总督范承谟杀之,又攻皖、赣,入浙江,陷温州旁及台、处两州诸属县。清廷遣康亲王杰书率兵反击叛军。在此军情危急之时，姚启圣慷慨以家财募集健儿数百，效力康部，亲冒矢石与叛军作战。未久，任诸暨知县，削平境内紫琅山土寇。康熙十四年（1675），越级提升为温、处两州佥事，克松阳、武义两县。康熙十五年（1676），收复云和后，让长子仪率军南下，破耿军于温州。十月，姚启圣挥师浙闽之咽喉仙霞岭关，浙境藩乱荡平。

仙霞关攻克后，姚启圣随康军直趋福建。因善用兵，出奇制胜，叛首耿精忠及其总兵曾养性等战败投降。姚启圣擢升福建布政使。此时，福建敌情仍然严峻，一是盘踞台湾的郑锦（经）乘"三藩"起乱，大举入侵福建沿海；二是"三藩"之首吴三桂部将韩大任自江西攻入福建汀州。韩骁勇善战，世称小诸葛，与郑锦合力反清。姚启圣对韩军既剿又抚，使之倾部归顺。康熙十六年（1677），姚启圣随康亲王征战福建南北，收复邵武、兴化，尽取漳州、泉州。因屡著战功，受诏嘉奖。

康熙十七年（1678），遁厦门的郑锦遣大将刘国轩犯漳州、泉州等地，福建都统穆赫林、提督段应举率军战败，长泰、同安、平和等县相继失陷。危急中廷诏姚启圣任福建总督率师反攻，连破刘军，攻克平和、长泰、漳平等地，授正一品。康熙十八年（1679），刘军又犯长泰。姚启圣与时任福建巡抚吴兴祚（山阴州山人），彼此策应，大败敌军，先后招降官兵14000名。康熙十九年（1680），姚、吴与提督万正色、总兵赵得寿联手，分兵七路收复海澄、金门、厦门等所陷郡县,至此八闽平定。郑锦遁台。

郑锦遁踞台湾后,仍称延平王继续反清,妄图自立乾坤。康熙二十年(1681),郑锦死,其子克爽袭。康熙二十二年(1683)六月,姚启圣与福建水师提督施琅挥师出海,先克澎湖,八月攻克台湾,克爽降,清政府即在台湾设三县一府,驻兵屯守。姚启圣为平定台湾,竭尽心力,功勋卓著。

姚启圣在平定福建叛军时,就已确定了乘胜追击、直取台湾主张。在其《视师》诗中的"提师渡海极沧溟,万里波涛枕上听"之句,就充分表明了平台决心。当郑锦遁台后,朝臣对台问题有主战、主和之争。姚启圣认为台澎乃浙闽屏障,必须收复,坚决反对议和,力陈以剿寓抚、以战逼降、彻底平台方略。并实施了许多重要举措:其一,与巡抚吴兴祚精心规划设计了征讨台澎具体方案。其二,稳定福建沿海。在收复金、厦后,即上疏并允准开海界复民业,出资赎回流徙难民两万余,准降卒垦荒定居,严禁军兵掳女子北上,并着专人管理沿海。稳固民心,复苏民业,使平台无后方之忧。其三,献私财助军。他以变卖会稽祖产、向亲朋借贷及在香山罢官后经商七年所得,先后捐助军银15万两之多,其中半数用于为投诚官兵发饷,对降将另行赐财并辟馆安置优抚。姚启圣的报国忠心和真诚招抚之举,使降者大为感动,于是敌兵接踵来归,并愿效死力反戈一击。其四,上疏力荐施琅为攻台水师提督。施琅原为郑锦部将,顺治间降清。姚启圣量其才干,于康熙十八年(1679)上疏推荐重用。康熙二十年(1681),郑锦死,攻台时机已到。为此,姚启圣又以家口百人性命作保力荐施琅出任水师提督。其五,选精干潜入台澎,以理义、金帛离间郑氏集团,或为内应。其六,在厦门建立了充实的支前基地,馈运军需和后备兵力。交战后,从厦门以大量战船和民船载货米、金帛至军营。当施琅两万余水师初战澎湖失利时,姚启圣即亲率士兵万余人支援,扭转战局。在这万余士兵中,有数千人是由他变卖家眷首饰供给军饷的;在增援战船中有百余艘是他自己捐资建造的。姚启圣与施琅在六月协力攻克澎湖后,旋于八月亲征平定台湾。姚启圣为平定台湾,实现国家统一大业,贡献卓著,光照国史。

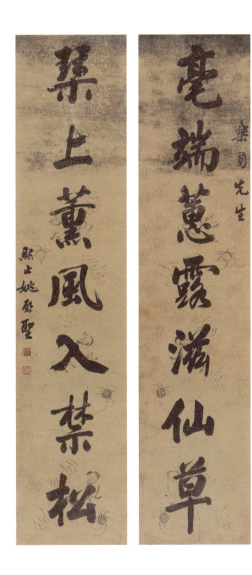

毫端蕙露滋仙草
蘂上薰風入禁松

樂園先生
照上姚啓聖

经世致用章学诚

章学诚（1738—1801），原名文镳、文酕，字实斋，号少岩，会稽人，是清代杰出的思想家和史学家。

章学诚是中国古典史学的终结者和方志学的奠基人，被梁启超称为"清代惟一之史学大师"，又享"浙东史学殿军"之誉。他对史学的热爱不容置疑，古书中曾有此番记载："少性耽典籍，雅好史学。从刘文蔚、童钰游，习闻黄宗羲之说，学遂日进。"可见其热爱程度之深。

章学诚的一生颠沛流离，穷困潦倒，却坚持"撰著于车尘马足之间"。他26岁时肄业国子监，28岁在京师跟从大学士朱筠，得以尽览其藏书，因学问不合时好，屡试不第，迟至清乾隆四十二年（1777），应乡试中举，翌年中进士。曾援授国子监典籍，主讲定州定武、保定莲池、归德文正等书院。后入湖广总督毕沅幕府，协助编纂《续资治通鉴》等书。从27岁起，随父纂修《天门县志》，并着手撰写方志论文。

乾隆三十八年至五十八年（1773—1793）间，他陆续纂修或参修的志书有《和州志》《永清县志》《大名县志》《亳州志》《湖北通志》等。章学诚一生主修、参修各类地方史志十余部。预修有《麻城县志》《常德府志》《荆州志》等。在纂修志书的同时，他也注重总结修志的经验，进行志书的理论建设，写出了《方志辨体》《方志立三书议》《记与戴东原论修志》和《修志十议》等论文。乾隆四十六年（1781），他去河南，不料中途遇盗，其44岁以前的著作文稿也被抢走，包括《校雠通义》原稿四卷。虽几位至友之前抄录了部分文章，但这次文稿被劫，对章学诚造成了巨大打击。现存的《校雠通义》已非"原版本"。为吸取教训，此后他每次的撰著，必请人代抄一本留存。

乾隆五十九年（1794），漂泊异乡40多年的章学诚返回故里，在老屋里继续从事著述。至嘉庆五年（1800），他贫病交迫，双目失明。次年（1801）十一月卒，葬山阴芳坞（今绍兴市柯桥区福全街道）。章学诚故居位于越城区塔山街道辛弄。

章学诚用自己的一生坚持自己的热爱，即使生活拮据也从未放弃学术研究。他用毕生精力撰写论著，总结、发展了中国古代史学理论，对后世产生了极其深远的影响。时至今日，人们每每参观章学诚故居都不免感叹他对史学研究所做出的伟大贡献。

书画大师赵之谦

赵之谦（1829—1884），初字益甫，号冷君；后改字㧑叔，号铁三、憨寮；又号悲翁、悲盦、无闷、梅庵等。他经历忧患、坎坷一生，他一生独立求索，留下了辉煌的艺术。赵之谦祖辈经商，但到父辈时家道中落，少年赵之谦是在清贫艰苦中度过的。像前辈很多绍兴文人一样，赵之谦仍勤于书斋，聪明好学，诗、书、画、印无不通晓，尤精于篆刻。他曾以书画为生，参加过三次会试，均未中。42岁时赴江西为官，曾先后任鄱阳、新奉、南城诸县县令，卒于56岁。他一生中经历的两次战乱，对他来说是刻骨铭心的记忆。

19世纪中叶赵之谦正值中年时，中国近代社会进入了十分动荡的年代，太平天国运动蓬勃发展，席卷江浙一带。赵之谦逃亡他乡，不久其妻及女在战乱中病卒，使他对太平军的造反耿耿于怀，并在其诗文和篆刻作品中屡屡提及，"今我不陷贼，生存非为喜，洁身对君父，负心与妻子"（《悲盦剩墨·行温卅述怀诗》），"遭离乱，丧家室……刻此石，告万世""得家人从死，屋室遭焚之耗已九日矣，以刀勒石,百感交集"(刻《二金蝶堂》印的边款),以至在"三十四岁"时"家破人亡,更号悲盒"。

赵之谦在南城任职期间,法国进兵越南,侵犯台湾。闽海、南城久圮不治,郡守与赵之谦商议修城以坚固城池,年逾50岁的赵之谦怀着一腔爱国热情,在案牍劳形之中,以衰病之躯尽力支持军需,在他当时一些诗文中也都表达了这种民族感情。

对农民起义的怨愤而无奈,对外国侵略者的仇恨而又无能为力,国难家难,面对自己的遭际和不幸,赵之谦常常沉浸于一种孤寂、悲怆、愤懑和抑郁的心情中,这成为他恃才傲物性格的缘由。而他的心情和性格,也不可避免地寄寓于其作品中。

"独立者贵,天地极大,多人说总尽,独立难索难求",赵之谦一生如其所言,在诗、书、画、意上进行了不懈的努力,终于以自己独立、独特的风格,成为一代大师。赵之谦擅长画人物、山水,而尤工花卉,花草树木多是自慨身世、情感、志趣、秉性之作。他画梅,以梅表达悲怆凄凉的心境,同时寄寓一种高傲不凡的精神境界;他画松,以松表现一种不折不挠、坚韧不拔、顶天立地的性格;他画荷,以荷写照自己的心灵,表达自己出淤泥而不染、卓尔不群的傲气;他画蔬荀,以蔬荀气比喻文人的清高不俗,并以此自得、自诩。

随着人们审美时尚的变化,许多晚清文人画家已尝试将色墨交混画法运用于写意花鸟。赵之谦更以丰厚、艳丽的色彩和饱满的水墨大胆涂抹、挥洒淋漓,不受传统拘束,在花鸟画上做出了新的开拓。他的《异鱼图》《瓯中物产卷》《瓯中草木图四屏》等传世画作,画的是前人所未画的题材,从而都成为中国绘画史上不朽的杰作。在赵之谦的画作中,诗、书、画、印四位一体,有机结合。而运用各种字体题款,长于诗文韵语,更是他高出其他清末画家之处。赵之谦以其高超独到的艺术成就,成为近代的绘画巨匠,对吴昌硕等新一代上海艺术家产生深刻影响,促进了海派绘画流派的形成,而且他的影响还及于北派大家齐白石、陈世曾等人。

赵之谦篆刻初摹西泠八家,后追皖派,形成章法多变、意境清新的独特风貌,并创阳文边款,其艺术将诗、书、画印有机结合,在清末艺坛上影响很大。其书画作品传世者甚多,后人编辑出版画册、画集多种,著《悲盦居士文》《悲盦居士诗》《勇庐闲话辑》《补寰宇访碑录》《六朝别字记》,其印有《二金蝶堂印谱》。此外赵之谦撰有《张忠烈公年谱》,以编年的形式叙述明末抗清名将张煌言的一生。

赵之谦的篆刻传世作品有年款的最早的为24岁时刻的"躬耻"印,表现的是浙派风范。赵之谦的聪明在于不囿于一家一派,他深入皖宗,师法邓如石的同时,并上溯秦汉,将艺术的触角伸向方方面面,并且是又广又深。汉碑篆额、钱币文字、镜铭文字统统入印,呈现出丰富的面目来。他在"松江沈树镛考藏印记"印的边款中刻道:"取法在秦诏汉镫之间,为六百年来抚印家立一门户",又在"钜鹿魏氏"印边款中刻道:"古印有笔尤有墨,今人但有刀与石。此意非我无能使,此理舍君谁可言……"这些边款文字可以看出他的自视甚高。

赵之谦在35岁时作"树镛审定"印刻边款:"悲庵作此,有丁邓两家合处。"另"赵之谦印"边款:"龙泓(丁敬)无此安详,完白(邓石如)无此精悍"可见当时赵之谦一心想另辟道路,打开新局的雄心壮志和对成功的自信。如赵之谦所刻的一直为人称道的"丁文蔚"印,单刀直入印面,用刀狠、准、稳,神采飞扬,可以说开启齐白石印风之先河。正如钱君匋所说的"篆刻之写意派大约导源于此,对后辈影响很大,黄士陵、吴昌硕、齐白石等的篆刻风貌都可从赵之谦的篆刻中找到源头。"赵之谦在边款上更是以北碑体入款,进行了有益的给后辈许多启示的尝试,另开创了印侧刻图像的艺术形式。

在书法上赵之谦法古而不泥古,赵之谦所处的时代书风,正是碑学昌盛之际,赵之谦也不可能不受时代的影响。但他的惊人之处在于与时代节奏和而不同,有自己的面目。真、草、篆、隶都有自己的风格,他的杰出贡献是将碑刻表面的一些张牙舞爪、乱头粗服的缺点洗涮干净,还以本来面目,如他在《题杨大眼造像》中说:"造像笔中有刀,古刻工切不可及如此。"赵之谦的眼光十分犀利,他在碑刻中看出了用笔,所以赵之谦是不会给碑的表面现象牵着鼻子走的。

赵之谦能保持清醒的头脑,与时人写碑迥异,同中求异以形成自己的风格,创造出另一番婉转流利的写碑风味来。这正如当代书家启功先生在《论书绝句一百首》中所说的:"学书别有观碑法,透过刀锋看笔锋。"事实上,百余年前的赵之谦早已别样观碑了。赵之谦敏锐的眼光，已洞穿了刀意而直入笔意，腕下的柔毫穿越刀味而直达书法的本来面目——笔意。赵之谦将碑味调教得如此流美，其意义不仅是书法上的一种创格，而是对碑刻的学习起到指南针的作用。

赵之谦的绘画影响力不亚于他的书法、篆刻，在绘画领域里以书法通画法独具手段。潘天寿先生在《中国绘画史》中说会稽赵之谦"以金石书画之趣作花卉，宏肆古丽，开前海派之先河"。赵之谦的绘画以花卉著称，可以说赵之谦给当时渐趋没落的清代的花卉画风注入了新的活力，一扫纤细靡弱、甜媚的习气，恢复了生机。

赵之谦的绘画在构图上匠心独运，融入"疏可走马，密不通风"的布印法，在强调疏密、轻重、浓淡的对比中，给人以强烈的视觉冲击力。同时他的画将书法、篆刻艺术的因素融入其中，给人耳目一新的感觉。赵之谦的画风为后继者如任伯年、吴昌硕、齐白石等吸收，中国画大师潘天寿在赵之谦的基础上更是发扬光大。

赵之谦绘画的用色别具一格，色彩瑰丽鲜明而又不艳媚，如他的牡丹、桂花等等，虽艳裹浓妆里，却清气徐来。徐邦达《中国绘画史图录》中说："用鲜艳的色彩来配合放逸的笔法，继承但又超出了陈淳、徐渭以来粗笔花卉的传统。赵之谦、任颐二人先后创立了崭新的面貌，被称为'海派'画的领导人。"

赵之谦在绘画上的影响力还在于他扩展了绘画题材，取材于自然生活，描摹对象极为广泛，奇花异果、海产方物、民间小物品都成为其笔下的资粮。如赵之谦在一折扇上画的近于漫画表现形式的

《钟馗图》，对后世影响也很大，齐白石的《题不倒翁》明显受赵之谦的影响。在赵之谦的身后，吴昌硕、齐白石、潘天寿等绘画大师们，踩着这位巨人的肩膀，又开创了中国画的新气象。

在晚清艺坛上，赵之谦是一位不可多得的"诗、书、画、印"四绝的多面手，一位极具革新精神的"闯将"。可惜其寿不永，只活了56岁，使他的艺术终未达到顶峰，至臻至善。

存古开新徐树兰

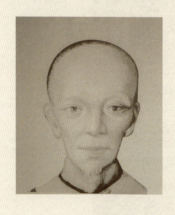

徐树兰,字仲凡,号检庵,山阴栖凫人,藏书家。

光绪二年(1876)中举,徐树兰授兵部郎中,后任知府,不久因母病还乡,从此不再出仕。回绍兴后,他热心于地方公益,以造福乡里为己任,三江决堤,他出资修复海塘,赈济灾民;山会洪涝成灾,他向知府建言献策,以工代赈,大兴水利,在东关西湖底处筑闸时亲撰《西湖闸闸栏碑记》。此外,他还组织建义仓、同善局、育婴堂等,倾囊乐助,广行善举。

绍兴民间素有尊师重教传统,耕读传家相沿成习,私人办学和社会助学之风久盛不衰。明、清以来,义塾、私塾遍及各县城乡。民间以族产、私产举学者比比皆是。

光绪二十三年(1897),徐树兰银一千两,并筹得捐款四千余元,仿天津中西学堂,以二等学堂(相当于中学)规制在绍兴创办"绍郡中西学堂"(后改绍兴府中学堂,今绍兴一中前身),开绍兴乃至浙江近代教育之先河。

学校开办后,徐树兰自任校董,延访中西教习,礼聘督课生徒,开设文学、译学、算学、化学等新学科,每学期招生,少则数十人,多则百数十人。二十四年,变法失败,时任翰林院编修的蔡元培认为康梁失败原因在于"不先培养革新人才",遂立志办学。二十五年,徐树兰聘蔡元培为学堂的"总理兼总校",实行新式教育,设立图书室,延聘优秀教员,开设体操和自然科学课程,购置仪器标本,实施新式教育。同时实行分级上课,因材施教,并积极支持新派教员革新教学,使该校成为新型学堂之佼佼者。

绍郡中西学堂作为清末国内新型普通中学先驱之一,徐锡麟、杜亚泉、鲁迅等都曾作为教职员在这里工作、任教。在学校一百多年的办学历程中,培养了陈建功、胡愈之、蒋梦麟、潘家铮、金善宝、毛汉礼等名家学者。今天看来,我国近代"状元实业家"张謇称赞徐树兰的办学之举:"先生于岁乙未曾创中西学堂于郡城,近并入公立之学校。十年以还,越人知兴学以善俗者自先生倡也。"

光绪二十六年(1900),体弱多病的徐树兰在绍城鲤鱼桥西首购地一亩六分,耗银三万二千九百多两,慷慨捐出用一生心血换购的7万余卷藏书,创办了近代中国第一个公共图书馆——古越藏书楼。藏书楼计四进楼舍,第二进是可容60人阅览书报的阅览厅,正中悬有"育芬堂"匾额,两旁有抢对多副,其中一副是"吾越多才由续学,斯楼不朽在藏书",为蔡元培所撰。

古越藏书楼创立后,徐树兰申明创建古越藏书楼的宗旨是"一日存古,一日开新"以为"不谈古籍,无从考政治学术之沿革,不得今籍,无以启借鉴变通之途径".只有存古开新,才不失偏颇之弊。针对当时官府藏书与私人藏书楼封闭或半封闭的状况,徐树兰阐明藏书楼宜"与学堂相辅而行""以为府县学堂之辅翼""以备阖郡人士之观摩"，尤其要为那些"购书既苦于无资，入学又格于定例"的好学之士提供读书学习的机会，以达到"兴贤育才"的目的。同时，藏书楼"新设存书之例"，有愿将书籍放在书楼托管者，可存取自便。还为读者供应茶水，承办用膳等。他提出的所有这些崭新的藏书理念，对古越藏书楼的自身建设和中国近代图书馆事业的发展起到了理论先导的作用。

徐树兰还对藏书制度进行了创新。他"参酌东西规制"，制定了《古越藏书楼章程》，章程共分七章三十节，从书楼名称、办楼宗旨、藏书规程、管理规程、阅书规程、杂规、附则等七个方面，将藏书楼管理工作进行分解，并加以制度化和规范化。古越藏书楼设总理、监督、司事、门丁、庖丁和杂役各一人，司书之职则设两人：一人负责图书借阅，另一人负责报章借阅。章程对每个职位的职责范围与职权均作了具体的规定，既分工明确又互相照应。整个章程体现了严格管理图书，方便读者利用藏书的思想，是藏书制度的一个创新。

徐树兰对藏书编目技术进行的改革，对中国图书分编技术的改革、进步，也起了借鉴作用。藏书楼曾两度编目。光绪二十八年（1902），徐树兰亲自主持编制《古越藏书楼书目》，将藏书分为经、史、子、集、事务五部，编成三十五卷，分订六册刊行。光绪三十年（1904），延聘慈溪孝廉冯一梅重新编目，破四库全书分类樊篱，将藏书分为政学两部，书目改为二十卷，分订八册，当年由上海崇实书局印行。在当时四部分类一统天下的历史条件下，这种将中西书籍融为一体，统一立类的分类体系，无疑具有创新意义。

　　我国著名目录学家姚名达先生认为此书目是新旧"混合庋藏、统一分类派的登峰造极者"。

　　遗憾的是,藏书楼在初具规模未竟其绪时,徐树兰于光绪二十八年(1902)五月病逝。徐树兰临终前,遗命其子徐元钊、徐尔谷继承未竟事业。

　　徐树兰创办的古越藏书楼"变人之书为万人之书",标志着封建私书楼时代的终结和近代公共图书馆的成为中国图书馆事业发展史上一个里程碑,具有划时代的意义。

革命志士徐锡麟

徐锡麟(1873—1907),字伯荪,别号光汉子,清山阴(今浙江绍兴)东浦人,自幼勤学,在家课读10年,后入戢山书院学习,曾中乡试,录副贡。他爱好数学,尤能明晓天文。1901年,应邀为绍兴府学堂经学兼算学教习,不久为学堂副监督。1903年在绍兴开设特别书局,并编译、增补《代数备旨全章》一书五册,曾绘一天体星模型,径达三尺。推演勾股和三角,经常到深夜。自制望远镜,夜观星空,详加记录。又绘制《绍兴府地图》《长江电线图》,并撰写《运动指约》,阐述测量地形和炮弹射程方法。他为人仗义,常济人之困。一日在龙山见一妇人自缢,救下并赠以银两。一日又见一少年投水,急救上岸,知是某店学徒,因路上丢失银两,遂护送到店,并代还所失。

徐锡麟是一个杰出的反清爱国者。1900年,义和团运动起,徐锡麟即谋划在东浦办团练以响应。他在结识蔡元培等越中杰士后,共谈越中改革,创办越郡公学,建立明道女校,以开越地风气,联络女界革命。1903年,在日本结识陶成章、龚宝铨、纽永建等人,相谈颇洽,纵论宇内大势,益坚反清革命之志。时留学生营救章太炎出狱,徐锡麟出资相助。是年夏,天主教欲侵占绍兴寺庙,徐锡麟闻之，抱病赶至大善寺演说，陈说利害，痛斥教会，听者无不动容，群起抗议，焚烧券约，使之不敢动。1904年正月，在东浦办热诚学堂，并书写"有热心人可与共学，具诚意者得入斯堂"一联，自任教员，每日晨操毕，即往府学教课。1905年1月，在上海蔡元培处遇陶成章，加入光复会。陶成章将联络会党情况尽行告之。徐锡麟返浙，赶往嵊县、东阳、义乌、诸暨等地，交结奇人力士。是年夏，与秋瑾相识，介绍其入光复会。后与陶成章共创绍兴大通学堂，遍招金、衢、处会党骨干入学，于是各路英豪会集大通，光复会事权机关亦由上海迁至大通学堂。是年冬，与陶成章等5人捐官赴日本求入军事学校，后未成，于次年春分头行事。

1906年5月，徐锡麟回国后，先后赴北京、辽东、吉林、湖北、湖南等地，四处打通关节，以求打入官场。其间，曾往保定谋刺满大臣铁良，不成；又拟在北京创设报馆，亦不成。7月，通过汉口俞廉三，谋成安徽任职，于1906年底赴安庆，半年后，发动了惊天动地的皖浙起义。

1906年12月底，徐锡麟在杭州白云庵与秋瑾、吕公望等人话别时慷慨陈词："法国革命80年始成，其间不知流过多少血。我国在初创的革命阶段，亦当不惜流血，以灌溉革命花实。我这次到安徽去，就是预备流血的。诸位切不可引为惨而存退缩的念头才好。"到安庆后，被巡抚恩铭委任为陆军小学会办。1907年初，在安庆创办浙江旅皖公学，推为校长。不久，得恩铭信任升为省巡警学堂会办。暗中与安徽岳王会联络，与新军中革命党人相识，以求内外呼应，共举义旗。5月间，陈伯平到安庆，负责与上海、浙江联系，互通讯息，运动会党。时秋瑾组织了光复军，推徐锡麟为统领，自己为协领，拟定皖浙同时起义。不久，马宗汉亦到安庆，协助徐锡麟行事。陈、马经常往返上海、安庆之间，购置枪支弹药，传递两地消息。徐、陈、马三人还常在假日驰马郊游，察看地形，密刻木质印信"江皖革命新军总司令部"一方，印反清传单数千张。6月，秋瑾与陈伯平面商定于7月6日（农历五月二十六）为皖浙联合起义日，加紧各方面准备工作。后因故改期为农历六月初十。一日，恩铭召徐锡麟，谓总督端方有电文，说有革命党人已招供有人打入安徽官场，并出示名单，让其缉拿。徐锡麟见内有自己化名，佯为不知，答应察访。由此知事已迫，不可久待，遂决定先发制人，定于7月8日举事。因该日巡警学堂举行毕业典礼，巡抚及诸大员必来检阅，可将其一网打尽。不料恩铭7月5日晚又通知徐锡麟，改为6日举行毕业典礼。7月6日晨，徐锡麟在操场上向学生训话："我此次来安庆，专为救国，非为功名富贵。望诸君千万不要忘了'救国'两字，行止坐卧，咸不可忘！"9时，典礼开始，恩铭等官员进入礼堂，徐锡麟率众立于阶前，当兵生行礼时，徐锡麟即喊："今有革命党起事！"随之，陈伯平掷出炸弹，然未爆。徐锡麟随即拨出手枪向恩铭连发七枪，恩铭倒地，陈伯平又补一枪，恩铭重伤于当日毙命。此时各官员逃散，奸细顾松被马宗汉捉回，徐锡麟怒斥其无耻行为，当场将其击毙。随后，徐锡麟领前，马宗汉居中,陈伯平断后,率众学生速奔军械所。但该所门锁钥匙失去,无法开门取枪弹。此时清军巡防营包围了军械所,大多学生离去。遂派陈伯平出城联系,但城门已关。于是与清兵激战,自12时至下午4时,陈伯平中弹身亡。危急中,马宗汉建议:尚有大炮,轰军械所,与清兵同尽。徐锡麟曰:"我辈欲杀满人,若焚所,则不辨黑白,全城俱尽矣。"这时,清军悬赏出万金捉拿徐锡麟。不久,清兵破墙而入,徐锡麟与马宗汉被捕,惨遭剖腔挖心之刑,遗体葬于城外马山。马宗汉坚贞不屈,50天后也被杀害于安庆狱前。

丹心碧血秋竞雄

秋瑾(1875—1907),字璇卿,号竞雄,称鉴湖女侠,清山阴(今浙江绍兴)福全人。自幼读私塾,好文史,能诗词,骑马习剑,性直明决。1906年底,秋瑾在杭州白云庵与徐锡麟把酒话别后,即在杭城联络弁目学堂、武备学堂及赤诚公学中师生,吸收加入光复会。1907年1月,秋瑾到绍兴大通学堂任督办,以大通学堂为中心,开展皖浙起义中浙江方面的各项准备工作。她曾往诸暨、义乌、金华、兰溪等地联络会党,组织群众。

在杭州新军中联络党人,借会党之气,鼓舞军界、学界;又去沪出版《中国女报》,交结沪上人士。为笼络官方,在大通学堂开学典礼上,请知府贵福等人出席并致辞。学堂每日兵操,跑到几里路外的大校场操练,风雨无阻,十分严格。各科教学均很认真,赢得社会好评。不久,她又赴永康、缙云联络会党,筹备起义。并在绍兴创办体育会,有八九十名会党头目参加。经过一番艰苦筹划,至4月中旬,秋瑾已组成了有四五万人的光复军,推徐锡麟为首领,自己为协领,设八军,分别用"光复汉族,大振国权"八字为记号;又任张恭、竺绍康、王金发等为分统领。以七绝诗:"黄祸原溯浙江潮,为我中华汉族豪。不使满胡留片甲,轩辕依旧是天骄。"从"黄"字到"使"字,分光复会职员为十六级。议定起义路线是:先由金华起义,处州应之,待杭城清兵出兵金、处两地时,即以绍兴义军渡江袭杭城,由杭城军界、学界为内应,尔后与徐锡麟之皖义军会师金陵,若杭城不拔,则入金华,经处州,出江西,会师安庆。紧接着秋瑾草拟了《光复军军制稿》《光复军起义檄稿》《告国人书》等文件,又编写了《同胞苦》《支那逐魔歌》《叹中国》《某富人传》《爱华说》等诗文宣传品。为筹划起义经费,秋瑾先赴湘潭夫家取款三千元,后赴崇德徐自华处征得金饰一批约三十两,并对徐三嘱"埋骨西泠之约",涕泣分手。6月中,秋瑾赴上海,会晤陈伯平、马宗汉,定于7月6日(农历五月二十六)为皖浙义举之日。但返绍兴不久改日期为农历六月初十。后由于嵊县、缙云、武义等地少数党人与县衙发生冲突,引起官府注意,而金华等地仍以农历五月二十六为起义之日,结果引来清兵扑杀。又由于党人叶仰高在沪被捕叛变,供出有革命党人打入官场。这样徐和秋均分别感到危机已迫,不可再待,于是徐锡麟因故于7月6日在安庆匆促举事,壮烈牺牲。

安庆事败传来,有绍兴劣绅向知府告密,谓秋瑾、王金发将于六月初十起事。贵福星夜赴杭,面禀浙江巡抚张曾敭。秋瑾知悉,悲痛不已。时沪来人,劝秋瑾避沪,秋瑾谢绝曰:"我怕死就不出来革

命。"抱定必死决心。秋瑾既知事不可免,遂回家于密室焚毁文件,处理种种机密事宜。清兵抵绍后,学生又劝秋瑾速避。秋瑾毅然曰:"革命要流血才会成功。如果他们将我绑赴断头台,革命至少可以提早五年!"农历六月初四下午四时,清兵包围大通学堂,秋瑾与教员程毅等19人被捕。当晚,知府贵福与山阴、会稽知县合审秋瑾,秋瑾一语不发。六月初五上午,山阴知县再审秋瑾,秋瑾书"秋雨秋风愁煞人"七字,再无他语。贵福再派他人严讯,秋瑾正色道:"革命党人不怕死,要杀便杀。"时贵福接浙江巡抚电令:"秋瑾即行正法。"即令山阴县执行处斩。六月初六凌晨三时,秋瑾在绍兴古轩亭口英勇就义。然而起义火焰不绝,四年后,辛亥革命一举成功。秋瑾领导的浙江起义,成为中国近代史上光耀史册的大事件。

1912年12月,孙中山在杭州秋社挥毫题写:巾帼英雄。又撰联一副:"江户矢丹枕,感君首赞同盟会;轩亭洒碧血,愧我今招侠女魂。"

秋瑾生性豪侠,22岁与湘潭富商王廷

钩结婚,不久,王廷钧在京捐官成,秋瑾随居北京。此时正值八国联军侵入中国之时,目睹帝国主义势力横行不法,清廷仰承鼻息,俯首听命,政客们花天酒地,醉生梦死之状,秋瑾义愤填膺、忧心戚戚。秋瑾深感妇女地位不保,国家前途无望。作词云:"身不得男儿列,心却比男儿烈⋯⋯俗子胸襟谁识我,英雄末路当磨折。"

1904年夏,秋瑾冲破丈夫阻挠,离家别子,赴日本青山女子实践学校补习日语,积极参加社会活动,与友人兴办"共爱会"、组织"演说练习会",并加入"三合会",被封为"白扇(军师)"。1905年3月,回国筹措学费,经陶成章介绍,在沪结识蔡元培,后回绍兴与徐锡麟相识。应徐之邀,去绍兴明道女校任教。6月,由陶、徐介绍,加入光复会。7月,再次东渡日本。8月,经宋教仁引见,在黄兴寓所会晤孙中山,对孙中山的革命主张和方略,大为信服,经冯自由介绍加入同盟会,被推为同盟会评议员和浙江主盟人。

1906年回国后,先与友人创办中国公学。2月,经陶成章介绍,到湖州南浔镇女校任教,结识校长徐自华,结为莫逆之交。5月,辞职去上海,与陈伯平、尹锐志等组织"锐进学社"为会党联络之所。在上海密制炸弹时,不慎炸伤,险遭逮捕,遂回绍兴养伤。是年冬,投入紧张的皖浙起义准备工作。

作为中国妇女解放运动的先驱在反清斗争中,秋瑾总是与反封建婚姻反封建伦理结合一起。秋瑾在一篇题为《精卫石》弹词中控诉缠足、包办婚姻等陋习对女子的严重束缚和摧残,提出女子当奋力自救,呼吁"二万万女同胞当负此国民责任也。速振!速振!女界其速振。"期望妇女同胞在改造旧中国、旧世界中发挥作用。周恩来1939年视察绍兴时说:秋瑾是个新女性,自从秋瑾带头打破"三从四德"这种封建束缚以来,社会风气为之一变。在反帝反封建的口号还没有喊出来之前,她敢于仗剑而起,和黑暗势力战斗,真不愧为一个先驱者。

光复巨勋陶成章

陶成章(1878—1912)，字焕卿，曾用汉思、起东、志革等名，清会稽（今浙江绍兴）陶堰人。自幼好学，熟读先贤遗著。甲午战争中国惨败，萌发投笔从戎、反清革命之志。1902年8月，得蔡元培之助，赴日本留学，先后入清华学校和成城学校，并加入中国留学生拒俄义勇队和军国民教育会。1903年12月，受浙学会指派，回国组织秘密团体。起草了《龙华会章程》，作为联络会党、实行武装起义的文告和规章。1904年一年中，陶成章先后四次深入浙江内地，侦知各地会党内情。

陶成章在联络会党时，将调查、开导与宣传三者结合起来。每到一地，了解民情风俗，勘察山川地形；并以《龙华会章程》统一会党思想，既有一致号令，又充分照顾原有山头权力和活动范围；同时将《浙江潮》《革命军》《警世钟》《新湖南》等革命刊物和书籍暗中分送，使革命思想遍布浙江内地，传播于中下社会。经过艰苦、细致工作，使各地会党团结起来，提高了思想觉悟和认识水平，成为革命队伍中的重要力量。

1906年，陶成章又在芜湖安徽公学联络安徽最大的会党岳王会，并由此去南京联络新军中革命党人。是年夏，又与皖、赣、闽、苏、浙会党头目联络，成立五省十军，即江左江右、浙东浙西、江南江北、皖北皖南、闽上闽下十军，陶成章被推举为五省都督。1908年春，为重组皖浙起义失败后的革命力量，又潜回浙江，联络金、衢、严、处、杭、嘉、湖等地会党头目，将五省会党统一组织，定名"五省革命协会"，并修改了《龙华会章程》，后为筹措起义经费，化名去南洋各地募捐。

由于陶成章的会党联络工作卓有成效，1907年皖浙起义时，秋瑾就以此为依托，迅速组成了一支强大的光复军。1911年在攻占上海、光复杭州，特别是组成江浙联军，攻克金陵战斗中，会党是基本力量，不少会党头目成为重要骨干，陶成章功不可没，被周恩来誉为"浙江革命党魁"。

八国联军侵入北京，陶成章曾两次北上，欲在颐和园谋刺慈禧太后，以倡导革命。后事未成，旋赴奉天、蒙古等地，考察地理，以图他日举事之用。1903年12月，在联络会党中，风餐露宿，蓬头垢面，奔走在万山丛中。在掌握会党情况基础上，1904年10月，与蔡元培、龚宝铨等在上海成立光复会，推举蔡元培为会长，陶成章负责各地联络工作。

　　1905年底,陶、徐等5人捐官去日本。在日本先后三次求入军事学校均不成,于是只好分散行事。回国后,他联合五省会党,拟作大规模行动,不料从安徽返杭城时已有传言,谓陶成章已招八府义士三千,于9月中袭取省城,于是清兵四出搜捕,他只好避居日本。1906年冬,陶成章加入同盟会,为留日会员浙江分会会长,时应南京军人之邀潜回杭州,拟集内地会党,由严州、湖州潜入南京,以策应兵变。不料为清吏侦知搜捕,只得又避走日本。1907年初,同盟会发动萍浏醴起义,陶成章再次回国,发动响应,起义失败,不得已再避日本。1907年皖浙起义后,陶成章曾几次潜回国内,与金、衢、严等地志士研究进取之法,又拟入山东,仿大通学堂办法,组织震旦公学,但由于清廷到处缉拿他,又有叛徒四处指认,无法立足,避隐日本。

　　为筹措《民报》经费和五省革命协会经费,1908年秋,陶成章以代烧煤工劳动抵船票值,赴南洋各地向华侨募捐。有时身无分文,陷入困境,后通过努力,终于打开局面,取得许多华侨以巨款资助国内革命。1910年陶成章与章太炎重组光复会,章太炎为会长,陶成章为副会长。1911年春,广州起义加紧进行,陶成章赴香港与李燮和共商进取之法后潜回杭州,以谋响应。10月,武昌首义,陶成章回国号令浙江旧部起义。上海光复后,陶成章返杭州,被委为浙江军政府总参议,他建议成立"浙军",与江苏、上海等地革命军向南京进军。在南京慕府山、乌龙山等战斗中,带病参战,冒着枪林弹雨,奋勇登阵,无役不上。金陵攻克后返沪,陶成章认为北房未平,于是抱病而

起，与友人共谋北伐之举，设北伐筹饷局。时浙督汤寿潜调离，浙人
推举陶成章继任。但陶成章意在北伐，力辞不就。孰料嫉恨者为一己
私利，竟于1912年2月14日深夜2时将其杀害于上海广慈医院，制
造了民国初震惊全国的谋杀案。陶成章一心革命，矢志不渝，艰苦卓
绝，百折不挠，因而被鲁迅称为"真正的革命实干家"。

民族脊梁周树人

鲁迅（1881—1936），原名周树人，字豫才，绍兴人。鲁迅是他众多笔名中用得最多的一个。鲁迅出生在一个破落的封建士大夫家庭，十二岁进私塾三味书屋读书，师从名师寿镜吾，接受近乎苛刻的传统教育。他从小聪颖，勤学好问。课余爱看具有爱国思想和反抗精神的野史、笔记。越文化的熏陶，陆游、王思任等乡贤思想的影响，寿镜吾等师友愤世嫉俗的言行，较多机会接触农村，亲近农民，以及家庭变故的现实，都为鲁迅思想健康发展和从事文学创作奠定了良好的基础。

1898年，鲁迅离乡，先后进南京江南水师学堂、江南陆师学堂附设的矿路学堂读书。期间，他接触了西方资产阶级民主主义思想和近代自然科学知识，初步形成了将来必胜于过去、青年必胜于老年的社会发展观，这也是青年鲁迅反帝反封建的主要思想武器。

为了寻求救国救民的真理，1901年，青年鲁迅毅然东渡日本留学。1904年结束东京弘文学院学业后，进仙台医学专门学校习医，想以此解救国人疾苦，并促进他们对于维新的信仰。两年的仙台医专的学习生活，那些颇具狭隘民族主义思想的日本同学对来自弱国的鲁迅的无端歧视、凌辱，使这位热血青年深受刺激。特别是在一次放映日俄战争的时事幻灯片时，鲁迅看到一个被指控为俄军侦探的中国人被日军抓捕后砍头示众，而围观的许多同胞麻木不仁，这极大地刺痛了他的心灵。鲁迅痛感学医并非一件紧要的事，认为凡是愚弱的国民，即使体格如何健壮，也只能做毫无意义的示众的材料和看客。他认为第一要务是改变国人的精神，而善于改变精神的武器首推文艺。于是，鲁迅毅然弃医从文。

1909年，鲁迅回国，先后在浙江两级师范学堂和绍兴府中学堂、山会初级师范学堂担任教职，并在故乡参加了辛亥革命。不久，全国政局逆转，鲁迅痛感失望，于1912年2月离乡赴北京教育部工作。

俄国十月革命的胜利，给正在沉思、探索的鲁迅以强烈的震动，使他看到了"新世纪的曙光"和人民革命的希望。当新文化运动刚拉开序幕时，鲁迅就用他犀利的杂文和新颖的小说为新文化呐喊奔走，成为新文化运动的先驱和旗手。1918年5月，鲁迅在《新青年》上发表了第一篇白话小说《狂人日记》，揭露封建制度和孔孟之道的吃人本质，发出"救救孩子"和推翻这个社会的号召。并从此"一发不可收"，在时代赋予的全新意义上，连续创作了《药》《孔乙己》等优秀短篇小说和大量匕首投枪式的杂文，以彻底反封建的思想和犀利冷峻的艺术风格，显示文学革命的实绩。在北京工作期间，鲁迅因支持学潮,愤怒声讨北洋军阀政府的凶残和御用文人的无耻而横遭迫害。1926年8月,他被迫离京,先后到厦门大学和广州中山大学执教。在经受了大革命的洗礼和四一二事变的考验后,他纠正了只信进化论思想的"偏颇",在严酷的斗争中开始由一个革命的民主主义者向伟大的共产主义战士的根本性转变。

1927年10月,鲁迅到上海定居,从此专门从事文学创作和文艺运动。在1928年文学论争中,鲁迅比较系统地学习了马克思主义,深刻地进行自我解剖,确信"惟新兴的无产者才有将来",并开始了他一生最光辉的战斗历程。鲁迅早在日本留学期间就开始接触马克思主义,到上海后就系统地学习《共产党宣言》《社会主义从空想到科学的发展》《唯物史观》和《国家与革命》等马克思主义理论著作,翻译和主编《马克思主义文艺论丛》等许多马列主义文艺理论著作。他的可贵之处在于理论联系实际,用马克思主义指导革命实践,写下的近600篇闪烁着辩证唯物主义和历史唯物主义光芒的杂文,就是他的学习成果和战斗记录。

大革命失败后,中国共产党在上海领导开展了新兴的左翼文化运动,遭到了国民党政府的残酷迫害和镇压。鲁迅不顾国民党政府的严重迫害,积极参加并指导革命文艺运动。他以犀利的笔锋揭露国民党的反动统治,批判各种反动思潮;以满腔的热情讴歌共产党领导的革命,宣传进步思想,成为左翼文化运动的旗手。根据形势和斗争的需要,鲁迅的后半生主要写杂文。这些放射出鲁迅爱国爱民、为国为民思想光芒的杂文在中国文学史上像一颗颗光辉夺目的明珠，深受民众的欢迎和喜爱。毛泽东评价"鲁迅后期的杂文最深刻有力，并没有片面性"。这些杂文均编入《而已集》《三闲集》《二心集》《南腔北调集》《伪自由书》《准风月谈》《花边文学》《且介亭杂文集》《且介亭杂文二集》和《且介亭杂文末编》等文集中。

　　鲁迅用一生的文学、文化实践与实绩，昭示了具有现代意识的中国知识分子反对封建专制传统，反对国内外压迫，争取人的解放和民族的解放的历史方向，为中国和世界留下了800多万字的煌煌著译，这是一份具有永久魅力与价值的精神遗产。

人世楷模蔡元培

蔡元培(1868—1940),字鹤卿,号子民,出生在山阴县一个商贾之家。他17岁考取秀才,18岁设馆教书,后中举人、取进士、点翰林、授编修,是科举时代极负盛名的才子。

1984年,20多岁的蔡元培由庶吉士升补翰林院编修。在甲午中日战争战败后,清政府签订了屈辱的《中日马关条约》,使他对清政府的腐朽本质有了清醒的认识。受民族危机的刺激和维新思潮的影响,他开始接触西方资产阶级的"新学",成为康有为、梁启超领导的维新运动的同情者。在戊戌变法运动失败后,蔡元培"知清适之不足为,革命之不可已,乃浩然弃官归里,主持教育,以启民智"。他认为变法失败是由于"不先培养革新人才",这是他教育救国思想的最初萌芽。蔡元培弃官回绍兴,任中西学堂监督,这是他投身教育,服务新式教育的开始。由于蔡元培等一批名士的努力,使绍兴成为除上海等大城市以外,最早创办新式学堂的地方。当时在学堂的教员中有新旧两派,新派笃信进化论,不同意尊君卑民、重男轻女的旧习,常与旧派发生争论,蔡元培因支持新派遭旧派忌恨。后蔡元培不满旧派干涉,愤而辞职。1902年,蔡元培与叶瀚、蒋观云等人在上海发起成立中国教育会,任会长。教育会的目的是"欲造成理想的国民",还明白提出了与"奉谕建设大中小蒙各学堂""实行奴隶教育"进行对抗,揭示了革命的教育方针。

1904年,蔡元培与浙江革命志士一起,在上海成立了光复会,并主持了同盟会,把上海作为辛亥革命的基地。同时,联络徐锡麟、秋瑾、陶成章等革志士,把绍兴建成一个皖浙革命的基地,把绍兴大通学堂建成一个培养军事人才的基地。

1912年1月,蔡元培出任南京临时政府教育总长,在其主持下起草出台了一系列教育法令与法规,如"新定普通教育暂行办法""大学令"等,对清时学制进行渐进式改革。他对忠君、尊孔、尚公、尚武、尚实的传统封建教育方针进行修正,倡导以国民教育、实利主义教育为急务,以道德教育为中心,以世界观教育为终极目的,以美育为桥梁的资产阶级民主主义的教育方针。

1917年至1923年,蔡元培担任北京大学校长。正是由于他提出的"思想自由,兼容并包",使章士钊、胡适、陈独秀、李大钊、鲁迅、钱玄同、吴梅、刘半农等具有新文化、新思想的代表人物进入了北大,北大因此而成为中国思想活跃、学术兴盛的最高学府。在蔡元培的提倡下,北大成立了各种学会,如"少年中国学会""马克思主义研究会""新闻研究会""书法研究会"等,其中由他亲自批准成立的"马克思主义研究会"更是成为中国传播马克思主义的基地和中国共产党诞生的摇篮。校内还经常举办讲演会、辩论会,思考和讨论之风盛行,在教师和学生中,既有共产主义者、三民主义者、国家主义者,也有无政府主义者等等,研究学问和关心国家前途命运的人越来越多。正是蔡元培有力地保护了新文化、新思想在中国的传播,最终酿成了五四反帝爱国运动并且波及全国,震撼世界,翻开了中国历史上新的一页。

蔡元培还是中国近代科学事业的开拓者,他很早就提出了科学兴国的口号。他一手创建的"中央研究院",汇集了诸如竺可桢、李四光、陈寅恪这样世界上第一流的科学家,在极其困难的历史条件下,为中国近现代的科学事业组建了一支高素质的先遣队。

蔡元培作为一名革命家,以名翰林的身份而投身反封建斗争,在中国历史上仅此一人;作为一名教育家,以领导好一所大学进而对一个民族、一个时代起到转折作用的,在世界上仅此一人;作为一名文化人,在他诞辰100周年的时候,被联合国冠以"世界文化伟人"称号的,在中国现代文化名人中,也仅此一人。

蔡元培还有式范乡里的好家风。蔡元培非常重视学生自由、全面地发展。他认为:比起学习成绩,健全的人格修养更为重要。这种因材施教的思想自然也体现在他对子女的家庭教育上。生活中,蔡元培非常爱护和尊重孩子们。他创造条件满足并精心培养孩子们的兴趣。他发现大女儿蔡威廉对绘画十分钟爱,就特意带大女儿去参观法国的卢浮宫、德国德累斯顿画廊、意大利乌菲齐画廊等艺术场所。蔡威廉的母亲那时候不赞同女儿的选择,蔡元培主动说服了妻子,让女儿一心一意追求心中的艺术。后来,蔡威廉成了著名的油画家。她的肖像画曾经被人们广泛称赞,一幅作品千金难求。

　　与此同时,蔡元培还善于抓时机对孩子们进行品格教育。有一次,孩子们寄来自己的画作,蔡元培认真看完每一张画后,给孩子们写了回信。在信中,蔡元培对每一幅作品都给予恰当的点评和鼓励,还分别给三个孩子题写"智者不惑,仁者不忧,勇者不惧""富贵不能淫,贫贱不能移,威武不能屈""好学近乎知,力行近乎仁,知耻近乎勇"来勉励他们。

　　蔡元培秉持"以身许国,功成身退"的座右铭。他一生清廉如水,没有置业,晚年还在租房子。他要求子女刻苦努力,学有专长,造福社会。这种质朴、不求奢华的人格力量陶冶了儿女们的情操,影响了他们的一生。

现代史宗范文澜

范文澜（1893-1969），生于史学城内锦鳞桥范家台门。出身于诗书门第的他5岁即入塾发蒙，习读诗书。自1907年起，又先后就读于绍兴、杭州、上海等地学堂，接受新式教育。1913年至1917年在北京大学学习。1922年至1927年，范文澜应南开学校校长张伯苓聘请，赴南开中学任国文教员，后又被聘为南开大学教授。在此期间，他以笃实的作风和功底，渐渐在国内文史学界崭露头角，1925年《文心雕龙讲疏》出版，被称为是有关《文心雕龙》的辑注中"以范注最为详备"。

1926年在中共天津地委的鼓励帮助下，范文澜加入了中国共产党，一名曾两耳不闻窗外事的书斋学者成长为了一位坚强的共产主义革命斗士。1927年，天津地下党组织遭到破坏，范文澜在张伯苓的掩护下逃到北京避祸，与党组织失去了联系。从1930年至1935年间，范文澜因参加左联、支持进步学生运动等原因，遭宪兵多次逮捕和监视。1937年7月，全民抗日战争开始，范文澜积极撰稿宣传抗日主张，举办抗敌工作训练班，编印出版《游击战术》。1938年参加新四军抗日游击队活动。1939年9月，范文澜在确山竹沟镇重新履行入党手续。10月，自确山去延安，开始了马克思主义史学理论和实践的探索。

1940年至1942年，由范文澜编写的《中国通史简编》上、中两册出版，在以后又经过多次修订，这部最初只是为提高延安干部的文化知识而编写的中国通史，成为中国第一部运用马克思主义理论系统论述历史的完整通史著作。1946年，范文澜又完成了《中国近代史》上编第一分册的撰写并出版。

《中国通史简编》与旧史书的不同之处，一是肯定了劳动人民创造历史，否定了旧史书以帝王将相作为主角的观点；二是把阶级斗争理论作为研究历史的基本线索，讴歌了民起义和反抗外族侵略的斗争；三是运用社会发展规律来分析中国历史，对中国封建社会进行了科学的划分；四是重视生产斗争的描述，充分肯定中华民族久远的创造性和科学传统以及所取得的丰硕成果。该书出版后，范文澜又屡作修改，形成了一些新的观点，诸如强调中国是个多民族的统一国家，应平等对待各个民族；更加重视文化史的描述，各个朝代都有专论文化的章节；尽量吸收考古发掘的新成果；根据历史唯物主义观点，对帝王将相进行科学分析，力求做到恰如其分等。

范文澜的《中国近代史》一书，在大量占有史料的基础上，运用马克思主义理论，对历史过程进行了系统的叙述和分析，恢复了中国近代史的本来面目，从而把中国近代史的研究也纳入了科学的轨道。该书的另一个特点是和"通史"一样，突出了阶级斗争，热情歌

颂了人民群众的革命运动，阐明了近代中国社会的主要矛盾是帝国
主义和中华民族的矛盾，是地主阶级、买办阶级和人民大众的矛盾。
当时有许多人就是因为读了范文澜的《中国近代史》之后奔赴革命
圣地延安的。该书在抗战后期和第三次国内革命战争时期发挥了巨
大的战斗作用。

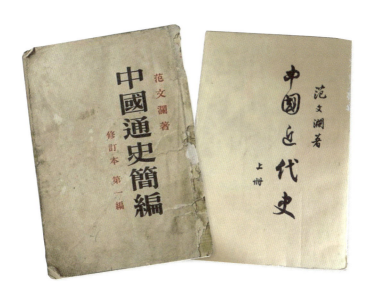

特立独行徐生翁

徐生翁（1875-1964），浙江绍兴人。因出生后不久就被寄养在外婆家，外婆家姓李，故获李姓。他早年署名李徐，中年署李生翁，晚年68岁以后，署徐生翁。

徐生翁出身于农民家庭，家境贫穷，少年徐生翁天资聪颖，喜欢书法，却又缺少纸笔，只能用父亲从商店讨来的废纸旧簿习文识字，直到10岁才入私塾。可是未满一年，又因耳朵重听、目疾（近视）而辍学。他在家自习书画，从颜字入手，进步神速，到13岁时，他用端正的颜体为家中新置的桌椅板凳书写年月名号，他父亲见了很是欢喜，勉励他努力，苦练成名。

徐生翁牢记父亲的教诲，对读书练书画更加发愤。家里很穷，无钱购买碑帖，只有经常自己揣摩。他在81岁时写的《我学书画》一文中回忆说："我幼时体弱多病，目患近视，耳重听。10岁开始就私塾读书。塾距家远，往返不便，父复早卒，家多事故，断续不到一年废学了。没有学过生意做过其他事业，因为我生性疏野，不晓世故。不过我从小爱好书画，但家无藏品，乏师友为之指导。今兹略有获，多靠自己钻研得来。"

在越乡有一位收藏家周季觊，是诗人，又喜爱书画，青年徐生翁与他有交情。从周季觊的书画收藏中，徐生翁大开眼界，得益甚大。此后，他的书法由学习颜真卿遂转入专攻汉碑，他认为唐代书法法度太谨严，束缚自由发挥。他对汉隶用功最勤，《石门颂》《礼器碑》《石门铭》《爨龙颜碑》《史晨碑》都是他经年临习的碑帖。他的行楷以北魏和六朝墓志铭为学习范本，行草则是篆书笔意为基础再出之以隶法，篆书纯以西周、秦汉金石文为蓝本。

徐生翁46岁时，一位好友张钟湘以《流沙坠简》一书相赠，他如获至宝。他将《流沙坠简》反复研究，深为活泼灵动的笔势、欹侧多变的体势、夸张浪漫的点画而惊叹不已，尤其是厚重、质朴、简率、稚拙的笔法，韵味更足。真是"踏破铁鞋无觅处，得来全不费工夫"。徐生翁后来形成独具一格的"孩儿体"，由此悟得天机。

徐生翁先生一生布衣，从不趋炎附势，不求闻达，以鬻书画为生，虽生活清贫，但不失君子之风。北洋军阀重金收买其字不为所动，严词拒绝，后有汉奸日寇以巨资购其手迹，他宁死不屈，坚决拒绝。"书如其人"在他身上得到了很好的体现。好学不倦，虚怀若谷，一生勤勉，直至垂暮之年，仍在砥砺而行。

王素臧作诗赞曰："三百年来一支笔，青藤今日有传灯。"黄宾虹和潘天寿先生在世时，都对徐生翁的书画艺术有很高的评价，并邀请他去浙江美术学院任教。但徐生翁喜爱清静，随着年岁增长，他越来越不想离开文化古城绍兴。

中华人民共和国成立之后，1953
年，浙江省文史研究馆成立，马一浮任
馆长，徐生翁时年79岁，被聘为馆员。徐
生翁晚年屡为地方题匾额，表达对先
贤、烈士之敬仰，对少年儿童的关心和
勉励。1964年4月，徐生翁因病不治，以
90岁高龄离世，绍兴市政协为其举行追
悼会，并安葬于稽山公墓。

徐生翁的书法被誉为"丑书"，学
者评论说："在'丑书'的现代实践方
面，徐生翁无疑是一个真正意义上的现
代开拓者。他的'丑书'在20世纪的后
二十年产生了引动潮流的巨大影响，从
而使徐生翁成为20世纪中国书法影响
最大的人物之一。"

徐生翁的书法法古不泥、独标一
格。他在自述学书经历时说："天地万
物，无一非书画粉本"，这和徐渭的"天
地万物非草书"义相近。作书深入传统
但不拘成法，具有独创精神。"观今以
鉴古，无古不成今。"留心徐生翁一生

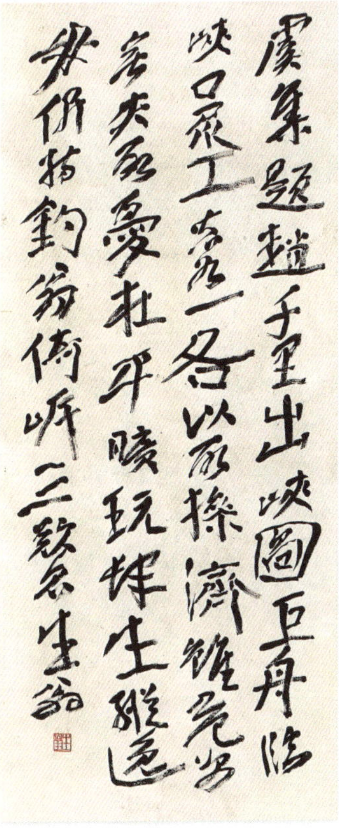

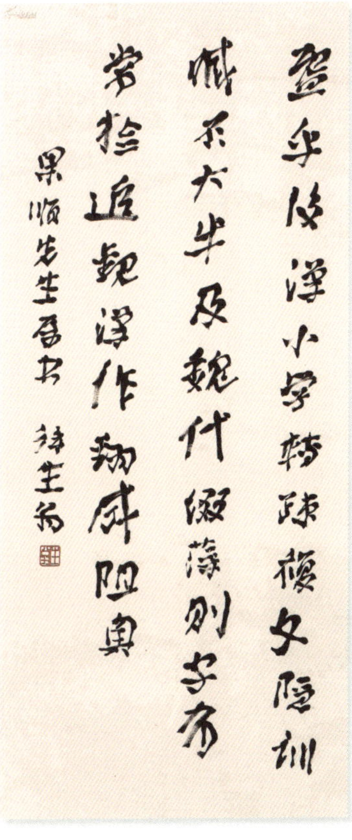

虞集题赵千里出峡图巨舟临
峡口众工荡浆一各以篙橹济
若夫岛屿崖壁平旷玩赏生飘逸
乎仍拊钓舫倚岈二致名生翁

驾乎伸浮小字转疏楷文阻训
减不大半及魏什缀薄列书房
常於追觌浮作翰戌阻奥
果顺先生台书
持生翁

的翰墨书迹，尽管在不同时期有些改变，但谨守两汉，质朴大气的书风贯穿了一生。

徐生翁也会偶尔兴笔画几笔画，他的绘画有书法的笔法和力度，有书法结构的章法，这种章法，力度藏而不露，含有骨力和内涵的美。如果把他的绘画和书法对照起来看，也许更能看出他们之间的内在联系。徐生翁的书画是相通的，书是画、画是书就是他的艺术特征。

篆刻笔意稚拙，从不经意处入手，用刀简约，浑穆劲健，自成家法，不以剥蚀残缺，颓然古趣为能事。晚年所刻印章，气息淳古，看似平淡，但浑朴盎然，得返璞归真之妙，邓散木评为"单刀正锋，任意刻画，朴野可爱，与齐白石异曲同工。"毕生所作书画的所用印，皆出自己手，书印合一。

徐生翁一生，不仅书法、绘画、治印成就斐然，诗文也深有造诣，对书法绘画治印的创作有独到见解。其书写内容皆为自撰联，其联富含人生哲理、极具教育启发意义。

数学大师陈建功

陈建功(1893—1971),浙江绍兴人。1916年毕业于日本东京高等工业学校和东京物理学校。1921年毕业于日本东北帝国大学,1929年获该校理学博士学位。中华人民共和国成立后,任杭州大学副校长兼复旦大学教授。

20世纪20至40年代,陈建功的研究工作主要是在三角级数论方面。由于他抓住了当代分析数学发展的主流和主流中的核心问题,取得了不少重大成果。

1926年,陈建功再次考入东北帝国大学研究生院攻读博士学位,导师藤原松三郎指导他专攻三角级数论。当时,作为傅里叶分析主要部分的三角级数论,在国际上处于全盛时期。陈建功在两年多的研究中获得许多创造性成果。1930年,陈建功在自己研究工作的基础上,综合当时国际上最新成果,用日文撰写了专著《三角级数论》。该书不仅内容丰富,而且许多数学术语之日文表达均属首创,数十年后仍被列为日本基础数学的参考文献。

与此同时,在研究三角级数的绝对收敛与绝对求和方面,陈建功也作出了卓越的贡献。早在1928年,他就证明:三角级数绝对收敛的充要条件是它为杨氏（young）连续函数之傅里叶级数，解决了当时国际上许多数学家都在研究的三角级数绝对收敛的特征问题。同年，英国数学家哈代与尚利特尔伍德于德国《数学时报》上也发表了同一结论，因后者发行广泛，世人常称之为哈代—利特尔伍德定理。还其本源，此定理当称为陈—哈代—利特尔伍德定理。

1950年，陈建功为了在国内开展单叶函数论的研究，发表了题为《单位圆中单叶函数之系数》的论文，全面评述了国内外关于此问题的进展。此后，他又在浙江大学和复旦大学组织了这方面的研究。国内关于单叶函数论的研究成果与日俱增。1955年和1956年，陈建功又相继发表了《单叶函数论在中国》与《复旦大学函数论教研组一年来关于函数论方面的研究》的综合性论文，介绍和评述了我国学者的研究成果，推动了我国学者在这方面的研究。

1956年，陈建功开始了复变函数逼近论的研究，他还在p级整函数逼近以及德国数学家闵可夫斯基不等式方面做出了重要贡献。1964年，陈建功又建立了傅里叶绝对蔡查罗可求和的新定理。80年代我国函数逼近论及其应用的大量成果，与陈建功的工作是分不开的。同时，他还培养了一批函数逼近论的研究生。

50年代末，根据当时科学发展的形势与国家的需要，陈建功又在我国率先开拓了似共形映照方向的研究。1959年和1960年，他连续发表了关于似共形映照函数的赫尔德连续性论文，发展了外国学者于1958年所得到的成果。在陈建功的指导下，复旦大学与杭州大学似共形映照的研究队伍也逐步形成。1958年，浙江新建杭州大学，陈建功担任副校长。

20世纪60年代，已是古稀之年的陈建功将自己数十年在三角级数方面的研究成果结合国际上的最高成就，写成巨著《三角级数论》。这部著作系统地阐述了三角级数论中的基本概念和重要成果，成为留给后人研究三角级数论的珍贵财富。

两弹元勋钱三强

钱三强（1913—1992），原名秉穹，绍兴人。父亲钱玄同是中国近代著名的语言文字学家，五四新文化运动中的一员骁将。钱三强少年时代即随父在北京生活，曾就读于蔡元培任校长的孔德中学，16 岁考入北京大学预科，1932 年，考入清华大学物理系。1936 年毕业后，担任北平研究院物理研究所严济慈所长的助理。1937 年，通过公费留学考试赴法国，进入世界上最先进最重要的原子核科学研究基地之一的居里实验室学习镭学，在约里奥·居里夫妇领导下做研究。为了将来回国开展科研活动，钱三强在实验室里除完成自己的论文工作外，一有机会就帮别人干活，争取尽可能多地学一点实际本领。1940 年，钱三强取得了法国国家博士学位。

1946 年，他与同一学科的才女何泽慧结婚，开始了共同的科学生涯，并合作发现了铀核裂变的新方式——三分裂和四分裂现象，这是核物理学研究上的重大突破。1945 年 9 月，钱三强、何泽慧应邀出席国际基本粒子与低温会议，钱三强代表何泽慧宣读了《正负电子弹性碰撞现象》的研究论文。同年，在法国科学院《通报》上，他们正式公布了三分裂的初步研究成果和四分裂的径迹照片（由何泽慧首次发现），这一发现被居里夫妇认为是第二次世界大战后物理学上一项最有意义的工作，不少西方国家的报纸称赞他们是"中国的居里夫妇发现了原子核新分裂法"。钱三强还获得了法国科学院亨利·德巴微物理学奖，并在1947年成为法国国家科学院研究生导师。

1948年，钱三强怀着"科学没有国界，科学家却有祖国"的信念，放弃了国外优裕的生活和工作条件，与夫人带着刚刚半岁的女儿，毅然回国。1949年，他代表中国出席了第一次保卫世界和平大会，还参加了新中国的开国大典。而后，便全身心地投入到开创中国原子能事业之中。

1955年1月15日，专门讨论发展中国原子能事业的中央书记处扩大会议在中南海丰泽园举行。钱三强向毛泽东等国家领导人介绍了原子能的基本概念，并正确分析了中国开展原子能研究的现状，表示了对发展原子能事业的信心。就在这次会议上毛泽东作出了发展中国的核力量的决定。

当中央决定发展核力量后，钱三强成为规划的制定人和具体的实施者。他领导建成了新中国第一个重水型原子反应堆和第一台回旋加速器，以及一批重要仪器设备，使我国的核物理、堆工程技术、钎化学放射生物学、放射性同位素制备、高能加速器技术、受控热核聚变等科研工作都先后开展起来。他还同王淦昌等一起，提出发展中国核科学的第一个五年计划。在中苏关系恶化，苏联撤走专家以后，钱三强临危受命，担任了中国核弹研究技术上的总负责人、总设计师。他重新排兵布阵，团结组织合适人选到位，并亲自领导攻关小组完成金属铀冶炼、核燃料化学、反应堆结构力学等攻关任务。经过众人艰苦卓绝的工作，终于在1964年10月16日成功试验了第一颗完全由中国人设计和制造的原子弹，使我国成为继美、苏、法之后第四个独立掌握核弹技术的国家，为中国争了光，为民族争了气。

　　1967年，在原子弹爆炸后两年零八个月，在极其困难的条件下，中国又成功地爆炸了第一颗氢弹，创造了世界上从原子弹试验成功到氢弹试验成功最快的纪录，这其中钱三强功不可没。事实上，钱三强在1960年就提出了发展氢弹的方案，并亲自组织黄祖洽等骨干成立了轻核理论组，对氢弹理论开展先行一步的预研究。张劲夫曾说："原子弹爆炸以后还要搞氢弹，而中国从原子弹到氢弹只有两年零八个月。这个

科研理论方案和课题是三强很早就提出来的"。虽然钱三强没有参加具体的氢弹研究工作，但正是由于他十分专业地及早提出方案与课题，并进行了前期的预研究，才能在这么短的时间内成功爆炸氢弹，创造从原子弹试验成功到氢弹试验成功最快的纪录。

　　"两弹"上天之后的一个晚上，周恩来派专车把钱三强接到中南海，餐桌上放了一盘冻鱼，一瓶白酒。周恩来深情而亲切地对钱三强说："全国人民都在庆祝胜利，今天，我们也来表示祝贺。"多少年的艰辛苦劳，多少次的坎坷委屈，有了周恩来的这几句话，一切都得到了报偿。作为一位享有世界声誉的科学家，钱三强从全局出发，服从党和国家的需要，牺牲自己心爱的科研工作，以主要精力从事科学领导工作，表现出杰出的组织才能和无私大度的宽阔胸襟，没有辜负历史赋予的使命。钱三强像当年居里夫妇培养自己那样，倾注全部心血培养新一代学科带头人。他作为中国科学院近代物理所（后改称原子能所）所长，吸引了一大批有造诣、有理想、有奉献精神的专业人才，从国内外汇集到所里。并知人善任地开展工作，通过科研实践，既出成果又有计划地培养了人才，使之尽快适应原子能应用的需要，形成了我国第一个综合性的原子核科学技术基地，该基地后来被誉为中国原子能事业的"老母鸡"，培养出一大批日后成为核工业战线科研与生产主力军的优秀人才。"两弹一星"能够成功研制，与钱三强对极为复杂的各个科技领域和人才使用协调有方分不开的，彭桓武称其为"战略科学家"。钱三强还言传身教，经常

把自己在长期科学工作中积累起来的经验教训毫无保留地告诉年
轻一代，让他们少走弯路。他宁肯个人承受压力，在力所能及的范围
内主持公道，为青年人的成才创造条件。如对那些"社会关系"复杂
但很有才华的青年，他敢担"政治责任"，力荐他们到核武器研制的
关键岗位，为"两弹"理论过关作出贡献。钱三强的这些高尚品质，
使他在科技界有口皆碑。

现代散文家柯灵

柯灵(1909-2000),原姓高,名隆任,字季琳,原籍绍兴,生于广州。著名作家、剧作家、电影评论家。早年在家乡朱儲等小学任教。1924年出版《儿童时报》。1934年参加左翼影评小组,始用柯灵笔名撰写影评。先后主编《明星半月刊》等报纸杂志,曾与马叙伦、周建人等发起成立中国民主促进会。参与创办香港《文汇报》。1950年加入中国共产党。先后任《文汇报》副总编辑、上海电影家协会副主席。1978年以后,先后任《大众电影》主编,《收获》编委,上海电影家协会常务副主席,上海电影局顾问。著有《柯灵电影剧本选集》《柯灵杂文集》《电影文学丛论》《柯灵散文精编》等。曾获全国散文荣誉奖、电影特殊贡献奖和高雅艺术奖。2000年6月19日在上海逝世。

柯灵散文清丽如水,有口皆碑。有文学评论家说:"柯灵先生散文之漂亮,无论是文字之精美,还是意境之考究,都被公认为独树一帜。"然而清词丽句,仅仅靠雕琢是不可能得到的,它一方面固然得益于柯灵深厚的学养,另一方面亦与他的经历与人品有关。他要求自己的文章"以天地为心,造化为师,以真为骨,以美为神,以宇宙万物为友，以人间哀乐为怀，以崇高宏远的未来为理想。"

柯灵历经坎坷，一生所受灾祸都在他的人生中化作动力。上海文学评论家钱谷融曾说柯灵"处境遭遇，自然也是甘苦升沉，屡经变迁。但不管年龄、境遇如何，作者严肃执着地追求正义美好的心意始终不变。读其文，想见其为人，我感到十分庆幸地结识了一位志行高洁而心地极其宽厚的人。"台湾作家余光中也为之倾倒。他曾说，柯灵散文"意到笔随，无词不宜，真是从心所欲而不逾矩，达到藏富于俭之境。"台湾现代文学史家秦贤次也认为，柯灵与沈从文是我国现代作家中因家贫失学，靠刻苦自学走向文学道路，最后皆以文字淬炼达到炉火纯青地步的两位典型人物。而柯灵非但是我国现代杰出的散文家和电影剧作家，也是一位成功的报人，先后编过多种报纸副刊和杂志，在国内外产生过很大的影响。

美国中国历史学者夏志清说："柯灵文笔之活，是大家称赞的。他同我先后评过张爱玲，建立了海外盛誉，可说是文坛佳话。"

柯灵散文有三大特点：一是他的作品是真正的美文，文字造诣极高、精雕细琢、鬼斧神工、大气磅礴、令人佩服；二是他的文章不仅言之有物，而且文中有骨，他运用的是高超的技巧，表达了很多对历史、对社会、对文学的真知灼见，显示了爱国知识分子的良心和骨气；三是从他的散文见人品，文品与人品相得益彰。

柯灵的文章评人论事，常有极为精辟的议论，除了评论张爱玲、傅雷之外，他还对李健吾、梁实秋、钱钟书、夏衍、郁达夫、李恩绩的为人为文,写过专文,作了独到的评述。他敢于直抒己见,说真话,不说假话,最恨说违心的话。尽管这些被评论的人物所经历的道路并不一样,柯灵的评论却都采取同样的态度:不屈从于时尚,不受舆论支配,披胆沥肝,直谈自己鲜明的看法,不但思想深邃,而且字字推敲,鞭辟入里。

柯灵不但以他的几十部著作(52部文学作品、14部电影、3部戏剧,以及多种单行本)给中国文坛贡献了精品,还以他的全部写作过程,展现了一个在任何时期都不随波逐流的坚强的爱国者的崇高形象。

第三章

「故国梦回」

GU

GUO

MENG

HUI

绍兴古城，始建于越王勾践七年，即公元前490年，至今已有2513年的建城史。当年勾践结束了到吴国作为人质和俘虏的屈辱生活，回到了故地，为了实现击败世代为仇的强邻勾吴，报仇雪耻，继而实现逐鹿中原的长远目标。作为他"十年生聚、十年教训"的重大战略之一，勾践命大夫范蠡选址建城。范蠡不辱使命，选择今卧龙山东南麓建筑勾践小城，随即又在小城以东建筑山阴大城。

越国都城由范蠡实施建筑，后人就称该城为蠡城，蠡城是勾践复国称霸的物质基础和精神依托。此后，卧薪尝胆，生聚教训，灭吴称霸的活话剧都在这里产生演绎。

宋靖康之变，北宋灭亡，南宋继起。宋高宗赵构，于建炎三年（1129）十月，从杭州渡钱塘江来到越州。本想在此凭钱塘江天险稍作安顿，不料北方军事再度吃紧，金兵紧紧尾随，不得已在年底离开越州，继续向东南方向避难，结束了在越州第一次四十多天的驻跸生涯。南宋建炎四年（1130）初，越州第二次作为赵构的行都，为时达一年零八个月之久。这一次驻跸，使越州在一年多时间里成为南宋政治、经济中心，这给这座城市带来许多变化，越州升为绍兴府。

南宋的都城最终没有建在绍兴，是因为宋高宗当时听取大臣意见，以"会稽漕运不济，移跸临安"。南宋嘉定十六年（1223），知府汪纲修治绍兴府城，除了把罗城和水陆城门作了一番修缮外，对城内的道路、河渠、桥梁等也都作了新的规划和修建，此外还营建了许多客舍、酒肆、书院、公用房舍和仓库等公用建筑。全城街衢整齐、市容繁华，井然有序。经过这一次修建扩容，绍兴城内的厢坊建置、街衢布局、河渠分布等，大体都已定局。

　　绍兴是一座山水兼具、风光秀美的水乡城市。绍兴城依山傍海，在平原水网地带上，向南十多里为会稽山，向北二三十里为杭州湾。会稽山千岩竞秀、万壑争流，是道教的洞天福地。杭州湾水面浩瀚、水潮汹涌，有大海的辽阔景色。绍兴城在古鉴湖之畔，江流纵横，湖汊棋布，良田万顷，平畴远风。城中过去谓"九山中藏"，如今是三山耸峙、佳木扶疏。城内有多条河流穿流其间，显山露水，山川相映。

　　绍兴还是"没有围墙的博物馆"。在古城，中华五千年文明史都可以有相应的遗存和文物来印证，舜禹遗迹、越国古址、秦汉碑刻、唐宋摩崖、明清故居等等为古城增添了历史厚重感和浓浓的文化氛围。

生聚教训遗迹地

越国在生聚教训年代，在国家建设上做了十分出色的几件事：为发展农业生产，大力开展水利设施建设，努力做到旱涝保收。越国的经济是战时经济，越国靠的是集中力量建设生产基地，使种植和养殖都规模化、矿藏开采军事化，备战工作做得十分扎实。

水利设施。富中大塘。越国都城大越建立后，开始进行了山会平原的水利建设，以便在水土资源丰富的平原地区建立粮食生产基地。富中大塘就是其中著名的水利工程。

据《越绝书·记地传》记载："富中大塘者，勾践治以为义田，为肥饶，谓之富中，去县二十里二十二步。"其蓄域在今平水镇、绍兴城、皋埠镇之间的富盛、上蒋、樊江、东湖、禹陵平原区一带。这一带是山麓冲积扇向沼泽平原过渡延伸的地区，地势自南向北缓降，略低于南部山麓区，略高于北部平原区，间隔有平水江（若耶溪）、攒宫江、富盛江等自然河流。潮汐顺自然河流自北向南上溯，时而漫溢于河道之间的平原地区，形成沼泽，沼泽程度也介于南、北部之间。因此，在这一地区修筑的富中大塘，主要是为了拦截溯河漫溢的海潮。由此推断，富中大塘的走向决非顺潮汐涨落的南北走向，而应为拦截潮汐的东西走向，其位置当处于东西向的山阴故水道南岸，与故水道基本平行。

富中大塘的拦截范围，北起富中大塘，南至会稽山山麓线，东界富盛江，西临平水江，面积约51平方公里，其中平原耕地按今耕地面积计算约6万亩。由于大塘有效地阻遏了咸潮内入，又能够截江蓄淡灌溉，从而使原处于潮汐灌浸的约6万亩耕地成为肥饶的"义田"，这就是著名的富中地区。

由于富中地区是一片近乎旱涝保收的大面积耕地，并且西邻大越城，北濒故水道和故陆道，到都城的水陆交通十分方便，因而成为越国至关重要的粮食基地，也是越国重要的陶瓷制造基地之一，在越国的经济振兴中有着举足轻重的地位。

练塘。《越绝书》记载："练塘者，勾践时采锡山为炭，称'炭聚'，载从炭渎至练塘，各因事名之。去县五十里。"练塘也是一处湖沼平原上的堤塘，今上虞东关镇有练塘村，其方位、里程与文献记载吻合。《越绝书》所载之锡山，据万历《绍兴府志》说，"在府城东五十里"，其地当离练塘不远。今上虞东关镇有银山，银与锡在古代似所指为一物，以地望推之，疑即锡山。

吴塘。据《越绝书》记载："勾践已灭吴，使吴人筑吴塘，东西千步，名辟首。后因以为名曰塘。"这一记载说明，越王勾践在灭吴之后，利用吴国的战俘，修筑东西千步的吴塘。这是文献记载中越地最早的人工湖泊，吴塘在今绍兴城西北方向18公里的湖塘乡古城村。

吴塘是越地建筑年代最早、规模最大，而且保存最为完整的山麓人工湖泊工程。它的修筑，是越人的主要活动中心由会稽山地跨向平原，改造自然环境的必要的一步，为改造山会平原南部地区，发展农业生产创造了条件。

吴塘的废弃当在鉴湖修筑前后。随着山会平原开发利用面积自南向北逐步扩大，水利形势渐次改变，以及人们的居住区缓慢地向平原北部发展，吴塘的御咸蓄淡功能不断减弱，随着鉴湖的兴建而终于废弃。

苦竹塘。据《越绝书》记载："苦竹城者，勾践伐吴还，封范蠡子也。其僻居，径六十步。因为民治田，塘长千五百三十三步。"从记载看，为了便利百姓农业生产，勾践时在比较偏僻的苦竹城地方，修筑了一条长1533步的堤塘，用以蓄水灌溉，这就是苦竹塘。其地应在今绍兴县兰亭镇古筑村。

山阴故水道。《越绝书·记地传》记载："山阴古故陆道，出东郭，随直渎阳春亭；山阴故水道，出东郭，从郡阳春亭，去县五十里。"这"故陆道"和"故水道"，是连接大越城和当时越国的大后方山会平原东部的交通要道。

"山阴故水道，出东郭，从郡阳春亭"，是一条由西向东的河道，这不同于流经山会平原的所有河流都是由南向北的走向。因此，这条河道只能是人工开挖，它是当时的越国人民在这片沼泽平原上整治疏凿的运河。因为在"十年生聚，十年教训"的时期，越国的不少生产基地如练塘、称山、炭渎、锡山等均在大越城以东，必须有这样一条运河，才能便于联系。

山阴故陆道。据《越绝书》记载"去县五十里"，同书记载"练塘者，去县五十里"。所以，此工程应西起今绍兴城东郭门，东至上虞东关镇练塘村附近，全长约20.7公里，约相当于当时的50里，与《越

绝书》记载吻合。"故水道"大致位置与今浙东运河该段相同;"故陆道"也与东汉鉴湖湖堤的位置基本相符。

故陆道和故水道的建成,形成了挡潮拒咸的第一道防线,为塘内农田提供了相当丰富的淡水资源,对春秋时期绍兴地区经济的发展起了很大的促进作用,使山会平原东部得到前所未有的开发。同时,山阴故水道的建成,贯通了源自稽北丘陵的南北流向的东部平原诸河流,使大越城与东部平原诸生产基地的水上运输得以解决,便利了经济的交流与战略物资的运输。此外,山阴故水道以其所记方位、长度之明确,作用之显著,堪称我国历史上兴建年代最早、至今仍在发挥效益的人工运河之一,山阴古水道是浙东古运河的一部分,已经是世界文化遗产。

铸剑基地。春秋时期,绍兴的青铜冶铸术成就卓著,它拥有优秀的冶铸匠师、高超的冶铸工艺和闻名天下的精品越剑。姑中山矿冶遗址。姑中山又称铜牛山，即今上虞东关镇联塘村以南的银山。赤堇铸浦。赤堇山一名铸浦山，即今绍兴县东南之上灶铸浦呑。西施山冶铸遗址。西施山原名美人宫、土城。1959年，绍兴钢铁厂在西施山西南开凿运漕及埠头时，在地层中出土大量青铜工具如锄、、削、凿、镰及兵器剑、矛等，其中以工具铜削为最多，往往是数枚有规律地黏合在一起。并发现有冶铸用的坩埚、铜渣等物。此外，还出土有少量的铁镰、铁削、铁和铁锄。以上冶炼基地，其实都是越国的军事工业基地，它们生产的主要兵器就是闻名全国的越剑。

养殖基地。为了保证人民生活和战备的需要，越国在发展粮食生产的同时，还注意渔牧业和手工业的发展。在国都周围建立了许多专业化的鱼池和牧场。如根据范蠡的建议，在都城东南会稽山建南池以养鱼，池有上、下两处，上池在今越城区鉴湖镇盛塘村南，下池在今越城区鉴湖镇秦望村南，"三年致鱼三万"，收获颇丰。在都城东南25里处，建有专门养狗的犬山，犬山即今吼山，在今越城区皋埠镇。牧鹿基地，在白鹿山，即今皋埠镇吼山南数里。在都城东50里处，建有专门养鸡的鸡山，鸡山在今上虞东关镇，有两处，一在东关镇塘头桥村，名前鸡山；一在东关镇外湾村，名后鸡山，二山均为孤丘，中有平畴，俗称鸡食槽。在都城东63里处，建有专门养猪的豕山，豕山今称猪山，在上虞东关镇内，系一孤丘。这里所养的鸡、猪等，是越国的战备物资，"将伐吴，以食士也"，是专门供应伐吴将士的。

手工业基地。发展手工业有许多具体措施。勾践设"铜官"于姑中山，监管采矿、冶炼和兵器的铸造；设"船官"于舟室，监管造船业，督造战船，建立舟师基地；设"工官"于官渎，监管木材加工、纺织、陶瓷等一般手工业的生产和供应；设"盐官"于朱余，监管海涂盐业生产和供应。当时，重要的手工业生产部门如矿冶铸造、战船建造、制盐等由官府直接控制，即使如木材加工、纺织、陶瓷等一般手工业部门，官府也有直接组织生产的。同时，民间家庭手工业生产肯定已有较大的发展。

四镇之首会稽山

大禹在治水成功之后,分天下为"九州",并在每个州指认了一座镇山,于是就有了最早的"九大名山"。《周礼》在叙述这九大州镇时,顺序上以"扬州"为第一州,"会稽"为第一镇,曰:"乃辨九州之国,使同贯利。东南曰扬州,其山镇曰会稽。"其后才是荆州及其衡山,豫州及其华山,青州及其沂山,兖州及其岱山,雍州及其岳山,幽州及其医巫闾山,冀州及其霍山,并州及其恒山。"四镇"是指扬州会稽山、青州沂山、幽州医巫闾山、冀州霍山。会稽山为南镇,居四镇之首,即是居"四镇五岳"之首。后来在《吕氏春秋》和《淮南子》两部书里九州之镇山有了变化(会稽、泰山、王屋、首山、太华、岐山、太行、羊肠、孟门),但会稽山继续在其榜首。

会稽山被看重,这完全是大禹的功劳。大禹生活在距今 4000多年前中华文明曙光喷薄而出的英雄时代。大禹对中华民族的历史性贡献,主要是做成了两件大事:一是治洪水,二是开创夏朝。这两件大事,在绍兴都留下了深刻的印记,这个载体就是会稽山。它是大禹在此山所行的婚姻、会盟(会祭)、丧葬这三桩有关中国第一王朝崛起的大事而得名。

大禹纪念地。"国之大事,在祀与戎。""会稽"的首义即是"会祭"《史记·封禅书》中说:"自禹兴而修社祀。"祭地曰"禅","社"为土地之主。据此,"禅会稽"也就是"修社祀"这是大禹的政治手段,以示天下悉属禹也。

从地理上看,会稽山脉坐落在今浙江省中部,绵亘于绍兴、诸暨、东阳、嵊州、上虞间，主峰在嵊州西北，山脉自西南向东北延伸，山势逐渐变低，最后没入北部平原。

从文化上看，那就是北部与平原相连的几个山头。《水经注》排出自西向东的四个山头：会稽之山，古防山也，亦谓之为茅山，又曰栋山。

石匮山，石形似匮，上有金简玉字之书，言夏禹发之，得百川之理也。

射的山，远望山的，状若射侯故谓射的，以为贵贱之准。得明则米贱，得暗则米贵。故谚云："射的白，斛米百；射的玄，斛米千。"

石帆山，山东北有孤石，高二十余丈，广八丈，望之如帆，因以为名。

这四座山中最有文化意义的是石匮山，亦即现在所说的宛委山，宛委山北麓是大禹陵，南麓是阳明洞天，也是大禹祭天的场所。

会稽山最重要的地方当然是大禹陵。首先看到的是大禹陵牌坊，牌坊两侧有眠牛、眠犬二山，对峙形成门户。坊后为大禹陵神道，直通禹陵、禹庙前广场。广场前有禹池，池水流经禹庙西侧，告成桥跨于上。

大禹庙坐北朝南，围以丹垣；东南有石帆、宛委山诸峰环抱，西临禹池。中轴线上自南而北依次有照壁、岣嵝碑亭、午门、拜厅、大殿等，为清至民国建筑。

秦望山。秦望山，位于绍兴城区正南十公里处。在会稽

山众多山峰中，它遗世独立，十分夺目。秦望山山势险峻，山路崎岖陡峭，欲上山巅，常常须攀爬而上，陡坡处有时很窄，仅容只身而过，有时还靠近悬崖，动人心魄。密林深处，人们须在荆棘丛中寻觅道路。爬上顶峰，山顶中间有一平台，周长数十步，俯瞰群山如在眼底，晴日时，极目远眺，隐约可见曹娥江外海，海天一色。

秦始皇南巡会稽时，将他在越地采取的一些重大举措刻在石头上，立在越地，以此来表明始皇帝对越地教化和统治的决心。这就是《史》所说的"立石刻颂秦德"这块刻石。秦始皇令李斯作文并书颂秦德的这块刻石，后人称之为《会稽刻石》。

云门胜迹。云门寺，始建于东晋义熙三年（407），迄今已有1600 多年历史。寺在柯桥区平水镇寺前村云门山，旁有若耶溪。寺

本是晋大书法家、中书令王献之的旧居。东晋义熙三年，相传王献之在秦王山麓的古宅屋顶出现五彩祥云，晋安帝下诏将王献之的旧宅改建为寺，并赐号"云门寺"。梁武帝时，因器重寺僧智永、惠欣之书艺，敕改云门寺为"永欣寺"。所以，云门寺又有永欣寺之称。唐武宗会昌五年（845）寺毁，唐宣宗大中六年（852）重建，赐号"拯迷寺"。宋太宗淳化五年（994）改名淳化寺。南宋咸淳年间（1265—1274）又改名为"传 忠广孝寺"，明天启三年（1623）才恢复云门寺原名，一直沿用至今。云门寺三面青山环抱，北枕秦望山，南濒若耶溪，依山傍水，宁静优雅，林泉秀美，是一处清幽脱俗的佛门胜景。这是一座历史悠久、颇负盛名的千年古刹，自古为浙东佛门胜地。

云门寺是除兰亭之外最为著名的一处书法圣地。王羲之《兰亭集序》手迹长期存放寺中，中国书法史上的许多名人和逸事都与此有关。云门寺的前身本为王献之的旧宅，传为王献之隐居练字之所。王羲之的第七代孙智永禅师驻寺临书三十年，留有"铁门槛""退笔冢"等遗迹。其侄惠欣亦曾在这里出家为僧，叔侄两人都是书法大家，备受梁武帝的推崇，因此云门寺曾一度敕改为"永欣寺"。智永有两个徒弟，一名智果、一名辨才，都是他的书法传人。智果青胜于蓝，隋炀帝就曾对智永说过："和尚（指智永）得右军肉，智果得右军骨。"智永身后，唐太宗因追慕王羲之书法，派监察御史萧翼用计谋巧取有"天下第一行书"之称的王羲之《兰亭集序》真迹的故事，均发生在这里。

风光奇绝古鉴湖

　　鉴湖绵延百里，碧波环山的带状湖泊，形成了稽山鉴水的旖旎风光。鉴湖建成初始，即声名鹊起，由于晋室南迁，文人墨客接踵而来，他们对鉴湖发出了由衷的赞叹。从东晋王羲之的"山阴道上行，如在镜中游"开始，至唐宋元明清，千年吟诵不绝，代有名作问世，从李白的"遥闻会稽美，且度若耶水"，杜甫的"越女天下白，镜湖五月凉"；到王安石的《若耶溪归兴》，陆游的"三十六溪春水生"；再到徐渭的《镜湖竹枝词》，朱彝尊的"更忆中郎笛，寥寥不可闻"，一路佳句，满目琳琅。我们可以从中缕析出鉴湖不同时期、各异季节里的波光山色，可谓万种风情，美不胜收。

　　鉴湖清波。越中风光美在鉴湖水，鉴湖之水美在清波荡漾。贺知章说："稽山罢雾郁嵯峨，镜水无风也自波。莫言春度芳菲尽，别有中流采芰荷。"

　　十里湖塘。湖塘是西鉴湖的终点，老街沿湖而建，长十里许，故俗称"十里湖塘"。此地湖阔水深，南岸青山屏列，别有一番风光。那里是鉴湖三曲之第一曲，有"西跨湖桥"，由单孔石拱桥和四孔梁桥组成。陆游诗云西跨湖桥："东西二十里，相望两平桥。傍水多投钓，穿云有负樵。"

　　南洋秋泛。"南洋秋泛"为旧时柯岩八景之一，清张汉在《柯山八景记》中说：鉴湖周358里，而南洋得百之一。三面依山，独缺其西，以远岫补之。湖上多种菱，沿堤遍植乌桕，霜后叶尽丹，与二月桃花争艳。这一段古鉴湖，唐宋之后久负盛名，贺知章、李白、杜甫、元稹、白居易、王十朋、陆游、徐渭、袁宏道、张岱等饮酒鉴湖，赋诗南洋，留下了诸多佳话。

　　廿里湖滃。湖滃又名湖桑，或称湖桑埭。"棹歌缥缈城西路，烟树参差埭北村""堤远沙平草色匀，新晴喜得自由身"，陆游诗中所说的由湖桑埭至城西，由湖桑埭至陈让堰，这个地域范围，民间称廿里湖桑。

　　剡川一曲。贺知章故里道士庄，在当时的鉴湖之中，位置在湖桑埭东南。与三山相接。韩家山有小溪流入鉴湖，名曰"剡川"。后来南宋的陆游，可说与贺知章毗邻而居。"家在山阴剡曲旁，一番风雨送新凉"，陆游颇以临"镜湖剡川一曲"居住而自得。

　　马臻墓庙。鉴湖建成之后，百姓得以发展生产，而地主豪绅的利益受到损害，于是，权贵们罗织罪名，用死人之名上告。汉顺帝刘保昏庸轻信，竟处死了马臻，酿成一大冤案。《太平御览》引《会稽记》说："有千余人怨诉于台，臻遂被刑于市。及台中遣人安鞫，总不见人。验籍，皆是先死亡之名。"据说，当时会稽的百姓还偷运马臻遗体自京而返，安葬于此。

山阴道上。山阴道指的是东跨湖桥南行至花街的40里水道山径。晋王羲之有"山阴道上行，如在镜中游"之句，其子王献之更说："从山阴道上行，山川自向映发，使人应接不暇，若秋冬之际，犹难为怀。"陆游则喜欢从三山坐船至娄宫埠头上岸，换乘骡子去兰亭。他有诗云："城南天镜三百里，缭以重重翡翠屏。最好长桥明月夜，寄船策蹇上兰亭。"

古东鉴湖。从鉴湖建成后到北宋近1000年中八百里鉴湖是非常完整的水利工程。以会稽郡城到大禹陵的三桥闸为界，分东西两个鉴湖。古东鉴湖地势略高于古西鉴湖。既要调节水位的差异，又要便于通航，因此这条纵堤上便有了一座三桥闸。过了三桥闸，便是若耶溪。鉴湖湮废以后，东鉴湖还留下洋湖泊、大百家湖、白塔洋等较大湖泊。东鉴湖堤旁的皋埠堰，樊江堰，陶家堰，后来都成了绍兴东部平原上的著名水乡。在曹娥江边的瓜山斗门、夏家堰、王家堰、曹娥斗门周边也都成了典型的水乡。

在东鉴湖区域，还有两个最有特色的景区，那就是东湖石景和吼山云东湖 吼山石。东湖原是古东鉴湖鸟门山半岛的一个采石场。东湖石景是采石后留下 的石宕，亦即是残山

剩水，在此基础上，光绪二十五年(1899)建成著名园林，在 20 世纪
渐与杭州西湖、嘉兴南湖齐名，成为浙江三大名湖。吼山云石是与东
湖、柯岩及鉴湖外的洋山一起，组成了绍兴的四大石景。吼山巉岩高
耸，危石压顶，山虚水深，别具个性。吼山古名句山，因越王勾践曾
在此养犬猎南山白鹿献吴而得名。

诗路奇葩若耶溪

若耶溪峡谷在会稽山北坡的东北部化山山脉与西部西干山脉的交接处，地理位置使它成为鉴湖三十六源源流最长的一条溪流。若耶溪从中嵋岙到岔路口一直向北，经古庄、横溪、桑树门就到了会稽湖。边上有著名的云门寺，经会稽湖向北有欧冶子铸剑的赤堇之山、显圣寺、虞姬庙。经铸剑的上灶、中灶、下灶，再流经白鹤山、石旗山、射的山，西到石帆山，再入鉴湖。

历代诗人泛舟若耶溪，吟咏之佳作数不胜数。如梁代王籍的《入若耶溪》："舸艎何泛泛，空水共悠悠。阴霞生远岫，阳景逐回流。蝉噪林愈静，鸟鸣山更幽。此地动归念，长年悲倦游。"其中第三联"蝉噪林愈静，鸟鸣山更幽"以动写静，成为千古名句。唐朱庆余《过若耶》："春溪缭绕出无穷，两岸桃花正好风。恰是扁舟堪入处，鸳鸯飞起碧流中。"春溪、桃花、鸳鸯，显得无限生机。唐宋之问《泛镜湖南溪》："乘兴入幽栖，舟行日向低。岩花候冬发，谷鸟作春啼。杳嶂开天小，丛篁夹路迷。犹闻可怜处，更在若耶溪。"此诗写出了最美的地方就是若耶溪。宋王安石《若耶溪归兴》："若耶溪上踏莓苔，性罢张帆载酒回。汀草岸花浑不见，青山无数逐人来。"这若耶溪的风光居然能随人的兴致而变化。徐渭有《若耶篇》长诗："十年老交若耶子，好摘荷花荡秋水。相逢绿浦采莲娘，相揖金鞭马上郎。回舟摇桨出浦漫，惊起鸳鸯紫蒲乱。茶烟半裹鲤鱼风，笔采欲搅雁边虹。此时邀我题诗去，

寄予前舟小袖红。每夏每秋每及春，贪赏风光亦可人，谁知一向钱塘去，溪畔风光移别处。题诗作赋人俱散，醉酒赏花客不聚。近闻缚绦待长官，海上风烟日日餐，旌旗百队鱼鳞甲，剑戟千层燕尾干。去年海上寂无耗，长官亦向蓟州道。乌靴却踏柏台霜，素牒亦高柏廯墙。若耶西湖两无主，荷花莲女遥相望。只应千载垂乌帽，归来白发学年少，不放荷花一日闲，重理当年愁莫笑。"这是写徐渭抗倭归来再游若耶的情景，烽火岁月，徐渭已经添了白发，感叹岁月易逝。

万古名桥出越州

　　绍兴是一座山水兼具、风光秀美的水乡城市。绍兴城依山傍海，在平原水网地带上。南10多里为会稽山，北二三十里为杭州湾。会稽山千岩竞秀、万壑争流，是道教的洞天福地。杭州湾水面浩瀚、水潮汹涌，有大海的辽阔景色。绍兴城在古鉴湖之畔，江流纵横，湖汊棋布，良田万顷，平畴远风。城中过去谓"九山中藏"，如今是三山耸峙、佳木扶疏。城内有多条河流穿流其间，显山露水，山川相映。

　　绍兴是闻名遐迩的江南水乡，城内河道纵横，小桥流水，素有桥乡之誉。至清光绪年间，城内拥有33条河道，229座桥梁，桥梁密度为每平方公里31座，几乎家家临水、户户临桥。真是石桥连街接巷，五步一登，十步一跨。石桥之多，堪称全国之最。是"三山万户巷盘曲，百桥千街水纵横"的水城桥都。沿河民宅粉墙

黛瓦,鳞次栉比;水中鱼贯而行的舟楫倒影浮荡,桨声欸乃;横跨在河道上的大小石桥巧思迭出,造型各异。"古城小桥多,人家尽枕河",形成了绍兴水城的独特景观。

屋旁、桥头、岸边,筑有通向水面的台阶,俗称踏道。有马鞍形踏道、元宝踏道和一字踏道等,即便登舟乘渡,又利浣衣洗物。

由于水城的特殊地理环境,街坊多依河分布,民居多傍水而建,桥便与人们的生活须臾不可分离。人们出门见桥,上街过桥,夏天乘凉闲谈在桥头,结婚嫁娶喜气洋洋过桥头……绍兴人以桥多而自豪。

绍兴桥梁的建筑布局多因周围地势、航道设置、河床宽度、水文状况以及民居、码头等环境条件而异,往往沿街曲折,遇水而跨,起伏联通,穿梭无碍,可谓灵活多变,千姿百态。

桥梁中有拱桥、梁桥、廊桥、庙桥、折边桥、拱梁组合桥等等桥型。古城内的七折边形石拱桥、五折边形石拱桥,桥型独特,全国罕见。如广宁桥、谢公桥、拜王桥、迎恩桥。此外还有半圆形、圆弧形、马蹄形石拱桥,桥型玲珑俊秀、典雅轻盈,如大木桥、题扇桥、锦麟桥、大庆桥等。不少古桥的桥身和望柱上,雕刻有狮、龙、鱼、花等图案,形象逼真,栩栩如生,桥上隽永的楹联,其字体或端庄凝重,或飘逸俊秀,体现了一种韵律美和形式美,且包含着丰富的桥史资料,具有极高的艺术和文化价值。

宋代建造的八字桥,一桥跨三河,布局合理,建造稳固,是我国现存最古老的城市桥梁,被列为全国重点文物保护单位;始建于宋嘉泰年间,于明万历二年重修的广宁桥,为绍兴现存桥最长的七折边形石拱桥,国内罕见;始建于东晋,于清乾隆、清嘉庆年间重修的光相桥,系单孔半圆形石拱桥,结构典雅,雕筑别致,这两座桥都被列为浙江省文物保护单位。此外,在古城区内还有被列为市级文保单位的谢公桥、迎恩桥、拜王桥、探花桥等桥梁,这些桥梁不仅集自然环境、人工建筑于一体,而且蕴藏着丰富的桥文化内涵,是重要的历史文化遗产。

绍兴是著名的水乡,在鉴湖上及其周边,还有很多名桥。

告成桥,又名禹桥,在禹庙前,跨禹池北口而立,今为出入禹陵、禹庙通道。相传为纪念大禹治水成功而建。

灵汜桥。唐元稹有诗《寄乐天》:"莫嗟虚老海壖西,天下风光数会稽。灵汜桥前百里镜,石帆山掩无云溪。冰销田地芦锥短,春入枝条柳眼低。安得古人生羽翼,飞来相伴醉如泥。"灵汜桥在古鉴湖边,现在已消失。

东跨湖桥。出偏门吊桥不到半里,即到东跨湖桥。桥因南北跨越鉴湖而得名,北接鉴湖街与马臻路相连,南通跨湖桥直街而达马臻墓、马太守庙。

杏卖桥。位于汇入鉴湖的漓渚江口西面。鉴湖淹废后,此处水面收缩,故杏卖桥南北向卧于鉴湖碧波之上。是绍兴城出常禧门连接西南水乡的必经之路,直通漓渚、福全等地。桥名得于陆游"小楼昨夜听春雨,深巷明日卖杏花"之句。

画桥。画桥位于杏卖桥西的鉴湖北岸南塘上,在鉴湖淹废之前建造,陆游在其诗中多次提到画桥。

柳桥。柳桥在陆游三山故里附近,虽然不太有名,但却是对陆游的生活非常有影响的桥梁。因此,在陆游的诗中很有名。直写柳桥的诗就有《柳桥秋夕》《柳桥晚眺》《柳桥秋夜》等。

纤道桥。纤道桥是在航道的浅水里建造的专供纤夫行走的纤道。这种古纤道在绍兴仅存一处,即是在浙东运河的柯桥与钱清段。

西跨湖桥。西跨湖桥在湖塘老街西端。陆游当年就有《西跨湖桥》五言绝句:"东西二十里,相望两平桥。傍水多投钓,穿云有负樵。"

绍兴是著名的桥乡,著名园林专家陈从周曾有诗曰:"垂虹玉带门前事,万古名桥出越州。"

绍兴不仅桥的数量多,而且还有许多保存完好的古桥。除八字桥外,还有:

光相桥。桥在今绍兴市区西北,因桥畔原有光相寺而得名。该桥南北向,横跨老城河,系单孔半圆形石拱桥,全长20米。光相桥始建于东晋。

虹桥。位于今绍兴西廓门外,相传宋理宗赵昀少时曾在这里游泳,绍兴民间又称此桥为"浴龙桥"。

夏履桥。位于柯桥区夏履镇夏履村。相传夏禹治水时路过此地,曾在此遗履而得名。

都亭桥。桥在今鲁迅纪念馆西南侧。据《越绝书》记述,秦始皇东游至会稽时,曾驾临此地。

拜王桥。唐朝末年,钱镠平董昌之乱以后,郡人曾拜谒于此。到五代后梁时,钱镠被封为吴越王,故取名拜王桥。此桥在城区府山直街南端。

题扇桥。桥在今戴山南面。相传是晋代大书法家王羲之为卖扇老妪题扇的地方,桥上旧有"晋王右军题扇处"石碑一方。

书圣故里书事多

王羲之为会稽内史，曾励精图治，颇有政绩。但王羲之的书法名声更大，在绍兴越城和嵊州王羲之故居都留下许多生动故事，有的还凝变成了地名。绍兴越城蕺山历史街区内的戒珠寺、题扇桥、躲婆弄、笔飞弄等地名的出典，都与书法家王羲之的故事有关。

戒珠寺。戒珠寺原为王羲之的故居，位于西街。相传，王羲之有两样所好，一是喜鹅，二是癖珠。一日，王羲之正在玩赏一颗宝珠，有一位与来往甚密的僧人朋友前来拜访，王羲之忙将其邀至书房，将宝珠放于桌上，与僧友叙谈。叙旧送客回书房后，却发现放在桌上的宝珠不见了，心中便怀疑是这位僧人"顺手牵羊"。此后，便对这位僧人渐渐冷淡起来。僧人闻知王羲之冷落自己的原因后，心中悲愤，一时想不开，便自尽了。几天后，王羲之家中养着的鹅群中，有一只鹅忽然死去。家人在剖鹅时，在鹅肚子里发现了那颗丢失的明珠。王羲之一见这颗宝珠，心中十分沉痛，僧人的冤死，使其愧悔无比，自此戒绝了玩珠之癖，并舍宅为寺，以赎前愆。此后，这座寺院便取名戒珠寺。

笔飞弄。王羲之舍宅为寺后，将住宅迁到了戒珠寺附近的一条巷弄之内。当时，王羲之的书法已是远近闻名，字值千金。许多人为能得到王羲之的书法而感到莫大的荣耀。王羲之虽善书，却不肯轻易予人。一富商以厚礼求其墨宝，被王羲之谢绝。富商声言必得王之书法。其时王羲之邻居家的一位老妪养有一大群白鹅，王羲之生性爱鹅，空闲时，总要踱到鹅群前观赏，神态十分专注痴迷。一日，老妪

提出愿以白鹅换王之几个字，王羲之慨然答应。但不久，先时曾到其
住处求字的那位富商从老妪处拿着王羲之的字笑嘻嘻出来，王羲之
立即明白自己上了当，觉得，十分懊恼，就将那支飞狐笔掷向窗外。
不料这支笔破窗穿户，飞过整条弄堂，在前面一座桥上停了下来，于
是后人便将这条弄堂称为"笔飞弄"，将这座桥称为"笔架桥"。

　　题扇桥。题扇桥曾是王羲之从宅第到官衙的必经之路。当王羲
之走上小桥时，总见到有一老婆婆在桥头摆小摊卖六角竹扇，但买
者寥寥。一日，王羲之又过小桥，见老婆婆守着扇摊，不断招呼行
人，虽已时近晌午，却仍无人买扇，老婆婆不由得一脸愁容。王羲之

见之，顿生恻隐之心，便提笔在老妪所卖扇上各题五字。老婆婆见状面露愠色，埋怨王羲之道："哎呀，这可如何是好，你把我的扇子涂成这样，我还怎么把扇子卖出去呢？"王羲之笑着对老婆婆说，你只要对人言这是王右军题的字，每把扇必能卖出百钱的好价。老婆婆将信将疑，按照王羲之的嘱咐卖扇，不一会儿，由王羲之题过字的扇子便被行人抢购一空，有的甚至还多给了一些扇钱，老婆婆高兴得合不拢嘴。

老妪见王羲之题了字的扇子不仅抢手，而且还能卖出好价钱，喜不自禁。第二天一早，老妪便拿了更多的扇子站在桥头等候王羲之，请他题字。此后，这位老妪每天都在桥头缠着王羲之给她的扇子题字。为了躲避老妪，王羲之只得绕过石桥，从旁边的一条小弄堂出入。后来，人们便将这条小弄堂称为"躲婆弄。

南宋遗迹多传奇

南宋建立以后，金兵围追堵截，宋高宗赵构一路南逃，曾两次驻跸越州，留下许多传奇故事。

水心庵。水心庵位于越城区东湖街道则水牌村南面江中央，此处湖面自东向西，陡然收窄，形若漏斗，水心庵所处恰好是漏斗底部，乃水冲之要地，有分流之功能，不过水心庵最初并非为了调节水利而修建，而是另有缘由。

相传南宋建炎三年（1129）金兵追杀宋高宗赵构，赵构一路东逃，逃到巫山尽头，无路可走时忽见一白衣姑娘正在捕鱼，他连忙大喊救命。那姑娘闻声看来，见赵构一身狼狈，却没有多问什么，将船靠岸后把他拉至船中，让他打扮成渔民模样。姑娘转身把船划到河心石涂边，安全送他上了岸。

后来金兵北撤，南宋朝廷再次返回越州，将其定为南宋临时都城。赵构做了皇帝后，下旨在所有他曾经避难的地方建造庙庵以表感念。在石涂边的水心庵正是由此而建。水心庵南北朝向，前后二进，四面合围，犹如北京之四合院，第一进七间，正中一间门额上写着：水心庵，旁边门额上还写着：观音殿、三官殿、张神殿。庵前东边有古树一株。庵内塑起了观世音菩萨，庵前的柱子上书写着一副楹联："侧耳听流水，入定尽闻，五蕴皆空观世音；寻声救苦难，驾航度厄，十方无碍显神通。"

水心庵孤悬湖中，与秀丽的风景一并倒映于水里。据当地百姓所言，这片赵构曾泊过船的湖水特别清澈，而且即使到了夏天也没有一只蚊子，不免让人称奇。四面庵墙挡住无穷无尽的水色，身处其中仿佛远离凡俗，可谓匠心独用，仿佛给赏心悦目的镜中画面平添了一缕古意，不愧是一篇清静之福地。

马蹄井。马蹄井是越城区富盛镇老幼皆知的山泉井，因形似马蹄而得名，井中是一汪清澈见底的甘泉。

相传，南宋郭太尉因奉命督造皇陵，急需寻找水源。一天，他骑马路过这里，马蹄飞落踩出一泓清泉，就以马蹄为形挖掘成井。从此，几万兵士的饮水得以解决，也惠及富盛了周边数代百姓。因此，郭太尉一直被后人传颂和敬仰。后来，人们在宝山脚下的皇陵边建起了郭太尉殿，供奉郭太尉塑像，称其为"老公公菩萨"。旧时，人们都爱把孩子寄名在"郭太尉"名下，以祈求孩子幸福长寿。

值得称奇的是这口井不论旱涝，井水总是不枯不溢，而且是取之不尽，用之不竭，在干旱年代曾救过无数人的性命。除此之外，马蹄井中的水还可以治病，据传患有痢疾的病人只要喝了这马蹄井的水，立马可以治愈。

明末清初，有一户行善的人家捐钱在井边修建起一座凉亭，约一丈见方，四根石柱上有飞檐翘角，两边安置着对称的石凳，可供行路人、田间劳作的农民躲风避雨、纳凉歇脚。20世纪50年代初，建造绍红公路时，凉亭被拆除。

几年前，有一位祖籍富盛的香港妇人缅怀故乡的先祖，便出资在井边新建了一座"御井亭"。之后，倪家溇村委又将周边的环境改造了一番，此地便成了远近闻名的一处风景。

武勋坊。越城区府山街道有一条五百多米的路，名为武勋坊。上溯南宋时期，武勋坊是绍兴府城内的坊名，其由来与南宋名将李显忠有关。

李显忠原名世辅，为唐宗室后裔，自唐以来世袭苏尾九族巡检。他好读书，通《左氏春秋传》《孙子兵法》，同时随父亲李永奇披坚执锐，出入行阵，胆略过人，武艺超群。南宋时，金对朝廷侵扰不断。一次金兵侵犯鄜延（今陕西一带），当时17岁的李显忠主动请缨领兵出征，他夜袭敌营，不负众望，首战告捷。

绍兴二十九年（1159），金兀术两次发兵南侵，宋高宗命李显忠出兵讨伐。李显忠勇猛无比，屡建战功，成功收复和州、灵璧。宋孝宗即位后，积极准备北伐中原，在金兵攻打宿州时，李显忠虽竭力御敌，终究寡不敌众，宋军损失惨重，史称隆兴北伐的战事失败。

不久，朝廷获悉李显忠兵败原因，便让李显忠来到绍兴，恢复其各项官职。李显忠十分仰慕绍兴，遂向孝宗提出想要归老于此。于是，宋孝宗在绍兴府城西小河旁赐其府第，岁赏米两千石。淳熙四年（1177）初，宋孝宗为李显忠府第赐名"武勋"，以表彰其功绩。

李显忠作为继岳飞之后南宋又一位爱国抗金将领，深受绍兴人民敬仰，而象征着他荣耀的"武勋坊"也将世世代代屹立在古越大地上。

香粉弄。香粉弄位于越城区府山街道，据说它的得名与南宋开国皇帝赵构有关。

赵构是宋徽宗赵佶第九子，小赵构"资性朗悟，博学强记，读书日诵千余言"，自幼学习琴、棋、书、画，尤其在书法上颇有造诣，擅长楷、草、行体，一度引领南宋书风。

靖康二年（1127）发生了北宋历史上最为耻辱的政治巨变，金兵南下攻取北宋首都东京，掳走徽、钦二帝，北宋宣告灭亡。没有被俘的赵构辗转至南京应天府（今河南商丘），在宋哲宗皇后孟氏的指定帮助下登基，改元建炎，建立南宋。为躲避金兵追赶，赵构南徙扬

州、建康、杭州、越州等地,建炎四年(1130)四月至绍兴二年
(1132)初,赵构便以越州的州治为行宫,他的后、妃、嫔及宫女亦跟
随其居于越州。在这一年零八个月中,为后宫配制胭脂香粉的专坊
就设在此弄,每当人们走近,便能闻到扑鼻香气,久久萦绕挥之不
去。后来,当地人便称此弄为香粉弄。

南宋"攒宫"宋六陵

　　从绍兴十二年(1142)起,绍兴府会稽县成为南宋皇陵所在地。这年十月,宋徽宗、显肃太后棺椁自金还,权攒于会稽县宝山,是为永祐陵。淳熙十四年(1187)十月,宋高宗崩,葬于宝山,是为永思陵。绍熙五年(1194)六月,宋孝宗崩,葬于宝山,是为永阜陵。庆元六年(1200)八月,宋光宗崩,葬于宝山,是为永崇陵。嘉定十七年(1224)闰八月,宋宁宗崩,葬于宝山,是为永茂陵。景定五年(1264)十月,宋理宗崩,葬于宝山,是为永穆陵。咸淳十年(1274)七月,宋度宗崩,葬于宝山,是为永绍陵。

　　以上南宋诸帝陵，史称宋六陵。对于南宋王朝来说，在绍兴的陵墓是一个临时措施，等大一统以后，陵墓要迁回北方。可惜南宋王朝没有实现大一统就被元朝取代了，宋六陵这个半拉子工程成了永远的遗憾。

　　靖康二年（1127），金人入侵汴京，将徽钦二帝、皇后、嫔妃、皇太子、亲王、公主、宗室、外戚、宰执和其他在京大臣，伎艺、工匠、娼优等各色群众，共计十万余人，战利品包括金一千万锭、银二千万锭、帛一千万匹、马一万匹以及法驾、卤簿、车辂、冠服、法器、礼器、乐器以及其他文物图书等，一网打尽，俘掠至东北的五国城。当年亡国之惨状，罄竹难书。漏网的皇室成员，只有孟皇后、宋徽宗第九子康王赵构二人，即稍后的宋高宗。

宋徽宗第九子康王赵构，在金兵围城期间，"慷慨激昂"地表示愿意以亲王身份前赴金营充当谈判的人质，正走在半路上，为人所阻拦，因此侥幸漏网。建炎三年（1129），宋室南渡后，金人追击不舍，流亡政权颠沛流离于江浙间，直到绍兴八年（1138）"始定都于杭"，局势总算安定下来。在此之前，绍兴元年（1131）四月，孟皇后在流亡途中崩于越州（同年十月升为绍兴府），走完其跌宕起伏的一生。

六月，宋高宗遵孟皇后遗嘱"梓取周身，勿拘旧制，以为他日迁奉之便"，故在越州就近暂厝，称为"攒宫"，冀望日后归葬中原。这是南宋六陵中最先入葬的成员，堪称"南宋第一陵"，也是整个陵区规划的基准点。

孟皇后葬地，位于上皇山的新妇尖下，据说地形与巩义皇陵相仿，附近还有一座名叫"泰宁寺"的寺院，可以用来照料和荐享亡魂。将墓地选择在寺院附近，并由朝廷赐额，这是宋代品官墓地的惯例，称为"功德坟寺"，而北宋皇陵四大陵区亦各有供奉山陵的"陵寺"。

泰宁寺，原是一座普通寺院，《嘉泰会稽志》载："泰宁寺，在（会稽）县东南四十里，周显德二年建，初号化城院，又改为证道院。建中靖国元年，太师陆佃既拜尚书左丞，请以为功德院，改赐名证慈，米芾书额，寺门外筑亭曰显庆。绍兴初，诏卜昭慈圣献太后攒宫，遂以证慈视陵寺。而议者谓昭慈将归祔永泰陵（宋哲宗陵），因赐名泰宁禅寺。"因为孟皇后的奉攒，以泰宁寺作为"下宫"。后来，泰宁寺更成为南宋前期众攒宫共同的陵寺，《嘉泰会稽志》载："永祐、永思、永阜、永崇四陵修奉皆在其地，故泰宁寺益加崇葺云。"

泰宁寺虽然不在新妇尖下，但距离孟皇后攒宫不远，约一里地，后来宋宁宗永茂陵卜址，南陵区无地可择，决定拆迁泰宁寺，负责选址的官员曾经向宋理宗报告其地距离"昭慈陵侧一里许，往来最便"。

绍兴七年（1137）九月，当宋徽宗崩于五国城的消息传来，南宋君臣并无迎接梓宫（灵柩）南返的计划，而是希望将梓宫归于东京（开封）暂厝。绍兴十一年（1141），因为岳飞、韩世忠等人的长期抗战，宋金双方在战场中逐渐形成均势。宋金和议签订后，南北对峙格局基本定型。

作为"绍兴和议"的交换条件之一，南宋迎接宋徽宗、郑皇后（显肃皇后）、高宗邢皇后（懿节皇后）的棺木南还，并迎归当时依然在世的高宗生母韦皇后。这是个大事件，史称"梓宫南返"。其实，金人尚火葬，魂兮归来，宋徽宗等人梓宫，可能只是三口空棺材。

礼官和太史局的技术官僚开始讨论，有人认为梓宫最好葬在杭州；也有人献地"会稽山龙瑞宫地"，以供备选，龙瑞宫即绍兴禹穴，"三十六洞天之第十一，曰阳明洞天，大禹探书治水之所"（宋孔延之编：《会稽掇英总集》卷九）。"泰宁寺青山园地"也曾经进入当时的视野，但以"其地系天柱寿山低恮，亦不可用"而放弃。最终，按照"角音墓地"的惯例另开墓域，将宋徽宗永祐陵安置于孟皇后攒宫西北，用地约250余亩。

永祐陵安定了，郑皇后、邢皇后援例安厝于永祐陵的西北或正北方向。高宗生母韦氏（显仁皇后）到杭州后，从此深居简出，绍兴二十九年（1159）薨，也来到宋徽宗的身旁。

淳熙十四年（1187）十月乙亥，宋高宗崩，次年三月丙寅，下葬于永思陵攒宫，从驾崩至下葬相隔五个月零十天。吴皇后（宪圣慈烈）晚十年卒，祔攒于"永思陵正北偏西"，其地"委是高阜，依得昭穆次序"。

绍熙五年（1194）六月五日，宋孝宗崩，同年十一月二十九入葬永阜陵攒宫，该年有闰十月，耗时六个月零二十多天。谢皇后（成肃皇后）晚十四年卒，祔葬"永阜陵正北"。

庆元六年（1206）八月辛卯，宋光宗崩，同年十一月丙寅入葬永崇陵攒宫，从驾崩至下葬，相隔三个月十六天。

嘉定十七年（1224）闰八月丁酉，宋宁宗崩，次年三月癸酉拆迁泰宁寺，以其地建永茂陵攒宫，时间超过七个月零七天。绍定五年（1232年），杨皇后（恭圣仁烈皇后）崩，次年四月祔葬永茂陵。

景定五年（1264）十月丁卯，宋理宗崩，次年三月甲申葬于永穆陵，历时四个月零十八天。

咸淳十年（1274）七月癸未，宋度宗崩，次年正月壬午葬于永绍陵，历时六个月。

　　南宋六陵，因为其攒宫性质，与北宋皇陵不同，只有上述"七帝七后"14座攒宫，别无其他后妃、宗室、大臣等人祔葬。

　　凡是先于皇帝而卒的皇后均不祔葬皇陵，宋孝宗郭皇后、夏皇后、光宗李皇后、宁宗韩皇后因为先卒，别葬于杭州西湖南山一带的寺院附近。至于庄文太子赵愭（宋孝宗嫡长子，未即位而卒）、景献太子赵询（宋宁宗太子，未继位而卒）的陵园，亦在杭州南山，今日西湖南岸景区"太子湾公园"，因太子陵墓所而得名。

陆游遗迹诗赋多

陆游在绍兴居住最长的故居为"三山别业",位于绍兴胜利西路北侧。陆游自幼迁徙过多个地方。因为陆游祖上原在甫里,后徙嘉兴,再迁钱塘,又从钱塘迁到山阴鲁墟。陆游曾祖陆珪建宅于吼山,祖父陆佃住绍兴府城内斜桥,后筑室陶山,父亲陆宰先住小隐山,后迁云门。陆游孩提时在云门读书,直到南宋乾道元年(1165) 41岁时才在三山卜建别业。

三山别业。陆游故里三山包括行宫山、韩家山、石堰山,都是偏门外的平原孤丘。在从钟堰往三山路上,有杏卖桥,距钟堰戏台1000米。桥因陆游诗句"小桥昨夜听春雨,深巷明朝卖杏花"而得名。南北向,南为田野,北为民居,原为五孔石梁桥。立于杏卖桥上,鉴湖山水一派景色,三座孤丘秀丽风光尽在眼前。再向西不远处有画桥,桥建于宋前,陆游《思故山》诗中有"春风小市画桥

横,桥南桥北次第行"句。乘舟望桥或桥
上观湖,均秀色可餐。清代诗人刘正谊作
有《夜宿画桥》:"十里名桥路,扁舟向晚
过。犬声吠月淡,鸦影背星多。杨柳垂烟
雾,澄波邹绮罗。寒塘人独宿,渺渺奈愁
何。"由画桥再沿岸西行,即到"秋水长天
阁",明末状元余煌题字,阁内有诗巢,
明、清时节,各有名人在这里酬唱。从阁
再西行不远处为镜圃,这是一处鉴湖亭
园集中之处。祁彪佳《越中园亭记》云:
"镜圃:三山之下,尽鉴湖之胜。园亭如列

星，镜圃居其中，旧有别业……阁最畅，堂最幽，径路最委折。"清代诗人王霖《画桥》说："鼓枻向中流，山水足清旷。四面欸乃声，隐隐续高唱。绝胜风雪中，寻诗灞桥上。"过了镜圃就是三山了。其中石堰山石堰村就是陆游常去之处，其《石堰村》诗云："木落山不蔽，木缩舟自献。寒日晚更明，村苍曲折见。"他与村民互相往来，问暑问寒，送医送药，感情深厚。陆游故居在三山之中。这是他41岁时乾道元年乙酉（1165）以京口俸禄择定三山临水处依山筑舍，于次年搬入新居，在60多岁致仕后，长居于此直至终老。陆游三山别业中有南堂、书巢、东斋、西斋、方塘、中庭、暖阁、小轩、老学庵、山房等多处，在故居四周还有园林，植花种草，培药建舍，筑塘营池，是一处富有越地民间屋居特色的小建筑群。

陆游86年人生，在三山别业度过了30年时间。纵观《剑南诗稿》，凡85卷，9300多首诗，其中写于此间30年的诗作超过6000多首，占三分之二。他在此"赎衣时已迫，贷米岁方艰"（《病中戏咏》），"一杯芋糁羹，孙子唤翁食"（《秋思》）。

梅园弄和香桥。梅园弄和香桥位于绍兴古城内戢山南面，因宋代著名诗人陆游种梅于此而得名。清康熙《会稽县志》有载："香桥，陆放翁种梅于此，故名，其旁尚存梅园弄。"陆游平生喜爱梅花，常以梅自励，一生中创作了160余首咏梅的诗词。

陆游年少时，曾随父亲居住在戢山附近。一个寒冷的冬天，白雪飘落在地上，古城顿时银装素裹。陆游正在书房中温习功课，忽

然，一阵花香飘来，沁人心脾，于是他走出书房，随着远溢的浓香，在后花园的墙角处寻觅到数枝蜡梅迎霜傲雪，分外娇艳。在万花凋谢的数九寒天里，唯独梅花凌寒开放，陆游被这铁骨冰心的形象和高洁坚强的品格深深打动，不由得喜爱上了梅花，并有意于此筑园种梅。

第二年，陆游在后花园中遍植梅花，并经常于园中赏梅、咏梅，梅园之名由此而得。每当园中的梅花盛开时，馨香四溢，站在梅园东侧的桥上，就能闻到这醉人的花香，居住在附近的人们因此将此桥称为"香桥"，而将梅园两旁的巷弄分别称为"大梅园弄"和"小梅园弄"。

如今，承载了历史风尘的香桥仍在原地，向人们诉说着梅花昔日的幽香；而大梅园弄和小梅园弄两条巷弄也仍保存着传统风貌：台门建筑古朴典雅，石板铺路的巷弄幽深而静谧。人们走在梅园弄里，似乎仍能感受到梅花盛开时的壮丽，因为这傲雪怒放的梅花，正是诗人陆游崇高精神的写照。

古城记忆仓桥街

仓桥直街历史街区位于绍兴市越城区越王城历史街区内,在城市广场南面、府山东侧,是一条南北走向,展示古城风貌,以传统民居为主体,集居住、商业、旅游为一体的历史文化街道。

直街全长1.5公里,由河道、民居、街坊三部分组成。民居多为清末民初建筑,众多富有地方特色的台门保存完好,具有浓郁的水乡风貌。老街主要由河道、民居、石板道路三部分组成。老街中环山河是越王城的重要历史遗迹,位于老街的中心线。北起胜利西路,南达鲁迅西路,全长2.2公里。自北而南,依次架有仓桥、龙门桥、宝珠桥、府桥、石门桥、酒务桥、西观桥、凰仪桥等传统古老石板桥,一座座桥拱上下长满了青苔,桥栏两边被青藤覆盖,桥柱、桥栏、桥面上凹凸不平的坑洞,石阶上的青草,掩饰不住历史的沧桑感,也平添水城朦胧、悠闲而雅致的情趣,民居小桥乌篷船,江南水乡一画卷。

河道两旁以水乡民居为主,每家后院都有一个小河埠,大多建于清末民初,其中有各式台门43个,这些建筑基本上建于清末民初,也有一些仿古的建筑,集中反映了绍兴的传统建筑特色与民情风俗。绍兴台门一般沿着入口纵向发展,一路设置大门、厅堂、正屋、后堂,主轴两侧厢房多为次卧和杂物间,每进楼宇之间用天井相连接,天井即院子,绍兴人称之为"明堂",而在大门外,台门间的青石板路连接狭小巷道,在梅雨季节烟雨朦胧,是江南水城的景象。

街道两旁开设有很多传统商店与餐馆,为了让游人尽可能多地了解绍兴风情习俗,当地有关机构还在街道中开设了越艺馆、黄酒馆、戏剧馆与书画馆等。

　　仓桥直街于2003年获"二〇〇三年联合国教科文组织亚太地区文化遗产保护优秀奖"。老街被称为"中国遗产活生生的展示地"。

王家山上文笔塔

　　戢山为绍兴古城内三座主要小山之一，也是绍兴的主要历史名山。戢即戢草，也称岑草。《吴越春秋·勾践入臣外传》中云："越王从尝粪恶之后，遂病口臭，范蠡乃令左右皆食岑草，以乱其气。"该山因多产此草而得名。

　　戢山又名王家山，源于王羲之故居就在山脚，后来弃宅为寺，初名昌安寺。山上原有王家塔、戢山亭、董昌生祠、三范祠、北天竺、戢山书院等很多历史建筑，可见当时盛况非同一般。由于历史原因，山中古迹大多被毁，仅有摩崖题刻等少许得以保存。

　　"戢山晴眺"原是绍兴古城内的主要景观之一，宋代越守张伯

玉《九日戴山戒珠寺戏呈僚友》诗云："秦望山前晓雁斜,戴山云外看黄花。"南宋大臣楼钥《登戴山》诗云："晚步戴山上,休辞脚力穷。八松不碍眼,万里欲乘风。逸兴浮沧海,高歌彻太空。羲之不可见,犹得想胸中。"可见戴山历来是绍兴城内的登高观景的胜地。山上已经修复的主要建筑物有文笔塔、戴山书院、戴山亭、冷然池与冷然亭等。文笔塔(又名王家塔)位于戴山最高处,曾建于晋代,20世纪中叶,王家塔被日军所毁。2003年重建王家塔。塔高36.8米,外观五层,内实为七层,登梯上楼可俯瞰绍兴全城。戴山书院建于公元985年,是北宋时期的著名学府,"浙学渊源"之地,是中国古代四大

书院之一，丰富的历史文化内涵和秀美如画的自然风光相得益彰。明代山阴大儒刘宗周在此讲学，称"蕺山先生"，提"慎独"之重要，"其论才守，别忠佞，足为万世龟鉴"。目前，大成殿、藏书楼和天一阁重新整修，焕然一新，游客可以小径漫步，欣赏峰峦叠翠，更可以在此感受中国传统文化魅力。蕺山西麓有一处天然石窟景区水云洞，以其奇特的石笋景观闻名。

蕺山以北是绍兴交通密集之地，铁路、公路、水路的对外连接，大多出自城北。山上远眺，以静观动，看到的是不断流动着的绍兴，是绍兴发展的缩影。

飞来山上应天塔

　　塔山，又名怪山、飞来山、宝林山、龟山，海拔29.4米。在绍兴城
区南门内，是绍兴古城内的三座小山之一，与府山、戴山鼎足而立。
越王勾践曾在此山上建"怪游台"，以"仰望天气，观天怪也"，这应
该是我国见诸文字最早的天文台。它和旧有的巨人迹、锡杖痕、宝林
寺、圣母阁、望云楼，均已成为历史陈迹。

　　山上有应天塔，始建于东晋，系宝林禅寺之七级浮屠，唐乾符
元年(874)重建，改名应天塔，宋代重建，明嘉靖前几经毁废，
1524年复建，万历年间修葺，十拱飞檐，建筑雄伟，佛像碑雕备极精
致。1910年被香火烧成空心塔，现今存塔，系1984年重修，高30米，

呈六边形，共七层，砖木混合楼阁式，塔山由底向上逐层缩小，塔顶盖以铸铁覆盆，造型庄严，色彩协调，巍巍壮观，现为绍兴市重点文物保护单位。

唐代李绅曾任浙东观察使，有《宝林寺》诗云："最深城郭在人烟，疑借壶中到梵天。"宋初隐士潘阆《登应天塔》云："闲上应天寺里塔，九层实兀入幽云。"宋代杜衍、齐廓、王昌符、张伯玉等都曾游应天寺并题诗，关于应天塔，最著名的应该是王安石写的一首诗：

　　"飞来山上千寻塔，闻说鸡鸣见日升。不畏浮云遮望眼，自缘身在最高层。"宋仁宗皇祐二年（1050）夏，诗人王安石在浙江鄞县知县任满回江西临川故里时，途经此处写下此诗。这是他初涉宦海之作，显示诗人高瞻远瞩，胸怀宽阔，不怕困难，勇于改革的豪迈气魄和坚强意志。

　　塔山今开辟为公园，满山林木苍翠，郁郁葱葱，亭台楼阁，廊椅连续，供市民憩息游乐。

南朝梁代大善塔

大善塔,位于城市广场,为六角七层楼阁式结构,宋代形制,高40米,顶层设穹窿顶,置铸铁覆盆。大善塔是绍兴古城现存最古老的佛教建筑,经国家1957年和2016年拨款两次大修,大善塔始成今貌,2019年被列为全国重点文物保护单位。

大善塔的历史要从大善寺说起。梁天监年间,有一位钱氏女子,在临近出嫁的时候突然亡故,临终前钱氏女子留有遗言,要以积攒的零钱助建一座寺。邻居黄元宝听闻此事,深为感动,自觉捐助了地基用于建寺。后来在僧人澄贯的主持下,寺得以建成,并修建了一座七级佛塔,以钱氏女子的大善之举取名"大善塔"。

大善寺为越中著名古刹之一。唐开元年间,寺改名开元,先后有高僧昙一、湛然、允文等驻锡讲经,僧徒踵至,寺舍增广,法席甚盛。唐元和元年,日本高僧空海云游越州挂褡大善寺,获赠越州节度使佛教经籍150余卷。唐大中八年日本高僧圆珍再临大善寺,复携大批佛经、文献等返国弘法。五代吴越国时,越州会稽另建开元寺,大善寺仍复旧名。南宋初,宋高宗大驾巡幸,以州治为行宫,此寺为守臣驻地。南宋时寺有重建记载,陆游撰疏记其事。明永乐、清康熙、同治等均有重修,徐渭、张岱撰有楹联、碑记。清道光间,沈复粲撰有《大善寺志稿》。民国时期,临街寺产辟作商铺及游乐之所,佛事渐衰,殿宇失修。20世纪六七十年代,停止佛事活动。

大善塔是绍兴古城中心的坐标,也是绍兴2500多年建城史的重要物证之一。

水石盆景东湖秀

　　东湖风景区位于绍兴市城东皋埠街道云东路的绕门山麓，由山与水两部分组成，南面是东西绵延三四里长的箬山，相传秦始皇东巡，曾在此供草牧马。景区山明水秀、岩奇洞幽、亭桥错落、湖洞相连，被誉为江南的水石大盆景，湖水面积八万余平方米，东湖和杭州西湖、嘉兴南湖并称为浙江三大名湖。

　　东湖的形成，与古代采石有关。从汉代起，石工相继在青石山凿山采石，形成险峻的悬崖峭壁和沉幽深潭。清末会稽名士陶渊明的第45代孙陶浚宣筑堤围湖，形成东湖。经过数代百余年的装点使东湖的山、水、石、洞、桥、堤、舟楫、花木、亭台楼阁俱全，成为融秀、险、雄、奇于一体的江南园林。

　　东湖经千年开凿,成峭壁深渊,湖内有陶公洞、仙桃洞、听湫亭、霞川桥、饮渌亭、桂岭、秦桥等景点。碧潭岩影,空谷传声,景色奇绝,号称"天下第一水石盆景"。郭沫若曾赞:"箬篑东湖,凿自人工。壁立千尺,路隘难通。大舟入洞,坐井观空。勿谓湖小,天在其中。"

　　游览东湖,可以步行,也可以坐着水乡绍兴独特的交通工具乌篷船游玩,舟在湖中行,如在画中游。

　　东湖还有深厚历史人文底蕴,孙中山、陶成章、徐锡麟、鲁迅等都曾到过东湖,陶成章遇难后,绍兴人民为纪念英烈,在东湖建立了陶社。中华人民共和国成立后,毛泽东等党和国家领导人多次到过东湖。

阳明遗迹播心学

2020年，通过考古发掘伯府第遗址，市政府在保护遗址的基础上修建了新的伯府，再现伯府历史格局。复原后的伯府第，石阶叠叠，抱柱累累，雕梁画栋，玻璃铺地，触目见新，柱楹多颂赞及集录阳明先生语。故居内通过展示阳明先生人生重要节点事件、讲学传道、交友会客等内容，将阳明先生跌宕起伏的一生呈现在游客面前。

王阳明纪念馆建筑外观整体塑造白墙灰瓦坡屋面的风貌，中心的心源厅采用下沉建筑，保护西小河历史街区风貌。纪念馆主要展现阳明心学的发展历程，并设有影厅、报告厅、研学游教室等，是一处集文商旅功能于一体的游学胜地。

阳明故里根据"泛博物馆"理念，采用全域化展陈设计，做到"处处是景、时时在观"，保留六大历史遗迹，最大程度还原历史的本真性，以"原真性"促进"带入感"，提升游客观光体验。

王阳明在绍兴的遗迹很多，最主要的是阳明洞天、伯府第和兰亭墓园。阳明洞天在绍兴会稽山脉宛委山麓，曾是王阳明筑室修炼身心的地方。三十一岁时王阳明在阳明洞天修炼一年多，自称"古越阳明子"，号阳明，时人尊称阳明先生。经过一年多的修炼，阳明先生决意出仕，继续圣贤之学。

阳明洞天。"阳明洞天"之名来自道教的"洞天福地"，"洞天福地"是道教仙境的一部分，多以名山为主景，或兼有山水，被认为此中有神仙主治，乃众仙所居，道士居此修炼，则可得道成仙。分而言之，"洞天"意谓山中有洞室通达上天，贯通诸山。唐代司马承祯编集的《天地宫府图》中,定为"十大洞天、三十六小洞天和七十二福地",构成道教地上仙境的主体部分,都是实指的。"阳明"在道教中指东方青帝,即太阳神。阳明洞天在会稽山区的宛委山,故又称会稽洞天或宛委洞天,在"三十六小洞天"中居十位。另外,会稽山麓的若耶溪在"七十二福地"中居十七位。由于王阳明曾在阳明洞天修学悟道,自称"古越阳明子",取"阳明"为他的号。

宋代王十朋《会稽风俗赋序》写道:"洞曰阳明,群仙所栖。"在他的记载中,以阳明大佛最为奇异。阳明大佛俗名大佛岩,是位于阳明洞天北部半山腰的天然巨岩,因似巨大的弥勒佛坐像而得名。大佛坐西朝东,呈吉祥坐状,座像高一百八十米,双膝间距约七十米,形态逼真、惟妙惟肖。即使在三里之外,也能看到岩佛端详地坐在青翠秀

美的宛委山中，故当地人又称为"弥勒岩"或"天然坐佛"。

　　明代徐渭《阳明洞》诗："阳明洞天小，名为道流芳。马融今别去，传经冷石房。"诗中的"石房"应是指山洞。可惜现在因地质变迁，找不到洞天的具体位置。阳明的主要弟子，如王畿、钱德洪、徐珊、董沄、王艮等天下巨儒硕士，均曾学于阳明洞天草庐。今天，在绍兴南部会稽山景区宛委山阳明洞天，阳明草庐也已复建完毕。草庐五开间，其中草庐内正中央的王阳明雕塑像高两米。整个阳明洞天内，草庐、长廊、古亭、修竹、小花和阳明洞天禹穴、龙瑞宫刻石融为一体，构成一幅优美的洞天福地图。

　　新建伯府。新建伯府在绍兴民间多称伯府，这是王阳明晚年在绍兴的住宅，位于绍兴老城区光相桥东侧西河以南，即现上大路王衙弄的"伯府第"。王阳明在江西平定宁王朱宸濠之乱后，朝廷封其为"新建伯"，王阳明在原父亲王华状元府第的基础上扩建了新建伯府，伯府名由此而来。新建伯府曾是华东明清时期最宏伟的私人宅邸之一，占地面积十六亩。主要建筑有豪华的伯府大厅，绍兴民间有顺口溜："吕府十三厅，不如伯府一个厅。"由此说明伯府大厅的宏伟大气。除大厅以外，还有天泉楼、饮酒亭、碧霞池，以及连接饮酒亭与碧霞池水榭的天泉桥。除这些主体建筑以外，宅的北边有假山，假山设为观象台。其余地方尚有五十余间楼房，供门生弟子及家人居

住。后因近代三次大火，伯府的主体建筑烧毁殆尽，仅存新建伯府的
"石门框"及碧霞池。伯府西南边是伯府船埠头，用来停泊交通船
只。除此以外，在下大路，光相桥以东，建有阳明书院，王阳明殁后
改为阳明先生祠，后改为文成祠。阳明书院、伯府大厅、天泉楼都是
王阳明讲学的地方。在光相桥以西的下大路，还有王家族居地，为王
阳明的弟妹辈居住的地方，族居地边上有王家宗祠。

伯府碧霞池与天泉桥。碧霞池与天泉桥、观象台、阳明故居、大埠头等阳明遗迹联系在一起，碧霞池长为三十六米，宽二十五米。中间有水榭，水榭建筑长十四米，宽约七米，整个水榭有近百平方米。明弘治十七年（1504），王阳明主试山东乡试时曾登泰山之巅，拜访过碧霞祠，碧霞元君为泰山之女，它在民间信仰中属于生育与平安的保佑神。王阳明与妻子诸氏在绍兴居住，却一直没有生育后代。于是他在扩建伯府之时，便挖新池，将池取名"碧霞池"，希望自己能老来得子，以续王家香火，挖碧霞池之土便筑了假山，即观象台。碧霞池中建起水榭，又建天泉桥让水榭与大厅相连接。阳明心学的巅峰之作"天泉证道"即发生在碧霞池的天泉桥上。王阳明去世后，阳明的弟子和再传弟子纷纷来到这里讲学、传道，几十年而不衰。

　　阳明墓园。王阳明墓位于绍兴市柯桥区书法胜地兰亭镇以南二里许的鲜虾山。墓坐北朝南,背依山岗,顺依山势,逐级升高,视野开阔,一揽越中佳山水。墓冢直径十米,墓道全长七十余米,百余级台阶,四层平台,全部用石材精心雕刻而成,气势雄伟,是浙江地区较典型的明代墓葬建筑。墓地近二千余平方米的山麓地带,数十棵合抱古松环侍左右,营建了庄严肃穆的环境氛围。墓始建于明嘉靖八年(1529),清康熙、乾隆年间曾多次修葺。乾隆四十九年(1784)高宗弘历南巡过后,作过一次修缮,建御赐"名世真才"题额并建四柱冲天式石牌坊于墓前。2015年以来阳明墓园不断扩展,总占地五百八十亩。工程分为分墓园建设一期二百多亩,已基本完成。新建成的阳明墓园,将成为人们祭祀王阳明的"朝圣"之地。

鲁迅故里观风情

　　鲁迅故里，位于绍兴市东昌坊口(今鲁迅中路)，由1953年成立的鲁迅纪念馆拓建而来。鲁迅是现代伟大的思想家、文学家、革命家，"横眉冷对千夫指，俯首甘为孺子牛"。纪念馆宣传鲁迅生平事迹，征集、保护鲁迅文物资料，研究鲁迅思想作品，是省内最早建立的纪念性人物博物馆。2022年绍兴市委、市政府决策进一步保护建设修缮鲁迅故里，保持鲁迅当年生活过的故居、祖居、三味书屋、百草园原貌，还恢复了周家新台门，寿家台门、土谷祠、鲁迅笔下风情园等一批与鲁迅有关的古宅古迹，对整个故里区域范围内的一般传统居民建筑，修旧如旧。

　　鲁迅故里所在的整个新台门约建于19世纪初叶。故居原为两进，前面一进已非原貌，周家的三间平房已被拆除。后面一进是五间二层楼房，东首楼下小堂前，是吃饭、会客之处，后半间是鲁迅母亲的房间，西首楼下前半间是鲁迅祖母的卧室。西次间是鲁迅诞生的房间。楼后隔一天井，是灶间和堆放杂物的三间平房。鲁迅的童年、少年时期在此度过，直至1899年出外求学。1910年至1912年，鲁迅回乡任教亦居于此。1912年至1919年间，鲁迅也曾几次回乡在此住过。

　　鲁迅故居后园是百草园，原是周家与附近住房共有的菜园，面积近2000平方米，童年时代的鲁迅常在这里玩耍，捕鸟。绍兴东昌坊口11号(今鲁迅路198号)是私塾三味书屋，12岁至17岁的鲁迅在此读书。

一条窄窄的青石板路，一溜粉墙黛瓦、竹丝台门、花格木窗建筑，原汁原味的三味书屋、百草园、咸亨酒店等鲁迅笔下遗迹穿插其间，景区边还可以乘坐乌篷船游览市内各个景点。"老房子，新空间"，这一体现中国江南居民住宅风格的"绍兴台门"组群，富有绍兴特色和时代特征，以其独特的文化内涵和底蕴，成为了历史文化名城绍兴对外宣传教育的一个窗口与一张金名片。

安桥头朝北台门。安桥头朝北台门位于越城区孙端街道安桥头村，安宁桥西南首，坐南朝北，正门对村中之河，东边是石板路。安桥头朝北台门是鲁迅先生的外太公鲁世卿做官后建造的一处住宅，这里还流传着一段传奇故事。

鲁世卿，字又璜，清乾隆道光年间人。他年轻时家里很穷，父亲早亡，母子两人相依为命，靠租种地主田地和纺纱度日。有一年冬天，家中因为贫困，只准备了一只鸡过年，恰逢地主来收租，不仅收了租还抢走了鸡。这件事极大地刺激了鲁世卿，他决定开始发奋读书,改变家里状况。

后来有一年冬至,鲁世卿准备去参加科考。他的母亲听后,不大同意:"我只有你一个儿子,怎么好出去呢?"鲁世卿想了想,对他母亲说:"冬至日,我先到城隍庙去求一个梦,梦好,我就去。"于是,母亲给了他一件皮衫,去当铺当了三百铜钿,其中一百铜钿留做家用,二百铜钿给他做去城隍庙的盘缠费。当天,鲁世卿在城隍庙得了这样一个梦:城隍菩萨给了他一个算盘一支笔。圆梦的人对他说:"这是皇帝叫你去管账。"回家后,鲁世卿的母亲听了很欢喜,又把家里的铜火铳当掉,供他出门应考。鲁世卿果然考得很好,当了官后,他把母亲接到京城,又在家乡买了700亩田,并给当初圆梦的人10亩田作为酬谢,还在安桥头村造起了朝北台门。

　　朝北台门在清嘉清道光期间是安桥头村中最大的住宅, 清静幽雅, 布置古朴大方, 屋宇冬暖夏凉。由于台门朝北向, 村民们就称其为朝北台门, 作为鲁迅先生外婆家的简称。而朝北台门也寄托着世人对鲁迅先生及他的外太公鲁世卿的崇拜、敬仰之情。

　　咸欢河沿风情浓。在绍兴古城鲁迅故里景区北面有一条小河, 称咸欢。咸欢河以新建路为界, 靠近中兴路段叫"东咸欢河", 靠近解放路段叫"西咸欢河"。在解放路与西咸欢河交会处, 原有一座平板石桥叫"咸欢桥", 沿河道路便称为"咸欢河沿"。

　　"咸欢"的得名颇有一番来历。据记载, 宋代时, 都昌坊口有一座桥, 称为"咸酸桥"。宋嘉泰《会稽志》中有记载:"咸酸桥, 在府城东南。"宋代时, 绍兴咸酸桥一带开设有"官酱园", 专制酱油、酱制食品、米醋等, 在酱园里放置了数量众多的陶质酱缸并兼作晒场。这前店后坊的酱园前有一条河道,河中之水源自绍兴南部山区的若耶溪,水质清澈甘冽,在此处设置酱园,水质好而且运输方便,可谓得天独厚。由于酱园中发酵的面酱、酱油、米醋时不时会散发出阵阵咸酸味,久而久之,人们便将此处的桥、河、路皆以"咸酸"名之,就有了"咸酸桥""咸酸河""咸酸河沿"之名称。

到了清代,咸酸桥已被称为"咸欢桥"。清乾隆《绍兴府志》云:"咸酸桥,《嘉泰志》在府城东南,今书作咸欢。"可见,"咸欢"是从原有名称"咸酸"雅化而来的,把"酸"改称"欢",含有皆大欢喜的意思。"咸欢河沿"的得名也印证了一段绍兴酱缸文化的历史。

咸欢河的桥、河和民居、河埠,构成了一幅独特的老绍兴的风情画。

红色后堡星火传

后堡村，位于越城区东湖街道最东部，与陶堰街道、孙端街道等相邻，村内徐、胡两姓为大家，村民以务农为业，民风淳朴。村口"红色后堡"的指示牌、戚里桥侧新立起来的朱铁群铜像、法治宣传"同心廊"、红色墙绘文化建设、

红色戏台等，无一不让来访的客人感受到红色乡风正起，革命的薪火在这里代代相传。

1941年7月，中共绍兴县工委在后堡建立了绍兴第一支敌后抗日武装——皋北抗日自卫队。自卫队以胡家祠堂为驻地，开展军事训练，进行抗日救亡宣传，与群众建立了深厚的感情。9月9日，自卫队遭到日伪军偷袭，那天中午，天气很热，村民胡和尚飞奔至祠堂报警："日本佬来了！"正是这一声预警，给自卫队争取了及时撤离的时间。

在此期间，副指导员王光生的撤离可谓是惊心动魄。当时，他冲出祠堂，向北一条小路跑去。半途中，他被人拉进了一间民房，这人便是村民友生大妈。友生大妈家很穷，屋里除了一张床和一台灶，什么也没有。王光生被友生大妈推到了敞开的大门背后，还在他的脚下垫了块石头，以防门缝下露出脚来，又在门前放了一只盛着水的木桶，乍一看，没有什么异常。她自己则坐在家门口，不动声色地织起渔网来。

门外，一个个日本兵对着敞开的大门，望了望空荡荡的屋子走过。突然，一个日本兵跨进门来，原来他见灶台上有盒火柴，拿了到门口点了口烟。日本兵到她家来了两趟，就是没发现王光生。

为掩护战友突围，队长朱铁群、指导员叶向阳以一支驳壳枪严守戚里桥，不幸在撤离时被枪弹扫中；事务长胡子青突围时为不连累乡亲，被敌人发现后杀害；队员倪蛟龙倒在祠堂东边的水稻田里，陈冬为偷渡到对岸抢夺机枪血染戚里江……

5位战士当场牺牲，4人被俘，陈中琪等20余人突围。

皇甫庄包殿战斗。1942年1月28日夜，浙东游击大队和皋北抗日自卫队联合袭击了驻孙端的王阿宝浙东"剿共"自卫总队。因敌据院死守，进攻受挫，游击队转移至皇甫庄包殿待命。次日10时许，驻扎在陶堰、东关的日、伪军乘船包围了皇甫庄包殿。游击队顽强抗击，击毙日、伪军多名。但由于日、伪军炮火猛烈，除何松林率20余人突围外，27名游击队员不幸牺牲。

第四章

「越韵风情」

YUE

YUN

FENG

QING

　　早在先秦时期，绍兴的稻作文化、舟楫文化、陶瓷文化、纺织文化、竹文化、兰文化、酒文化、剑文化等都已开始发生或发端。尤其是在越王勾践时，通过20年"生聚教训"的努力，越国的经济出现了繁荣的景象。部族人口迅速增加，农业、畜牧业、狩猎业、捕捞业、养殖业和盐业等都有重大的发展，手工业中的陶瓷业、纺织业、冶铸业、建筑业、造船业和酿酒业等达到新的水平。

　　秦汉三国时期，绍兴成为全国4个最大的麻织中心之一，又是全国铸镜业的中心。两晋南北朝时期，会稽郡"丝绵布帛之饶覆衣天下"，越绫"比绢方销，既轻且丽"，被认为是衣料之上品。成熟的越窑青瓷从原始瓷中脱胎而出，从此流行达千年之久。

　　南北朝以后，杭州湾南岸的海塘全面竣工，山会平原北部的河湖网整理成形，9000顷耕地已成为良田熟土，农业生产获得重大发展。丝绸业异军突起，越绫越罗风行全国；制瓷业崭露头角，越窑青瓷远销海外，手工业呈现一派欣欣向荣的景象。

　　早在南北朝时期，绍兴的米酒就已由勾践时代的浊醪演进为"山阴甜酒"。隋唐时期，越州有"醉乡"之称。北宋时期，酒是朝廷最重要的财政来源之一。在政府的鼓励和提倡下，基础雄厚的越州酿酒业发展迅速。宋室南渡之后，绍兴城中出现了"酒垆千百家""酒满街头"的酒乡景观。明代，绍兴酒远销京师，品种又有增加。至清代，酿酒作坊遍布山阴、会稽城乡，酿酒业进入"越酒行天下"的全盛时代。

　　明清时期，绍兴农村中仍普遍种桑养蚕。至清末，绍兴府继续保持着浙江四大丝绸生产基地之一的地位。宋代以后，脱胎于日铸茶的平水珠茶渐负盛名，在清代风靡欧、亚、美各国。

　　绍兴民俗以江南水乡为底蕴，生产、生活都与水乡有关，四时节令、婚丧嫁娶的习俗更是江南水乡地理、气候、物产的反映。从文化上讲，绍兴的风俗还与祭禹、兰亭修禊有关，祭禹是社祀的延续，社祀本来是祭农神，老百姓期望风调雨顺、五谷丰登。兰亭修禊则是祭水神，目的是消灾除病。在这样的物质和文化的基础上，绍兴的民俗风情表现出水乡的韵味和忠孝节义等道德的高风。因此，从古至今，绍兴的民俗风情依旧有着无穷的魅力。

　　绍兴戏曲源远流长，剧种丰富，曲调多样。绍剧原称"绍兴乱弹"，在明代中晚期，中国戏曲的主流是以南曲（剧）为体的文士剧，同时以乱弹为体的民间戏也在基层悄悄流行。明清鼎革造成了文士剧的瓦解，于是作为民间戏的乱弹便日益凸显并演进为中国戏曲的主流，绍剧的兴发即经历了这个历史过程。由滩黄角出歧发的越剧源出于清同治年间在嵊县农村出现的一种民间曲艺，叫"落地唱书"，戏班称"的笃班"或"小歌班"，以后渐流行于宁绍平原和杭嘉湖地区，民国初年进入上海，现已发展成为全国最主要的剧种之一。绍兴的地方曲艺大多出现于清代中叶，流行较广的有平湖调、词调、莲花落和宣卷等。在历史上，绍兴还涌现出一大批著名的戏曲理论家、创作家和表演家，堪称名副其实的戏曲之乡。

天下铜镜出会稽

在春秋战国时代，吴越的青铜宝剑曾横空出世，到了秦汉时期，和平是时代的主要形式，越国铸剑工匠开始把铸剑技术转换成铸镜技术。越地的铸镜产业从东汉开始，直到唐代，越地一直是全国铸镜业的中心，因此当时有"天下铜镜出会稽"之说。

冶炼技术的提高，铸铜业可上溯到春秋战国，青铜剑、青铜镜可以显示其技术水平。春秋以降，会稽郡已成为浙江地区的铸造中心，孙吴时，会稽则发展成为全国重要的铜镜铸造中心，各种神兽镜和画像镜大量制作，数量之多，技艺之高，远非其他地区可比，达到了极盛时期。

孙吴时的会稽铜镜，镜面微鼓，扩大了映照面积，画像镜的镜面直径已达20厘米左右；造型美观，已运用浮雕式花纹，表现出显著的立体感，且纹饰美丽；题材广泛，除了"东王公""西王母"等神话外，还有两浙地区广为流传的吴王夫差和伍子胥等历史故事，显示了地方特色；铸有铭文，多数铜镜具有铸造时间、地点和工匠姓名等铭文，确切可靠。不少神兽镜上刻有黄武、黄龙、嘉禾、赤乌、建兴、太平、永安、甘露、宝鼎等年号。在国内发现的铭文镜则有在湖北鄂城发掘出土的黄初、黄武纪年铭文镜：如"扬州会稽山阴师唐豫命作竟""会稽师鲍作明镜""会稽山阴作师鲍唐"等，还有一面在鄂城出土的黄武六年（227）镜，铭文有"会稽山阴作师鲍唐，家在武昌思其少"语句。从这些例证中可以看出：会稽是铜镜的制造中心，是神兽镜的铸造地；会稽郡不只有官营的铜镜铸造业，还具有私人商品生产性质的民间制镜业；会稽铜镜已运销全国各地，而且一些著名工匠如鲍唐等已外出去充当镜师的事实。不仅如此，据著名学者王仲殊研究，三国时，中国镜师曾东渡日本，在日本把中国的画像镜和神兽镜结合，铸出了其主要特点仍然是神兽镜的日本三角缘神兽镜。在日本发现的许多中国神兽镜和画像镜中，不仅形制、纹饰相同，并都有"赤乌元年""赤乌七年"铭文，这更说明铜镜制品已传入日本，会稽等地工匠已远涉重洋，为日本铸镜业的发展做出了重要贡献。

青铜镜可能从青铜盆演进而来。起初人们以盆盛水用来照容。后来，盆的内面逐渐演变成为光滑的镜面，而盆的外壁则变成为镜的背面。

青铜镜的背面一般设有镜纽，系以绸带，用于持握或悬挂。镜背是铸镜工匠们施展其才华的主要地方，无论在纽座、内区、外区和边缘等部位，都刻有丰富的纹饰。其表现技法经历了从线条到浮雕的变化。

汉晋时期的会稽铜镜，数量庞大，种类繁多，主要有昭明镜、日光镜、四螭镜、博局镜、尚方镜等，堪称丰富多彩。其中，最具代表性的，当数画像镜、神兽镜与龙虎镜，它们在中国铜镜发展史上，独创一格，独放异彩。

神仙车马画像镜的流行，始于东汉早中期，盛于中晚期。珍禽瑞兽始终是内区纹饰的主题。神奇的腾龙、美丽的飞凤、优雅的游鱼、富贵的团花、矫健的奔马，经过能工巧匠的刻意描绘，栩栩如生地出现在各个时期的铜镜上，反映着古人的信仰崇拜和对美好事物的赞扬。

还有一个特征是纹饰丰富。题材多为道家神仙，镜中，青龙、白虎、朱雀、玄武四神的位置，往往按方位排列；天皇与五帝占有重要地位，天人感应，神星合一，多见"上应列宿，下辟不祥"类铭文。除道教神仙图像外，伯牙弹琴的历史人物也在神兽镜中时有出现。

画像镜中，以神仙车马画像镜和历史故事画像镜最具代表性。历史或神仙故事，也逐渐成为内区纹饰中的重要题材。东汉之际随着道教的产生和传播而形成的追求长生不老或肉体成仙的风气，一直流行到唐代。这一时期的神兽镜、画像镜、飞仙镜等，便是这种风气的如实反映。另外，有的镜上刻有"君宜高官""位至王公""长宜子孙"等字样的铭文，则反映出人们对于现世幸福的向往和追求。

神仙车马画像镜中，多为西王母形象，即西王母车马画像镜、西王母群仙画像镜、西王母瑞兽画像镜。西王母的侍者中，多为玉女，她们或拱手而立、席地而坐，或持华伞，或抚琴、舞蹈。还有一类是羽人，即生有羽毛的仙人。

历史故事画像镜，主要是刻画伍子胥忠直敢谏，谏而不纳，最后被吴王赐剑自刎的故事。画像镜的场面与历史记载一样，栩栩如生，体现了匠师门的高超技艺。

会稽是铸制龙虎镜的重要地区。会稽龙虎镜流行久远，传世较多，纹饰多样，图文并茂，是会稽镜的杰出代表。铜镜不但具有实用价值，更是因为铜镜的形制、纹饰、铭文等当中，浓缩了古人的精神世界，传递了古人的精神意识。其中，还反映了图腾崇拜的思想，表达了辟邪避魔的愿望，体现了民风民俗，也是当时婚恋的信物和交际场合的赠送宝器。

九秋风露越窑开

越国故地，早在商、周时期，已开始生产原始瓷。春秋战国，原始瓷进入鼎盛时期，建有专门烧造原始瓷的窑址。及至隋唐，制瓷业崭露头角，越窑青瓷远销海外，手工业呈现一派欣欣向荣的景象。

秦、汉时期，制陶业新发展的标志就是瓷器的烧制成功。当时，会稽郡制陶者注重原料的精选、釉料配制和施釉技术的改进、窑炉结构的逐步完善、火候的掌握等，陶器开始由原始瓷向成熟瓷发展。到东汉中、晚期烧制出具有胎质细腻、火候较高、施釉晶莹、吸水性低等特点的成熟瓷，揭开了中国陶瓷发展史的新篇章。因为烧制瓷器的釉以铁为呈色剂，故釉色呈现青绿或青褐色，遂将这种青釉瓷器简称为青瓷。会稽郡，于是成了青瓷的发源地。

孙吴、西晋制瓷术有所进步，其标志是脱离了原始状态而进入了成熟的初期。当时文士作赋，茶、酒和瓷器联在一起，非常讲究，说明瓷器已成了日常生活用具。东晋、南朝的瓷器都是青瓷，出土地点虽已遍及各地，不过，制瓷技术最高的地方还是在会稽郡。据考古发掘资料，孙吴、西晋，会稽制瓷业已经发达。东晋、南朝300年间，因遭受战乱较少，又是一个士族聚居地，士人饮酒喝茶是一种享乐，器具特别讲究，对制瓷技术起着推动作用。酒具、茶具之外，日常生活用具和特制殉葬的明器，种类也很多，越窑青瓷就很快成为一种重要的手工业。

会稽郡瓷窑（越窑）主要分布在始宁、上虞、山阴等县，仅上虞一县就有30多处窑址，比东汉时增加了四五倍。制瓷工艺和产品特色都有长足进步。首先,这个时期出产的瓷器器形规正,腹壁较薄,胎色灰白或接近灰白,彩层均匀,釉色纯正,呈淡青色,犹如雨后天青,说明制作状况稳定,制瓷技术已达到相当成熟的程度。其次,在较强的还原气氛中烧成豆青色釉,证明了当时已经创烧成功高温窑和较好地掌握了还原性气氛的烧制技术,这在我国陶瓷史上具有划时代意义。再次,品种繁多,造型新颖别致。如始宁窑出土的明器中有堆塑楼阁人物谷仓罐,器身往往贴着许多人物、飞鸟、楼阁等雕刻物及刻画的飞鱼,肩部的人像各执不同的器物,每间仓房门口及瓶口均有犬守卫。这种集模制、雕镂、刻画、堆贴技术于一器的青瓷器,是孙吴时期的代表作。绍兴平水镇出土的日用器青瓷鸡头壶,高23.5厘米,口径7厘米,底径11.5厘米。盘口、高颈、弧肩、鼓腹、平底。肩部与盘口之间相连,置一把手,与把手对称为鸡头。肩部另两旁堆贴桥形耳。通体施青釉,部分青中泛黄。口沿、鸡冠及耳面有酱褐色点彩。点彩为东晋朝典型的装饰手法。1994年3月,绍兴福全镇王家山头村徐家山南坡上出土的一只青瓷佛像罐,属孙吴时期。罐高11.6厘米,口径8.6厘米,底径7.8厘米。直口、平唇、丰肩、鼓腹、平底微内凹。口沿处有7个支烧点痕。肩置竖耳、小佛像各一对,并饰弦纹、联珠纹与斜方格网纹带。佛像为螺发肉髻、方脸、大嘴,身披袈裟,双手置胸前,执佛珠一串,结跏趺坐,并有背光一圈。内外施淡青釉,有冰裂纹。工艺极精,同时,也反映了这个时代佛教已在会稽郡一带逐渐兴盛。

　　越窑青瓷是绍兴历史上著名的特产之一。中国是世界瓷器的发源地，而中国瓷器则创始于绍兴。考古证明，早在3500多年前曹娥江中游就出现了陶瓷器共烧的龙窑，烧出了釉色绿中泛黄、具有一定光泽度的原始青瓷，其原料为瓷土，烧制温度已达摄氏1200度以上，硬度高于陶而吸水率低于陶。此后，随着原材料筛选的逐步精细、烧制温度的逐渐提高、施釉技术的不断改进，到东汉烧出了制作温度摄氏1300度以上、釉色呈淡青色、光亮明快、瓷胎质地坚实细致的成熟瓷器，也就是早期的越窑青瓷。

　　越瓷烧造在绍兴地区已有悠久的历史，从目前来看，至少在秦汉时期已完成了由原始青瓷向成熟青瓷器阶段的过渡。至六朝时期，越窑青瓷已是品种繁多，门类齐全，具备了相当的烧造工艺技术。

　　从唐代起，越窑发展逐步进入全面鼎盛时期，"越窑"之名也因唐时称绍兴地区为越州而得名。最早见于唐代文献记载的是陆羽的

《茶经》，书中多次出现"越窑"一词。此后，描绘越窑瓷器的诗文越来越多，如顾况的《茶赋》，孟郊的《凭周况先辈于朝贤乞茶》，施肩吾的《蜀茗词》，许浑的《夏日戏题郭别驾东堂》，陆龟蒙的《秘色越器》，皮日休的《茶瓯》，郑谷的《题兴善寺》和《送吏部曹郎中免南归》，徐寅的《贡余秘色茶盏》等，反映了从唐玄宗至唐昭宗，即唐代中、晚期的越窑烧造情况。其中，以陆龟蒙的《秘色越器》诗对越窑瓷器描绘最为形象逼真，"九秋风露越窑开，夺得千峰翠色来"，写出了青瓷器莹碧润泽的色彩，窑场内珍品如山的气势，以及千峰翠色迎面而来的壮观出窑场景。陆羽在《茶经》中更是说得明白，"碗，越州上，鼎州次，婺州次，乐州次，寿州次，洪州次。或者以邢州次，越州上，殊为不然。邢瓷类银，越瓷类玉，邢不如越一也。若邢瓷类雪，则越瓷类冰，邢不如越二也。邢瓷白而茶色丹，越瓷青而茶色绿，邢不如越三也"。可见，至唐代中晚期，越窑青瓷烧造技术已日臻完美。更值得一提的是，这一时期已出现了美轮美奂的秘色瓷，从而使唐代越州在青瓷器烧造工艺上渐趋巅峰。

所谓"秘色瓷"，是指碧青釉色瓷器，为越窑青瓷的上品。在唐代，这些上品青瓷往往成为宫廷的专用品，即贡品，其造型、瓷质和釉彩特佳，烧造工艺特别精细，尤其在釉色上更是优于一般青瓷器，所以，时人习惯上将越窑青瓷或其珍品称之为秘色瓷。秘色瓷的釉色特征，在颜色方面以青和青绿为主，在施釉工艺方面，釉层均匀滋润，呈半透明状，难怪人们对秘色瓷有"千峰翠色""类玉""类冰"之喻。

　　到了唐代中、后期，由于创制了将瓷坯盛于匣钵之中与火分离的操作法，使瓷器的烧制技术达到了更加纯熟的程度。当时的越瓷器型端庄、器壁减薄、色泽青绿、晶莹油光，质量居全国之首。由于越窑青瓷声誉大振，生产也达到了鼎盛时期。一时间，绍兴境内以曹娥江流域为中心各县，以及邻近的宁波、台州、嘉兴、杭州等地，都纷纷建窑造瓷，统称越窑。特别是当年奉命驻守浙江一带的吴越王钱氏集团为了进贡朝廷，建立官窑，制造"秘色越瓷"，成为实用的艺术珍品。朝廷官员都以能得到越窑秘色瓷器为幸事。五代、北宋，越窑青瓷产销一直旺盛不衰。

　　南宋以后，由于官窑的兴起，民间越窑青瓷生产受到排挤，逐渐衰落。但遗传在世上的越窑青瓷珍品，还是受到国内外博物馆和藏家的喜欢。

囊中日铸传天下

茶叶生产是一项重要的农副业,是农民增加收入的主要渠道之一。由于越州多丘陵山地,土质也较适宜种茶,故茶事十分兴盛。据载,越州的茶叶生产始于汉代,初盛于唐代。北宋以后,绍兴所产茶叶已冠于江南,闻名全国了。如当地所产的茶叶"日铸",北宋时已是草茶中的最佳品。欧阳修的《归田录》称:"草茶盛于两浙,两浙之品,日注第一。"

唐朝时,越州的余姚、上虞、会稽、山阴、剡县、诸暨、萧山皆产名茶,陆羽《茶经》载浙东茶叶"越州上,明州、婺州次,台州下"。当时,越州的主要名茶有会稽的日铸茶、剡县的剡溪茗、余姚的瀑布仙茗等。

越州属县之一的剡县,地处剡中盆地,唐时,这里的茶事之盛已多有文字记载了。如唐释皎然的《饮茶歌》云:"越人遗我剡溪茗,采得金芽爨金鼎,素瓷雪花飘沫香,何以诸仙琼蕊浆。"唐《越州山水》载孟郊诗:"菱湖有余翠,茗圃无荒畴。"又据宋《剡录》记载:"剡茶声,唐已著。"唐时,诸暨县也已成为浙东重要的产茶区之一。

在唐宋时期,两浙地区(含越州)为草茶产区,唐朝越州草茶制作方法采用蒸青研碾法制茶。茶事旺必然导致茶市盛,位于稽北丘陵、鉴湖南岸的会稽县平水集镇,唐时已是浙东地区闻名全国的茶叶集散地,诗人元稹在《白氏长庆集序》中就提到,当时有许多人用白居易和元稹的诗歌手抄本和摹勒本在平水集市上换取茶酒。

唐代越茶的繁盛,为宋代绍兴茶叶的发展打下了良好的基础。

绍兴会稽山地小规模植茶虽然开始较早，但闻名国内则始于唐代。中国首部茶叶专著，即陆羽《茶经》品评浙东所产茶叶为"越州上，明州、婺州次，台州下"。会稽山出产之已列为浙东第一。唐代士民饮茶普及，一些官宦、士大夫阶层和文人墨客常举办茶宴，赋诗作词。据嘉泰《会稽志》卷八记载："松花坛，在五云门。唐大历中（766-779），严维、吕渭茶宴于此。"其时，茶叶已进入市场交易，山、会两县茶市、茶肆渐盛。唐代，越州之会稽、山阴及诸暨、剡县、上虞、余姚、萧山已是著名产茶区，总称越州茶，会稽山区和卧龙山已有成片茶园。唐永贞元年（805），平水茶种传入日本。

宋代，绍兴茶叶不但名品多，而且产量大，制作工艺先进，市场交易兴盛，绍兴茶叶进入全盛期。其中日铸茶更是闻名全国。

日铸茶主要产于平水。日铸岭在绍兴平生镇，距城20公里。宋吴处厚《青箱杂识》载："昔欧冶铸剑，它处不成，至此一日铸成，故名日铸岭。"

日铸岭盛产茶叶，其名品日铸雪芽古今称绝。相传春秋末期，越国著名冶炼大师欧冶子曾铸湛卢等五剑奉献于越王勾践，而欧冶子铸剑的材料，据说"采金铜之精于日铸岭下"，当时"溪涸而无云，千载之远，佳气不泄"，"蒸于草芽，发为英华"，于是，日铸岭产优质茶的历史从此开始。传说归传说，事实是，日铸岭峰峦起伏，溪流纵横。气候温和，土质肥沃，本来就很适宜茶树成长。

日铸雪芽，简称日铸茶，茶味清淳，品质优异，为历代文人墨客所喜爱，他们吟诗作文对其大加赞扬。如唐释皎然《饮茶歌》赞"素瓷雪花飘沫香，何似诸仙琼蕊浆"。

北宋时，日铸茶在京师已作为达官贵人间的馈赠礼物。这从诗人晁补之的《陆元钧宰寄日注茶》诗中可以看出："我昔不知风雅颂，草木独遗茶比讽……老夫病渴手自煎，嗜好悠悠亦从众。更烦小陆分日注，密封细字蛮奴送。枪旗却忆采撷初，雪花似是云溪动。更期遗我但敲门，玉川无复周公梦。"日注茶即日铸茶。老年病渴，喜收名茶，自煎自品，内心悠悠，诗写出了收到友人所寄日铸茶后的兴奋心情。

　　北宋文学家苏辙一生嗜茶，茶诗茶文甚多，他写过一首《宋城宰韩文惠日铸茶》的诗："君家日铸山前住，冬后茶芽麦粒粗。磨转春雷飞白雪，瓯倾锡水散凝酥。溪山去眼尘生面，簿领埋头汗匝肤。一啜更能分幕府，定应知我俗人无。"前四句写韩文所赠的日铸茶特色，后四句写饮服后的感受，这是一首颂扬、赞美日铸茶的好诗。

　　南宋诗人陆游的茶诗情结，是历代诗人中最为突出的一个。他一生中所作的咏茶诗多达三百多首，为历代诗人之冠。陆游的茶诗，对江南茶叶栽香剪味，对产于故乡的日铸茶尤其青睐。他的《报国灵泉饮茶》诗云："我是江南桑苎翁，汲泉亲品故园茶。只因碧缶苍鹰爪，可压红囊白雪芽。"此诗写品泉煮日铸茶的情景。他不吝文字为日铸茶叫好，认为只有名泉才配冲泡名茶："囊中日铸传天下，不是名泉不合尝。"他把日铸茶与书法神品《兰亭集序》相比，经常细细体味饮茶之乐："嫩白半瓯尝日铸，硬黄一卷学兰亭。""汲泉煮日铸，舌本方味永。"陆游对日铸茶的热爱之情洋溢在字里行间。陆游在南宋开禧三年（1207）春作《八十三吟》："石帆山下白头人，八十三回见早春。自爱安闲忘寂寞，天将强健报清贫。枯桐已爨宁求识？敝帚当捐却自珍。桑苎家风君勿笑，它年犹得作茶神。"

　　陆游置身茶乡，只求承袭"茶圣"陆羽（号桑苎）的家风。陆游出生茶乡，当过茶官，有机会遍尝各地名茶。陆游还深谙茶饮之道，他总是以自己动手烹茶为乐事，一再在诗中自述："归来何事添幽致，小灶灯前自煮茶"；"山童亦睡熟，汲水自煎茗"；"名泉不负吾儿意，一掬丁坑手自煎";"雪液清甘涨井泉,自携茶灶就烹煎"。陆游还会玩当时流行的"分茶"。这是一种技巧很高的烹茶游艺,不是平常的品茶,也不同于斗茶。宋代把茶制成团饼,称为"龙团"、"凤饼"。冲泡时"研茶为末,注之以水汤,以笼击拂",此时茶盏面上的汤纹水脉会变出各式图样来,若山水云雾,状花鸟虫鱼,类图画,如草书,有"水丹青"之称。

　　平水的茶农在日铸茶炒青制法的基础上,将"似长非长""似圆非圆"的日铸茶经重揉、重压,揉炒结合为团,制成了炒青圆茶,这种茶叶外形圆润如珠,又出产于平水附近的山区,并集中于平水加工,所以在国内外市场上被称为"平水珠茶"。

风雅茶道最宋韵

宋代饮茶之风十分盛行。《南窗纪谈》中说："上自官府,下至闾里,莫之或废。"王安石说："茶之为民用,等于米、盐,不可一日以无。"茶成人们生活中不可或缺的饮料,"君子小人靡不嗜也,富贵贫贱靡不用也"。

绍兴地区也不例外,饮茶方式主要煎茶、点茶和分茶。煎茶实际上就是煮茶,在唐代就已广泛采用。煮茶最重要的是用水的质地,其次是火候,茶煮至浅黄绿色,倒入茶碗,即告完成。

点茶是宋代出现的新的饮茶方式,包括炙茶、碾茶、候汤、击拂、烹试等一整套程序。所谓炙茶,就是将陈茶置微火上烘烤,以收取香浓、色鲜、味醇之效。蔡襄《茶录·茶论》介绍说："茶或经年,则香色味皆陈。于净器中以沸汤渍之,刮去膏油一两重乃止,以钤钳之,微火炙干,然后碎碾。若当年新茶,则不用此"。

碾茶即将茶饼"以净纸密裹敲碎",接着将碎块碾磨成粉末,并用细罗筛细。陆游写道："解衣摩腹午窗明,茶硙无声看霏雪。"诗人碾茶过程中,茶末像雪花般纷纷飘落,给人视觉上的享受。

选水,俗语讲"水谓茶之母",清冽甘甜的水能催生茶性,充分地反映茶叶的色、香、味。陆游"水品茶经常在手","老夫桑苎家,颇欲续水品"。可见陆游对于水品、茶经是手不释卷,不仅非常熟悉更产生了续写水品的想法,由此可知他深谙选水之法。陆游认为只有茶与水搭配得当,才能使水达到它的最佳效果,从而使茶更加香甜。

候汤,也就是日常生活中的烧水。候汤对火候的要求极为严格，只有掌握汤水合适的火候，才能点出好的茶汤。陆羽（《茶经·五之煮》）称："其沸，如鱼目，微有声，为一沸；缘边，如涌泉连珠，为二沸；腾波鼓浪，为三沸。已上水老，不可食也。"候汤是一件极其细致微妙的事情，需要极高的技巧。

水烧开后，马上调茶膏，每只茶盏舀一勺子开水，一边用茶筅击拂，使水与茶交融，并泛起茶沫。击拂数次，一盏清香四溢的宋式热茶就出炉了。这个烹茶的过程，宋人称为"点茶"。

点茶，即高超的茶艺。也只有宋人敢说"近岁以来，采择之精，制作之工，品第之胜，烹点之妙，莫不盛造其极"。为什么？因为在中国茶艺史上，宋人的烹茶方式是独一无二的，是历史上的绝唱。汉唐人虽然也饮茶，但饮用的方式比较"粗暴"：将茶叶放入锅里煮，并加入姜、葱、茱萸、薄荷、盐等佐料。著《茶经》的陆羽将这种煮出来的茶汤直接贬斥为"沟渠间弃水"。

元明时期形成、流传至今的泡茶法，也过于朴实、简易，难以发展成一套繁复的烹茶工艺。泡茶法所用的茶叶，叫作"散茶"，宋代市场上也有"散茶"，但不流行，而以"团茶""末茶"为主流。什么叫作"团茶"呢？即茶叶采摘下来之后，不是直接焙干待用，而是经过洗涤、蒸芽、压片去膏、研末、拍茶、烘焙等一系列复杂的工序，制成茶饼，这就是"团茶"了。在制茶过程中，茶叶蒸而不研，则是"散茶"；研而不拍，则是"末茶"。

宋人即便用"散茶"烹茶，也不是拿茶叶直接冲泡，而是先研成茶末,调成茶膏,再入盏冲点。这还是"点茶"的烹茶法。有诗为证——苏辙《宋城宰韩秉文惠日铸茶》:"君家日铸山前住,冬后茶芽麦粒粗。磨转春雷飞白雪,瓯倾锡水散凝酥。"诗中的"麦粒粗"是指日铸茶之状,说明日铸茶乃是散茶,"磨转"则表明烹茶之时需要用茶磨将茶叶研磨成茶末。

点茶的过程既如此繁复,好茶的士大夫之家,当然必备一整套茶具,南宋人董真卿将这套常备的茶具绘成《茶具图赞》,共有十二件,故又称"十二先生",还给它们分别起了人性化的名字:放茶团的茶焙笼叫"韦鸿胪",用于捣碎茶团的茶槌叫"木待制",磨茶的小石磨叫"石转运",研茶的茶碾叫"金法曹",量水的瓢杓叫"胡员外"(因为一般用葫芦做成),筛茶的罗合叫"罗枢密",清扫茶末的茶帚叫"宗从事",安放茶盏的木制盏托叫"漆雕秘阁",茶盏就叫"陶宝文",装开水的汤瓶叫"汤提点',调沸茶汤的茶筅叫"竺副帅",最后用来清洁茶具的方

巾叫作"司职方"。

文人雅士很享受研茶的过程，追求的就是全套烹茶流程所代表的品质与格调，因而家中茶槌、茶磨、茶碾之类的茶具是少不了的。

宋人点茶，对茶末质量、水质、火候、茶具都非常讲究。他们认为，烹茶的水以"山泉之清洁者"为上佳，"井水之常汲者"为"可用"；茶叶以白茶为顶级茶品；茶末研磨得越细越好，这样点茶时茶末才能"入汤轻泛"，发泡充分；火候也极重要，宋人说"候汤最难，未熟则沫浮，过熟则茶沉"，以水刚过二沸为恰到好处；盛茶的茶盏以建盏为宜，"茶色白，宜黑盏。建安新造者，绀黑，纹如兔毫，其坯微厚，熁之久热难冷，最为要用。出他处者，或薄，或色紫，皆不及也"。最后，点出来的茶汤色泽要纯白，茶沫亦以鲜白为佳。

宋人点茶尚白，这一点跟现在的日本抹茶不同。不过白茶的制作非常麻烦，数量极少，民间点茶还是以绿色为尚。宋人自己也说，"上品者亦多碧色，又不可以概论"。

分茶又称"茶百戏""汤戏""幻茶"，是宋初开始形成的一种茶艺。陶谷《清异录·茗荈·茶百戏》载曰："茶至唐始盛，近世有下汤运匕，别施妙诀，使汤纹水脉成物象者，禽兽虫鱼花草之属，纤巧如画，但须臾就散灭。此茶之变也，时人谓之茶百戏。"这种茶艺在文人墨客中尤为流行，陆游便是分茶高手。其《临安春雨初霁》诗云："矮纸斜行闲作草，晴窗细乳戏分茶。"出色的分茶高手，能够通过茶末与沸水的反应，在碗中冲出各种栩栩如生的图案。成书于北宋的《清异录》记述说,"近世有下汤运匕,别施妙诀,使汤纹水脉成物象者,禽兽、虫鱼、花草之属纤巧如画,但须臾即就散灭。此茶之变也,时人谓之'茶百戏'"。有点像今日咖啡馆的花式咖啡:利用咖啡与牛奶、茶、巧克力的不同颜色,调配出有趣的图案。

在当时饮茶风尚中,还有所谓的斗茶,又称茗战,不仅流行于士大夫中,市井坊巷之间也经常可以看到。所谓斗茶,就是审评茶叶质量和比试点茶技艺高下的一种活动,由于具有比较浓厚的审美情调,尤为士大夫群体所喜爱。襄《茶录·点茶》云:"斗试以水痕先者为负,耐久者为胜,故较胜负之说,曰相去一水两水。"茶白是斗茶中崇尚的艺术境界,它是指斗茶时出现的汤花,必须色泽洁白,有所谓"淳淳光泽",民间称为"冷粥面",意即汤花如米粥冷后稍有凝结时的情景。斗茶的第一道程序是三嗅,即在烹点前对茶品进行嗅香、尝味、鉴色,观看其色香味形。这一活动大多在清晨进行,当时人认为晨时人的嗅觉、味觉器官特别灵敏。斗茶对用水和用茶品质十分讲究,有所谓"斗品"之说。斗茶用的茶盏,也有比较特殊的要求。《大观茶论·盏》曰:"盏色贵青黑,玉毫条达者为上,取其焕发茶采色也。底必差深而微宽。底深则茶直立,易以取乳;宽则运筅旋彻,不碍击拂。"真香、真味是宋代茶艺追求的目标,"茶有真香,非龙麝可拟。要须蒸及热而压之,及干而研,研细而造,则和美具足,入盏则馨香四达,秋爽洒然。或如桃仁夹杂,则其气酸烈而恶。"

对斗茶描述之最早最为详尽者,是范仲淹的《和章岷从事斗茶歌》。斗茶的风习，在北宋盛极一时，南渡以后，作为竞技性质的斗茶活动逐渐衰竭，"斗茶"一词也成为极品茶的代称，表示通过比试决胜而出的精制茶叶。陆游《晨雨》中所谓"青篛云腴开斗茗，翠罂玉液取寒泉"即为此意，茶品极高。那么，如此精品有何特点呢？北宋徽宗所作《大观茶论》曾言"凡芽如雀舌谷粒者为斗品。一抢二旗为次之。余斯为下。"虽然南宋的斗茶活动不再如范仲淹所描述的"北苑将期献天子，林下雄豪先斗美"那么盛大隆重，但陆游所谓"争叶蚕饥闹风雨，趁虚茶懒斗旗枪"，"矮纸斜行闲作草，晴窗细乳戏分茶""觉来隐几日初午，碾就壑源分细乳"等，应该都是对斗茶之中分茶技术的描述。

家家尚饮茶。寻常的宋朝人家，平日里接待宾客，也必用茶与饮料。当客人来访时，主人家要先敬茶招待；当客人告辞时，主人家则奉上饮料送客。宋人笔记《南窗纪谈》与《萍洲可谈》都记录了宋朝的这一习俗："客至则设茶，欲去则设汤。不知起于何时，然上自官府下至闾里，莫之或废"；"今世俗，客至则啜茶，去则啜汤。汤取药材甘香者屑之，或温或凉，未有不用甘草者。此俗遍天下。"这里的"汤"，是宋人最喜欢的饮料，一般由中药材、果子、鲜花煎制而成，又叫"香饮子"。看得出来，宋朝人家还是挺追求生活品位的。

一壶能遣三军醉

绍兴酿酒的历史非常悠远。《吕氏春秋·顺民篇》记载："越王苦会稽之耻……有酒,流之江,与民同之。"史称"箪醪劳师"。

东汉永和五年(140),会稽太守马臻发动民众围堤筑成"鉴湖",为当时越州的酿酒业提供了优质、丰沛的水源,也为日后绍兴酒提高品质以及驰名中外奠定了基础。

到了南北朝,"山阴甜酒"已列为皇宫内饮品,并有诸多酿酒学说传世,如贾思勰所著的《天工开物》,是后世研究绍兴酒的重要专著。唐、宋时期,越酒酿造技艺不断完善,越州也成为天下闻名之"酒乡"。到了南宋,越州改名绍兴,当时越酒成为宋室皇家的御用酒。历代有众多著名诗人如贺知章、李白、杜甫、白居易、元稹、辛弃疾、陆游等等,都和绍兴酒结下不解之缘,为越中唐诗、宋词谱写传世篇章。

　　宋、元、明时期，绍兴酿酒业得以发展。尤其在清初，酒业兴旺，当时，不仅有名酒曲、名黄酒的出现以及众多制曲、酿酒专著的问世，而且在清康熙《会稽县志》中曾有"越酒行天下"之说。

　　晚清、民国时期，绍兴黄酒在国际国内获得最高金奖荣誉，在1915年美国巴拿马太平洋万国博览会获金奖，在1929年杭州西湖博览会获得金奖。

　　中华人民共和国成立后，国家非常重视对绍兴酒这一传统产业的保护和发展。1952年，周恩来总理亲自批示拨款兴建"绍兴酒中央仓库"。1958年，浙江省轻工业厅组织编写《绍兴酒酿造》一书，为提高绍兴酿酒技艺提供了科学依据。

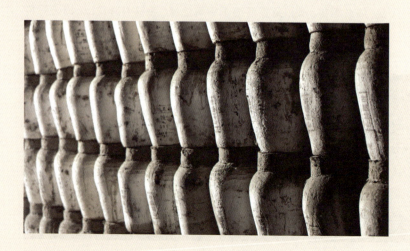

绍兴黄酒产地主要分布在绍兴鉴湖水系区域，包括绍兴市越城区、绍兴县（今绍兴市柯桥区）以及上虞市（今绍兴市上虞区）东关镇。截至2008年，黄酒总产量达45万吨，占全国黄酒总年产量240万吨的19%，并多次荣获国内外金奖、银奖、名酒的称号。2000年，绍兴酒被国家质量技术监督局列为首批中华人民共和国原产地域保护产品。同年，"绍兴黄酒""绍兴老酒"被国家工商行政管理局商标局核准注册证明商标。

绍兴酒采用自然发酵方法酿造。以精白糯米、优良小麦和鉴湖水作为原料，俗称三者为"酒中肉、酒中骨、酒中血"。

糯米以当年产、米粒洁白、颗粒饱满、气味芳香、不含杂质者为上。绍兴酒制曲，一般采用本地产小麦制作，选用完整饱满、粒状均匀、无霉烂虫蛀、无农药污染、含水分15%以下的黄皮小麦制作。

"汲取门前鉴湖水，酿得绍酒万里香。"鉴湖水质优良，自然形成了绍兴酒的独特品质。研究发现，鉴湖水具有清澈透明、水色低、透明度高、溶解氧高、耗氧量少等优点。

绍兴酒经长期发展演变，逐渐形成不同风格品种，且代有创新。清代，绍兴酒基本形成状元红酒、加料京装酒、真陈善酿酒、远年花雕酒四大品种。中华人民共和国成立后，经国家专卖统购，按类型定为元红酒、加饭酒、善酿酒、香雪酒等四大传统品种。

元红酒，又称状元红。绍兴民间习俗，生儿育女均须酿酒，生女，酿女儿酒；生男，则在酒坛上涂以朱红，名之"状元红"，寓孩子将来中状元之意,是绍兴酒的代表品种和大宗产品。元红酒发酵完全,含残糖少,酒液澄黄,酒体透明发亮,具有独特芳香、味爽微苦之特点。含酒精16%至18%,含糖0.5%,总酸0.45%以下。

加饭酒。与元红酒相比,在原料配比中,增加饭量,故称加饭酒。由于醪液浓度大,发酵温度高,而具有酒味香醇、酒质醇厚之优点。旧时以配方不同,有单加饭酒和双加饭酒之分,今内外销均统称特加饭酒。酒似琥珀色,深黄带红,透明晶莹,郁香异常,甘醇鲜美。含酒精17.5%至19.5%,含糖1.5%至3.0%,总酸0.45%以下,为绍兴酒最佳品种,占绍兴酒总外销量十分之九。

善酿酒。清光绪十八年(1892),由沈永和墨记酒坊酿制成功。坊主从酿制母子酱油原理中得到启发,用贮存1至3年陈元红酒代水,酿成双套酒,并以本坊"永远和气生财"之心和善于酿酒之意,合而取名为沈永和善酿酒。酒色深黄,芳香馥郁,质地特浓,口味甜美。含酒精15.0%至16.0%,含糖6%至7%,总酸0.5%至0.55%,为绍兴酒高档品种之一,也是绍兴酒中获奖最早的品种。沈永和墨记酒坊善酿酒,于清宣统二年(1910)南洋劝业会上获超等褒奖,民国四年(1915)美国巴拿马万国博览会获一等奖章,民国十八年(1929)西湖博览会获特等奖。

香雪酒。民国元年(1912),由绍兴县东浦周云集信记酒坊吴阿惠师傅首酿成功。香雪酒是以糟烧白酒代水,采用淋饭法酿制的一种双套酒。酒液呈淡黄色,清澈透亮,芳香幽雅,味醇浓甜。含酒精

18%至19.5%，含糖19%至23%，总酸0.4%以下。由于加用糟烧而味特香浓，采用白色酒药而酒糟洁白如雪，故称香雪酒。香雪酒既具白酒浓香，又有黄酒醇厚甘甜之特色，为绍兴酒高档品种之一。

除四大传统品种外，主要传统绍兴酒尚有：女儿酒。旧时山阴、会稽民间习俗，生育子女均酿酒。生女则酿酒数坛，藏之窖室，以作女儿陪嫁之用，俗称"女儿酒"。

竹叶青酒。系传统花色名酒，又名"孝贞酒"。山阴东浦孝贞酒坊所酿。相传明正德皇帝即位前游历江南，为之亲笔题"孝贞"两字，日后名声大振。竹叶青酒以元红或加饭酒作酒基，加一定数量的嫩绿竹叶素配制而成。酒液呈淡黄色，有特殊清香，味鲜爽微苦，酒精度15%至16%，属中型酒类。

鲜酿酒。系传统花色名酒。用淋饭法酿制，以陈元红酒和淋饭酒上清液代水，并加入少量米浆水发酵。鲜酿酒陈酿期短，香味形成快，鲜嫩甘甜，适合初饮者口味，属半甜型酒类。

花雕坛装女儿酒

绍兴花雕制作工艺历史悠久、源远流长。《周礼·天官·序官》记载："酒人，奄十人，女酒三十人。"郑玄注："女酒，女奴晓酒者。"在越国时代，越王"生丈夫，二壶酒，一犬；生女子，二壶酒，一豚"，把酒作为奖励越民繁衍生育、图强国力的激励措施，使女酒习俗延续后世。自有文字记载从我国先秦时期的"女酒"习俗演变到明、清时期的"女儿酒"风俗；"其坛常以彩绘，名曰花雕。"（清·梁章钜《浪迹续谈》），已成为绍兴地区民间贺喜寿诞的婚俗礼品的花雕，是绍兴民间美术中的一朵奇葩。

　　自晚清以来，花雕工艺制作随着女儿酒婚俗的演变，在绍兴城乡一带已形成"画花酒坛""彩绘花雕"二种不同风格的花雕酒坛。"画花酒坛"又称"画花老酒"，这种以手工平画绘制的题材内容和花草图案的艺术风格，在民国时期，曾风靡一时，如今已不通行。彩绘花雕，又称"雕花老酒"或"花雕酒坛"。以自行配制的油泥作为堆塑的原料，在酒坛的题材内容上进行手工堆塑雕刻，形成立体型高浮雕艺术风格，然后进行漆色描绘配色。

　　绍兴花雕制作工艺纯属手工制作。传统制作工序以灰坛、沥粉、油泥堆塑、彩绘装饰等民间传统漆艺在陶制酒坛外面，集中国文学、历史、书法、美术、民俗等学科于一体，是绍兴典型的酒文化工艺美术品。

　　绍兴花雕以陶制酒坛为民间美术加工制作的载体。其配方、工艺古老独特、酒文化特色显著、艺术形象别具一格，不仅成为绍兴历史文化名城的特色产品，也是目前中国酒类包装唯一具有强烈民族文化特色的艺术珍品。

　　绍兴花雕是古越先民在民间美术的实践经验和智慧的结晶，是中华民族几千年的文化历史发展中积累起来的宝贵遗产和财富。它融文学、酒史、书法、绘画、雕塑、美学、民俗学、有机化学、包装、装潢等学科于一体，具有重要的学术和艺术价值。花雕艺术主要是油泥堆塑形象的绝艺，按不同表现对象采取深浮雕、浅浮雕、线刻等传统技法进行创作。它集雕、塑、绘、刻于一身，色彩鲜艳、立体感强，具有民族性、艺术性、实用性的特点。1980年以来,其作品有46 次获得国内外金奖、大奖、优秀奖,1988年被外交部礼宾司钓鱼台国宾馆列为国宴专用礼品,成为一种富有收藏价值的工艺品。花雕是典型的手工劳动密集型产业,其原料以天然原料为主,就地取材,无环境污染及损坏原生态自然资源,不仅为当地解决一些劳动就业问题,更有效地带动并促进相关的文化产业发展,具有民族文化产业的特色和重大的经济价值。

人生百味一壶酒

　　绍兴，是我国有名的酒乡。"越酒甲天下，游人醉不归"。这里的酒，不仅历史悠久，名闻中外，而且酒还和绍兴人民结下了不解之缘。在绍兴人的生活中，时时刻刻离不开酒，并且经过历代传承，至今还保留了许多有趣的饮酒习俗。

　　旧时的绍兴，城乡内外，酒肆如林。格局大致相仿，都是曲尺形柜台，板桌长凳，店面简朴，风格独特。店面粉壁上总写着斗大的"酒"字，屋檐下也有挂酒牌的，十分醒目。店堂内柜台正中上方竖着一块长形的青龙匾，上书"太白遗风""闻香下马""刘伶停车""杜康佳酿"等字眼，以招徕顾客。有些店铺，内设"雅座"，还都悬挂着山水、人物的画卷和书法条幅，内容不外乎与酒有关。其盛酒器皿，有用锡制的酒壶或用白铁皮做的串筒。当天气寒冷时，可以放在热水中加温，那滚烫的老酒，喝起来更加芳香醇口，特别醉人。

　　绍兴人喝酒，习惯于慢呷缓饮，不善于"干杯"式的一饮而尽，所以是真正的"品酒"。如状元红的酒色橙黄，透明发亮，味甘爽微苦；加饭酒的酒色则是黄中带红，味带甜鲜；善酿酒的酒色深黄，其香芳郁，质地特浓等。

如果你是一人小酌,则半斤加饭酒,一碟茴香豆或花生米,可喝上个把小时。三五人小聚,则烫上三五斤,摆上七八碟酒菜,什么兰花豆、咸煮笋、茶叶蛋、豆腐干、猪头肉、白斩鸡、熏鱼、酱鸭等等。在大饭馆中喝酒,则可炒几个热菜下酒。在绍兴,爱喝酒的人到处都可找到酒店,行路人在乡间的小店中,还可立在柜台外,舀一碗酒,买一点下酒菜,乐滋滋地呷着,呷完了再赶路。

绍兴的各种习俗,几乎都离不开酒,包括四时八节、婚丧喜庆、往来应酬、亲朋聚会,真是"无酒不动"。单就饮酒的名目而论,则多达三四十种,如生孩子要吃"剃头酒""满月酒""周岁酒";结婚要吃"喜酒""会亲酒""三朝酒""回门酒";祝寿要吃"寿酒";造新房要吃"上梁酒""进屋酒";各种节时要吃"年节酒""散福酒""元宵酒""端午酒""七月半酒""中秋酒""重阳酒""夏至酒""冬至酒"等;其他如"插秧酒""丰收酒""利市酒""开业酒""分红酒""行会酒""接风酒""饯行酒""洗尘酒"等等;平时还有互相邀请的"日常酒"。因此,有些人家,一年要吃几百斤酒。

每年立冬,是绍兴黄酒开始投料发酵酿制的日子。千百年来,从立冬开始到第二年立春,绍兴人把在这段最适合酿制黄酒的时期,称为"冬酿"。并在立冬这一天,祭祀"酒神",祈求福祉,以后,这种民间演庆活动逐步演变成演绎绍兴酒俗和风情的"开酿"节。

过去,绍兴民间每逢立冬这一天,酿酒作坊都要举行祭祀"酒神"的仪式,仪式规模与作坊大小有关,一般酿酒小户和小作坊,只是在"酒神"像前供奉一些祭品,如家畜、糕点、香烛等。而大的酿酒作坊就很讲究了,除了献上丰富的祭品(五牲),作坊主还要恭读祭文,邀请艺人跳祭舞,演社戏,摆酒宴,请乡人喝开酿酒等。还有一些乡村,在酒业行会的组织下,举行酒神会即迎神赛会活动。这一天,人们把"酒神"从庙内抬出来,敲锣打鼓,行村走巷,到处彩旗招展,人头攒动,一派隆重、欢悦、喜庆的气氛。人们以酒祈福,以酒表意,以酒抒情,构成了酒乡多姿多彩的民俗风情图。

"冬酿"是绍兴黄酒传统的酿制习俗。"天有时,地有气",因为冬季气温低,水体清冽,水质稳定,可有效抑制杂菌繁育,确保酿酒发酵顺利进行,又能使酒在低温长时间发酵过程中形成良好的风味,是酿酒发酵最适合的季节,所以绍兴黄酒主要在这段时间酿制而成。绍兴是黄酒的主要产区,黄酒是绍兴经济的传统产业、特色产业、支柱产业。因此绍兴民间自古很重视这个节日。绍兴黄酒开酿节,既是绍兴民俗民风的展示,又是绍兴黄酒"活"的文化展示,是中国黄酒文化的传承和发扬。它的兴衰与绍兴黄酒的兴

衰是息息相关的。

　　随着非物质文化遗产保护的深入人心, 2006年立冬, 塔牌绍兴酒厂率先在厂内恢复了传统黄酒开酿庆典活动, 2008年, 中国绍兴黄酒集团有限公司也举行了隆重的开酿仪式, 使绍兴"冬酿"的酒俗活动有了传承和提升, 现在绍兴市已将它融入一年一届的中国绍兴黄酒节, 成为一个重要组成部分。蕴含着丰富文化内涵的"开酿"节, 从此代代相传, 传递出绍兴黄酒数千年独特的文化魅力, 向人们演示着浓郁的绍兴酒俗风情。

饭稻羹鱼古越风

越地多彩的饮食文化,始于越先民的"饭稻羹鱼",河姆渡遗址已经雄辩地证实,早在六千多年前,先民们已利用蒸汽烹饪。始于远古的蒸法,至今仍是绍菜的妙笔。

春秋战国时,越国人"鸡山养鸡、樵湖养鸭、南池养鱼"。据传"越菜之首""清汤越鸡"源出于卧龙山山麓。东汉时期,鉴湖建成,淡水养殖兴起,越地真正成了鱼米之乡。唐宋时期,绍兴是南方的经济中心,中原烹饪方法流入,"南料北烹"。越菜开始自成体系。明清时期,越菜进入御膳的世界,八大贡品(鲥鱼、干菜、香糕、越鸡、茶叶、腐乳、贡瓜、绍酒)名扬四海。同时,绍兴师爷是传播绍兴名菜的重要力量。绍兴盐商童岳荐的清代厨膳秘籍《调鼎集》,记述了不少江南名肴,也为绍菜在广度和深度上的传播贡献不少。

近代绍兴城,食谱遍布,美食成了市井的享受。1956年五款绍兴名菜"头都醋鱼""扎肉""白斩鸡""酱鸭""单腐"入选56道浙江名菜。现代的绍兴,越菜传统精华成了国宴,有的被周边菜系吸纳,如杭帮菜系,部分就来自越菜。

　　传统越菜还有四大系列：腌系列。腌菜。每到秋末冬初，白菜大量上市，价格便宜。于是不论乡村还是城镇，家家都要腌制大缸大缸的腌菜，丁口兴旺之家，还须腌上两缸，作为家庭常备的小菜。把白菜放在太阳下连晒数日，直到晒瘪为止，再将其整整齐齐地堆放于屋角，待到外层的菜叶发黄，便需下缸了。下缸前，先把菜缸洗净，晾干，接着把白菜一棵一棵地切去菜根，随后一层白菜一层盐放入缸内，一层一层地踏实，然后放上大石块，过几天再踏一次，一层渍水就浮在上面。一个月以后，缸面渍水黄色泡沫渐渐消失，此时，菜便算腌熟了。除了冬日腌制大缸腌菜之外，绍兴人平时往往将剩余的白菜秧、萝卜秧腌了吃，那叫鸡毛菜。而用芥菜、油菜腌的则称"佩红菜"。绍兴名菜"梅干菜烧肉"其中的梅干菜，就是青梅季节做的腌芥菜，此时的芥菜最嫩最香，因是青梅时节，故称梅干菜。霉系列。主要有"霉千张""霉毛豆""霉豆腐""霉苋菜梗"等。"霉千张"是最有"个性"的食品，其霉味特别刺激。相传，光绪二十年秋天，时值上虞崧厦镇的迎神大会，

越韵风情 YUE YUN FENG QING | 277

"蔡万盛水作坊"创始人王绍荣制作了大批千张供应寺庙。由于量过多而有剩余，只好用豆腐布盖住放一边。第二天，他突然想到这些剩余的千张，掀开布条却发现千张已变黄，散发出一股霉味。觉得扔了可惜，王绍荣把这些千张蒸熟了自己和工友一起品尝，结果味道十分鲜美。他又把剩余的霉千张切成一寸宽方条，用笋壳丝捆扎，臭豆腐送给邻居吃，大家都说是美味，于是崧厦霉千张的名气就传开去了。

绍兴霉豆腐即腐乳，已与绍兴黄酒一样，成为大宗商品，已家喻户晓。只是"霉苋菜梗"比较特别。苋菜是江南地区的家常菜，初长时极嫩，故有炒吃新鲜苋菜。但苋菜长速很快，几天以后，苋菜便有点老了，不宜炒吃。绍兴人一般让苋菜养老，长成甘蔗一样粗，拔来以后，切成寸许长的样子，在水中浸一昼夜，晾干以后，装坛密封，一星期以后开坛，便有香气溢出，用手按一下，感觉菜梗变嫩了，霉苋菜梗就做成了。为了让霉菜梗慢慢地霉，一般在霉好的菜梗上散几把盐，这样，菜梗更有香味。对于一户人家来说，霉苋菜梗是一碗一碗蒸着吃，吃完了就留

下菜梗的卤。这个卤是万能的，卤里边放南瓜就是霉南瓜，放豆腐就是臭豆腐。所以，绍兴的臭豆腐与其他地方不一样，豆腐是不臭的，只是放了霉苋菜梗卤，才变成了臭豆腐。

　　醉、糟系列。绍兴酒除了宴饮和作调料外，还有一些菜肴是专门用酒来加工的，如醉虾、醉蟹、醉麻蛤、醉红菱等等。这些菜无须入锅烧煮，只择其新鲜者，加入酒和其他调味品浸泡，即可上桌。其中醉虾，就是挑选中等个子的活虾，现泡现吃，只只活蹦乱跳，使餐桌增趣生色不少。至于醉蟹，那是比较难做的一道菜，传说是一个在安徽的绍兴师爷首先发明的。有一年，淮河两岸蟹多为患，绍兴

师爷出谋请农民捉蟹，制成醉蟹卖钱渡过困难。至于绍兴的糟菜，是用做黄酒剩下的酒糟，制成糟鱼、糟鸡、糟鹅、糟鸭。也有糟汁烧菜，如糟溜鱼片、糟溜虾仁等。

　　酱制品系列。绍兴人也爱吃酱制品，如酱香肠、酱瓜、酱萝卜、酱鹅、酱鸡、酱鸭、酱肉等，几乎能酱的东西都要酱一酱再吃。酱货的基本做法就是用酱料将菜品浸泡一段时间后，挂到太阳下晒干，也有些是在风口阴干，或两者结合。浸泡的酱料以酱油为主，可以根据个人的口味放入生姜、花椒、黄酒、桂皮等调味品。

四时八节有名点

　　年糕、粽子、八宝饭，是绍兴人传统的过年食品。年糕用粳米磨成粉，蒸、舂而成。绍兴的水磨年糕，闻名遐迩。水磨，即粳米先在水中浸胀，再带水磨成粉，然后沥干，用这种粉制成年糕。清朝洪如嵩的《杭俗遗风补辑》赞美道："年糕一物，以绍兴、上虞为最，盖皆水磨也。宋恒兴为绍兴人所设，开张荐桥之桥堍下，生意鼎盛。其所制之年糕，坚硬而耐久，为他人所不及。"稍晚于杭州宋恒兴年糕店的，要数绍兴城内于1871年开设的丁大兴年糕店了。其制作的年糕，白亮滑净细匀，下锅不糊，入口滑韧，深受市民喜爱，因而店运昌盛，延续至今。年糕烧煮方便，吃法多样、炒、炸、焐、烤、蒸、爆均可，各有风味，而且年糕谐音"年高"，寓有"年年高升"的吉祥之意，因而成为越人春节必备的食品。

　　粽子，用箬叶裹糯米蒸煮而成，形如三角，古用粘黍代糯米，因此称角黍。《本草纲目》中说，因"尖角，如棕榈叶心之形，故曰棕"。粽子还有饭筒、筒粽等别名。粽子起源于古人尝黍和祭祖以庆丰收的活动。魏晋南北朝后，吃粽子才跟纪念屈原挂上了钩，当时常在端午和立夏吃粽。西晋周处的《风土记》里就有"仲夏端午，烹鹜角黍"的记载。唐玄宗有"四时花竞巧，九子粽争新"的诗句，唐人姚合有"诸闹渔歌响，风和角粽香"的名句，南宋陆游也有不少写粽诗句，如"盘中共解青菰粽"等。这一切足以说明唐宋时粽子的普及和为大众喜爱的情状了。粽子品式繁多，有豆沙、火腿、咸肉、枣泥、果脯、八宝诸品，有咸、甜、荤、素各式，味美可口，老少皆宜。且糯米补脾肺虚寒，箬叶清凉甘香，有益健康。绍兴人因将年糕与粽子合在一起，可讨口彩"高中（考中）"。

春节期间，绍兴民间还有吃八宝饭的习俗。八宝饭由蒸熟的糯米饭，拌上糖和猪油，放点莲子、红枣、金橘脯、桂圆肉、蜜樱桃、蜜冬瓜条、薏苡仁、瓜子仁等果料，撒上红绿梅丝做成，色美味香，还有含义：桂圆象征团圆，金橘象征吉利，枣子象征早生贵子……祝人们生活甜蜜幸福。八宝饭跟古代的八宝图有关。八宝图上刻画着八样祥瑞之物：和合、玉鱼、鼓饭、磬、龙门、灵芝、松、鹤，都包含着吉祥、祝福之意。正因为如此，绍兴人春节除吃八宝饭外，还流行吃八宝菜、八宝鸭。

冬至馄饨夏至面。旧时越中，无论男子女子，在冬至那天，人人都要弄碗馄饨吃。在夏至，则挨家挨户都要吃一顿面条，谓之"冬至馄饨夏至面"。

此俗流传已久。但到底因何成俗，却各有说法。或言冬至日最短，馄饨形团而应节；夏至食面，则用面（条）之长状夏至之长昼。

　　绍兴馄饨皮薄肉多，其色香味有别于沪杭。绍兴馄饨在用料、落锅、佐料上都有一番讲究：裹馅用的后坐臀肉要刮去筋头、筋膜，精中有肥，手工斩透，食之味香而润；皮子薄如荆川纸，裹手浮而不散，裹好白里透红。每碗十只，用馅四钱，从不减料。下锅时置生坯于料斗，连斗先在滚水中一漾，然后入水，只只氽起，片刻捞出，不糊不烊。因锅水常换，故称清汤馄饨。佐料用蛋皮、紫菜、味精、猪油、葱花和胡椒。酱油专用咸亨的母油与太油对掺。其味鲜美无比。

　　绍兴人称面条为面，饭馆里供应的有阳春面（光面）、干汤（酱油、葱花、猪油拌面）、菜熬面、肉丝面、油渣面、三鲜面、片儿川、肉丝炒面、过桥面及夏季的麻油凉拌面等许多品种。夏至那天，有人喜欢相约上馆子吃一碗应节。但也有不少家庭习惯于买了生面条在家里自己烧煮，合家共食。因夏至麦已经登场，旧时农家节俭，多有巧手农妇自己擀薄面团，使之成页，然后折成几折，用菜刀切成面条，和青南瓜及冬芥菜烧煮。因自己加工，面条不长，俗称"钉子头面"。青南瓜、冬芥菜和"钉子头面"，面香味鲜，别有一番韵味。过去城镇供应的多为"切面"，由人工用扁形檀木棍反复坐压成页，折叠后用刀切成。下锅不易糊水，上口柔韧滑溜，但现在已很少见。

　　绍兴香糕酥白香。绍兴香糕外形方方正正，白中透着焦黄；质地细腻，入口酥散香甜，是绍兴人认准的老味道。香糕作为绍兴名点，历史悠久，从清朝开始便是皇宫八大贡品之一，有着"进京香糕"之美誉。

　　据传，香糕制作始于清嘉庆初年，第一批香糕是偶然制成的，创始人是一位名叫孟宪正的商人。有一年，绍兴雨水特别多，店内积压了许多印糕。孟宪正决定用炭火将它焙干，以便多储存几日。谁知经过烘焙的印糕，颜色由白转黄，质地由软变硬，而且还飘散出阵阵的米香味。其味香脆可口，比印糕还要好吃，这糕点在店中一经售卖就被抢购一空。孟宪正受到启发，便以香糕为名，独家经营，并当街挂出"孟大茂香糕店"的牌子。从此，绍兴香糕成了传统特产，各年糕店也竞相仿制起来。

独领风骚古越医

张景岳，明代杰出医学家，为中医温补学派领军人物和提倡医易同源第一人，有"温补大家""医门之柱石"之称。其学术思想、用药经验对后世影响深远。

张景岳（1563-1640），明会稽人。名介宾，字会卿，别号通一子，因为他善用熟地，有人称他为"张熟地"。张氏先世居于四川绵竹县，明初因祖上有军功而世袭绍兴卫指挥使，迁居会稽。张景岳少年随父游历京师（今北京），拜名医金英（梦石）为师。壮年从戎，遍历我国东北各地后卸职回京，以医为生，晚年归隐会稽。

《周易》是中国传统文化的源头，中国的各种古代思想或是各种古代科学技术都受到了易学的巨大影响。张景岳早年对唐代大医家孙思邈说的"不知易，不足以言太医"曾产生过怀疑。后来，随着阅历的增加，对医理、易理钻研的深入，方认识到天地以阴阳二气造化万物，人体以阴阳二气长养百骸。以为"易者，易也，具阴阳动静之妙；医者，意也，合阴阳消长之机。虽阴阳已备于《内经》，而变化莫大乎《周易》。故曰天人一理者，一此阴阳也；医易同源者，同此变化也。"张景岳以其对《易经》哲理深刻感悟的睿知卓识，与其丰富的临床经验相结合，首创医易同源，提出著名的"善补阳者，必于阴中求阳，则阳得阴助而生化无穷；善补阴者，必于阳中求阴，则阴得阳升而泉源不竭"的阴阳互补论。同时，他还提出了命门学说，对丰富和发展中医基础理论有着积极的作用和影响。

在中国医学史上，金元是学术争鸣时期，产生了刘河间、李东垣、张子和、朱丹溪四位杰出医家，人称"金元四大家"。这四位大家形成了各具特色的四大学术流派：刘河间的寒凉派、李东垣的补脾派、张子和的攻下派、朱丹溪的养阴派，这四大派的形成，都有特定的历史、社会、人文背景，在特定的背景下取得了很好的疗效，也推动了学术的发展。但如果脱离了这个条件，照搬照套，难免刻舟求剑之弊。如刘河间的寒凉派，擅用苦寒清凉的药物，过之则难免有损伤。朱丹溪的养阴派提出"阳有余，阴不足"，重阳轻阴。张景岳根据自己的随军体验及治疗中的认识，认为人之"所以生精血者，先由此阳气，精血之不足，又安能阳气之有余"。力主甘温固本大法，继许叔微、李东垣之后，从理法到方药，全面发展了温补学说，成为温补学派的领军人物。

1640年，张景岳集自己的学术思想，临床各科、方药针灸之大成，辑成一部全面而系统的临床参考书《景岳全书》，其中多有温补学说的论述。清人章楠曾说"尝见诵景岳者，其门如市"。清代，《全书》几为医所必读，可见张景岳的温补理论影响之深远，流传之广泛。

张景岳的著作首推《类经》，其编撰"凡历岁者三旬，易稿者数四，方就其业"，成书于明天启四年

（1624）。张景岳对《内经》研习长达30年，认为《内经》是医学至高经典，学医者必应学习。但《内经》"经文奥衍，研阅诚难"，确有注释的必要。《内经》自唐以来注述甚丰，王冰注《黄帝内经素问》成为最有影响的大家，但王氏未注《灵枢》，而各家注本颇多阐发未尽之处。《素问》《灵枢》两卷经文互有阐发之处，所以张景岳"遍索两经"，"尽易旧制"，从类分门，"然后合两为一，命曰《类经》。类之者，以《灵枢》启《素问》之微，《素问》发《灵枢》之秘，相为表里，通其义也。"

《类经》分经文为十二类、若干节，全打乱《内经》原来的体例，按性质将经文分类，然后加以注解。此外，还附有《类经图翼》十五卷，以佐诠释。此书由于把《素问》和《灵枢》两经"合而为一"，并分类编注，所以叫《类经》。张景岳认为这样类编，可以条理分，纲目举，晦者明，隐者见，一展卷而重门洞开，秋毫在目。同时，《类经》指出王冰以来注释《内经》的各家不足之处，条理井然，便于查阅，其注颇多阐发。《类经》集前人注家的精要，加以自己的见解，敢于破前人之说，理论上有创见，注释上有新鲜，编次上有特色，是学习《内经》重要的参考书。

《类经》出版后，盛行于世，影响颇大。西安叶秉敬赞叹此书为"海内奇书"。《四库全书总目提要》说它，条理井然，易于寻览，其注亦颇有发明。在医史上，它是一部对《内经》的整理和注释比较好的著作。

"绍派伤寒学派"是崛起于明清之际，盛行于清末民初间的一大中医学派。既有异于崇法张仲景的一般伤寒学派，也与吴门的温病学派不同，是根据绍兴地处卑下、病多湿阻特点而创立的。辩证重湿，施治主化；崇尚六经，结合三焦；用药轻清，制方灵稳；重视祛邪，强调透达。以俞根初首创《通俗伤寒论》而得名，以胡宝书等人的灵活推广运用而崛起，以晚清何廉臣等人的发展完善而勃兴。

何廉臣(1861-1929)，出身于名医世家。祖父何秀山为绍派伤寒名家，何氏从小打下了良好的医学基础。后经两次乡试失利，最终弃儒而专志于医。起初，他从同邑沈兰垞、严继春、沈云臣等医家研习医理。之后，又随名医樊开周临诊三年。后曾离绍出游访道，先后到苏州、上海等地访求名家。1886年，何廉臣来到苏州，客居一年。此间，他与设诊于吴门的绍兴名医赵晴初(1823-1895)结为忘年交，一起探讨浙东风土民情。此后，何氏曾在上海留居三年，与丁福保、周雪樵、蔡小香等沪上名医来往密切。他倡导整理医籍以保存国粹，主张通过整理文献来保存祖国医学精华，在继承的基础上发扬中医。他治学严谨，对《内经》《伤寒》以及明清各家学说均有较深造诣。

晚清绍派伤寒学派人材众，著作多。除何廉臣外，胡宝书、周伯度、张畹香、邵兰荪和赵晴初都是杰出代表。胡宝书著《伤寒十八方》，其"竖读伤寒，横看温病"的学术主张，将六经辨证、卫气营血辩证、三焦辨证有机结合起来，对辨治江南的外感时病益处甚多，药方往往以普通常见药见长，药方能依据病症千变万化灵活应变。

周伯度著《六气感症要义》，该书阐述了六气为病，先论后方，方必有解，用之临床实用有效。在书中明确指出："伤寒之方多可施于六气。六气之病，亦可统于伤寒。是故欲明伤寒，当先详六气。六气者，伤寒之先河也。"此类高见，实非常人所能点睛。

张畹香(1861-1931)著有《暑温医旨》，不以经方和时方划分界线，用六经辨时病，辩证重视湿，施治主张化，采取伤寒辨六经与温病辨卫气营血及其主治方药的综合运用，如"舌苔辨""伤寒治论"都有独特的临床见解，为绍派伤寒的发扬者。

邵兰荪(1864-1922)擅治温暑湿热及妇科病症，案语简明，将经邵氏治愈的病家所留存方案200余则，分门别类整理成《邵兰荪医案》，大致分为风暑温热病、虚劳病、内科杂病、妇产科病治案。赵晴初撰《存存斋医话稿》五卷(1881年)，录医话74则，记其所见所闻及心得，阐述医理，辩证用药，改正本草，评论医家，强调辨证论治，反对拘方治病，文字简明，雄辩风趣。

妙手回春石门槛。绍兴"钱氏女科"为浙江"四大"妇科流派之一，世居绍兴石门槛(今位于越城区府山街道越都社区)，故又称"石门槛女科"。南宋初，小康王赵构驻跸绍兴，后宫嫔妃染疾，钱氏常被请入宫中诊治。钱氏家门口有条很气派的石门槛，为保证每位患者都能得到细心诊治，钱氏规定了每天就诊的人数以排到家门口设置的石门槛为限。于是，石门槛就成了"钱氏妇科"的代名词，后来则成了地名。

　　在古越大地,许多古老中医流派的传人们至今仍在用祖传的医术造福大众。也正因如此,越医文化遂成为中华医药文化的重要一脉,生生不息,创新不止。

绍兴师爷众生相

绍兴师爷，是明清时期封建制度与绍兴人文背景相结合的产物，肇始于明，盛行于清，没落于辛亥革命前后，在我国封建统治机构中活跃了三四百年，成为中国封建官衙幕僚阶层的重要组成部分。一般师爷，在原来秀才级别文化程度的基础上，至少须攻读三年"幕学"。只有具备了提供计谋的智术、研究策略的能力、撰拟官方文字的功底后，才能胜任师爷职业。绍兴有培养与造就师爷特有的历史、地理环境与经济、文化条件。绍兴一向为文化之邦，绍兴人处世精明，治事审慎，工于心计，善于言辞，具有作为智囊的多方面能力。师爷从业者，大抵为家道中落、无缘取仕之士人。绍兴自古就有耕读传家的传统，因此，境内不乏这样的知识分子。

绍兴人入幕为僚，由来已久。明朝一代已有不少绍兴人研习"幕学"，入幕作宾，并闻名于世。当时京中胥办，"自九卿至闲曹细局，无非越人"（王士性《广志绎》）。"今户部十三司，胥算皆绍兴人"（《顾炎武《日知录》）。嘉靖年间被誉为"明代第一才人"的徐渭，即为典型的绍兴师爷。《明史》记载："徐渭，字文长，山阴人。为诸生，有盛名。总督胡宗宪招致幕府。"徐渭作幕宾五年，政绩卓著，堪称绍兴师爷的早期代表人物。

绍兴师爷在清朝初年，尤其是在顺治、康熙之时，才真正成为一个地域性、专业性极强的幕僚群体。所谓"无绍不成衙"，即是这一状况的真实反映。沈文奎可谓当时绍兴师爷的代表。沈文奎，绍兴人，23岁时只身北上游学。后金天聪三年（1629）冬被后金八旗兵俘于遵化城，旋即迁徙沈阳，入选文馆，开始为清军入关献谋设策，渐为皇太极看重。后金天聪六年(1632)八月，皇太极召见沈文奎等，赐以肉食，面询对明言和等朝政大计。沈文奎提出一系列针对性策略，多被皇太极采纳且付诸实行，绍兴师爷由此崭露头角。

绍兴师爷，系幕宾总称，按其职能，可以分为折奏师爷、刑名师爷、钱谷师爷、书启师爷、征比师爷和挂号师爷等。师爷虽非职官，但各级军政主官每每受其制约，且对主官的升黜、荣辱干系很大。绍兴师爷纵横上下，盘根错节，利用亲朋、师生或同乡、同职等关系，构织成网，互通声气，不仅控制地方所有公共事务，而且把持部分督抚州县实权。为此，各地绅士、商人，各级行政官吏等纷纷向绍兴师爷靠拢。当时，甚至连地位显赫的田文镜、曾国藩、李鸿章等封疆大吏，也意识到自己的前途荣辱、升迁任免均与绍兴师爷密切相关，因而亦刮目相看，不轻易得罪。

绍兴师爷中不乏才学超人、办事公正、热爱中华、为民请命之人。清雍正年间，浙江总督李卫曾派人去苏州逮捕无罪良民。绍兴师爷童华以手续不全为由，予以拒绝。雍正帝闻知此事，斥责童华借此事博取声誉，童华据理力争，最终使雍正帝心服。清道光二十二年(1842年)八月，清政府与英国政府签订丧权辱国的《南京条约》。当时，山阴名幕何大庚正在广州知府余保纯衙内任职，何大庚在广州府学明伦堂张贴《全粤义士义民公檄》，怒斥英帝国主义罪行，呼吁广东人民一致对敌。山阴名幕娄春藩在八国联军围攻天津埠时,"勿为动,仅以何永盛所统 练兵千余名,与敌军相峙",英勇抗击了外国侵略者的大举进犯。中日甲午战争期间,绍兴师爷出身、担任辽阳知州的徐庆璋,为抗击日本侵略军,"募饷练兵,号镇东军""编团数万人",随后屡败日军,坚守辽阳长达五个多月,为捍卫民族尊严作出了贡献。

　　活跃于中国封建政坛的绍兴师爷,品行兼优者不胜枚举。也有为数不少的劣幕,他们或为主官鹰犬,助纣为虐,鱼肉人民;或欺上凌下,营私舞弊,中饱私囊;或互通声气,包揽诉讼,朋比为奸。正是此类劣幕,败坏了绍兴师爷的声誉。

名城名屋数台门

绍兴民居，自成一格。历朝以来，绍兴人在外做官经商，功成名就者都要在老家造屋建宅，以荣宗耀祖，光彩门楣。而绍兴传统民居的格局以台门为正宗，所以绍兴的台门就特别的多。

台门，是指平面规整，纵向展开的院落式组合住宅。即前有台门斗，而后依次是天井、堂屋、侧厢、座楼、园地，组成一个独立的宅院。台门的面宽和进深则依据住户的身份高低、财力强弱、人口多少而定，宽有三开间、五开间、七开间不等，深有二进、三进、五进、七进之别。通常大的府第，以门面的"间"与深院的"进"数多为气派的标志。台门里的天井，又称"明堂"，地面大都采用石板砌成，称"一马平川"。台门内厅后有"退堂"，实际上是通往后宅的过道，厅两旁的"侧厢"，则是附房。

绍兴的台门有的因聚族而居，以姓氏命名，如杜家台门、寿家台门、周家台门、高家台门等；有的以仕进或官职命名，如状元台门等；有的以建筑方位称呼，如朝北台门、歪摆台门等。

绍兴在明清两代出了不少高官显爵，光文武状元就有十多个。封建时代有"文到尚书武到督"的说法，文官做到尚书，武官做到提督，都属"位极人臣"了。这种官府台门往往以官衔命名，如状元台门、探花台门、榜眼台门、翰林台门、进士台门、文魁台门、御史台门、帅府台门、提督台门、总兵台门等。绍兴城内最著名的官府台门有吕府台门、伯府台门、孙府台门，号称"三大台门"。

位于绍兴城内新河弄169号的"吕府台门"，是明朝嘉靖年间礼

部尚书吕本的私邸,它东起万安桥,西讫谢公桥,占地48亩。南向有
十三座厅堂,故称"吕府十三厅"。这个官府台门的建筑群,依三条
纵轴线和五条横轴线布局。中央纵轴线依次为大门、台门斗、轿厅、
永恩堂(大厅)、三厅、四厅、五厅。东西两纵轴线依次为牌坊和四座
厅。第五条轴线是内宅,建有楼房。整个台门三面环水。为便于出
入,内设两条南北向"水弄"和一条东西向"马弄"。永恩堂原为大
厅,吕本死后改作祠堂,是目前保存最完整的明代官府台门。正厅厅
面宽36.5米,进深17米,共分七间。按明代《礼仪注》:凡三品以上高
级官员建宅,门前可树旗杆,正门上方有"第额",前方砌"影壁"(俗
称"照壁"或"照墙"),壁之顶端按官阶,两头可塑龙螭昂首或双凤
展翅,下嵌白石,壁面可涂红色(但不准用黄色),面门临街壁面,可

饰彩绘，或丹凤朝阳，或松鹤延年。如果面临河道，照墙后筑有"马面踏道"以便官船停靠。此外，大门门环可置兽首铜扣，大门称"载门"，漆以朱红，门前砌五至九级台阶，阶两旁有"系马桩"。此仪注描述的这些建筑，吕府台门内现均荡然无存，沧海桑田，在所不免。吕府台门从现存主要建筑"永恩堂"及门厅等的用材来看，相当讲究，制作规整，但绍兴有句俗话，叫"吕府十三厅，不及伯府一个厅"。这里指的"伯府"就是明弘治进士，正德年间平定"宸濠之乱"封为新建伯的王守仁府邸，绍兴人称"伯府台门"，地址在绍兴城内上大路王衙弄内。由于台门为大火所焚，从现仅存遗址来看，范围很广，现在的王衙池，考《乾隆绍兴府志》，一名碧霞池，"在承恩坊"，应为府邸中物。观象台、饮酒亭应均在伯府台门范围。据说伯府台门的梁架用材，全是楠木，因王守仁历任江西巡抚、闽广总督，建府邸时，木材均采运自产地，所谓"吕府十三厅，不及伯府一个厅"，当不虚言。

官府台门因受十分严格的封建礼仪之约束，建筑装饰必须与官衔相符，超过规范就会有"僭越"之罪，轻则降官削职，重则抄家杀头，所以大至宰相府第的台门，九间十三进，外加后花园，也不例外。据传闻，绍兴城内偏门直街31号的"两都冢宰"孙府台门，原来高高的台阶两旁还有御赐的禁牌，上书"文官下轿，武官下马"。说的是文武官员经过孙府台门都要下轿下马，步行过去。而位于鲁迅路上的"周家老台门"，因鲁迅的祖父周福清，曾任翰林院庶吉士，所以又称"翰林台门"。原建筑是五间五进,由于周氏分支繁衍,房头不少,所以除大厅仍留公用,台门共同出入外,一进二进由各房分住,也就成了聚族而居的大杂院,失去官府台门的气派了。至于显赫一时的孙府台门,现在只剩一个大厅还保留着。

绍兴的官府台门因同一官衔的不少,如状元台门就分不清楚了,为了区别起见,就只能冠以姓氏来区别。张状元台门,是指现在人民西路明穆宗隆庆五年(1571年)辛未科状元张元忭的府邸,其他状元台门也就分别冠以余、罗、梁、茹、史等姓氏。至于谢阁老、桑天官、刘都御等台门,则往往因他们德高望重,受人尊敬而称之。

绍兴的官府台门之多,也为其他地方所少见。

从居住的风俗来考察,绍兴的"民居台门"可与北京的"四合院"相媲美,而品种、数量之奇,恐有过之无不及。

绍兴的民居台门,大多系明清两代建筑,追溯其源,可能脱胎于当时官绅的宅邸。所以无论门墙、内部结构等,有很多相似的地方,但又有它自己的特色。

以台门的门、框来区别:绍兴的民居台门有"石箍台门""竹丝台门""锐叉台门""铁钉台门""实拼台门""黑漆台门""洋铁台门""铁板台门",以及"八字台门""歪摆台门""直台门""横台门""漏底台门"等。如果按规格来分,绍兴的民居台门一般有上等、中等、低等台门的区别。上等台门一般在七间七进以上,中等台门则在五间五进以上,低等台门大多为三间三进或二进。而同一等级中又可分上、中、下。间数之所以为单数，因台门总是以台门斗为中轴线，两旁或二或四间造成。有的漏底台门，它的大门开在鲁迅路，而后门则在延安路，贯串着两条街道，可见规模之大。这种台门就属于上等中之上级，大抵是巨贾富商私宅或聚族而居的大姓。

民居台门虽有上等的台门，但毕竟是"民"，旧俗建房破土，要有避煞破邪的举措，以免对家人不利。在建造台门时，或采取在围墙角砌进一块"泰山石敢当"石碑，再在四面嵌上"界牌石"（如张界）；或采取屋顶塑出一尊"瓦将军"，镇住台门斗（一般因对面房屋是官府台门而为）；还有在屋瓴上插一面小镜，使其闪闪发光，以照妖魔鬼怪；也有在门斗正中嵌一虎头牌，上刻"姜太公神位在此，百邪回避"字样。据绍兴民间流传，石敢当是指明初攻打绍兴的统兵大将胡大海，此人勇猛无比，以此人作为"石敢当"来辟邪。也有流传为"瓦将军"者，就是胡大海。凡此流传，与绍兴民居台门多系明始建筑相吻合。清承明制，则不在话下了。

至于绍兴究竟有多少台门，以前，除平屋、低房、小楼以及街上的商店屋面外，几乎都是台门。要统计出一个确切数字，已非易事。以旧南街，现在的延安路为例，台门鳞次栉比，凡现在的大型建筑物，可以说都是旧台门改建的。民国初年，老绍兴还可能记得这样一首民谣："绍兴城里五万人，十庙百庵八桥亭，台门足有三千零。"可见台门数量之多。

"锡半城"里锡文化

　　锡器制作技艺，在我国已经有了近4000年的历史。商周时代，人们已经能够用锡与铜、铝合铸体积、容量庞大的青铜礼器。南北朝时期，王室贵族常以纯锡制作牛、马、猪、羊等形的明器，唐、宋时期，民间锡质茶、酒等日用器皿已开始流行，锡器从明永乐年间开始盛行，并持续不断地扩展和延伸它的使用范围。

　　据史料记载，越国在姑中山、六山等地设有官办冶炼场，民间冶炼业已相当发达，越国百姓大多能自己铸造锄、犁一类的金属农具。发达的冶炼业是建立在丰富的矿产资源基础上的，越王勾践时代金属矿产的发掘利用，其深度和广度已达到一个相当高的水平。汉时，会稽郡是全国铜镜铸造中心。南朝齐时，这里又是全国最早的生产钢铁的地区之一。上虞人谢平用新式炼钢法制作的宝剑，达到"穷极精功、奇丽绝世"的程度。

　　锡是一种较软的金属，质地温润，光亮鉴人，熔点较低（231.89℃），可塑性和延展性较大，是排列在白金、黄金及银后面的第四种稀有金属。它富有光泽，无毒，不易氧化，不变色，具有很好的杀菌、净化、保温和保鲜的作用。用锡茶叶罐盛茶则清香四溢；用锡茶壶泡茶则清淡幽香；用锡杯饮酒清冽爽口；用锡花瓶插花则不易枯萎。所以，很受越地民间百姓的喜欢。绍兴在1949年前后，锡制的水壶、酒壶、香炉、烛台、茶叶罐等用具已经进入到寻常百姓家庭，成为人们生活中不可或缺的日常用品。

　　旧时，绍兴城里有不少专门制作锡器的店铺，小具规模，一般拥有伙计、学徒七八个,除自产自销外,还接收来料加工或制作业务,为赢得信誉,经营者还在每件锡器上盖有店名硬印。每逢过年过节,锡器店生意十分红火,雇主家有红白喜事,生意供不应求,常常加班加点。农村中为数众多的打锡匠多以走村串户、上门为人打制锡器为主,那时候用锡器的人多,看到打锡匠来,不少人家都会把一些残旧的锡器拿来回炉,重新打制新的锡器。打锡匠放下货担,就在人家门道里或是房前的空地上摆开摊子,精心为各家修理或制作锡器。

作为绍兴特产之一的绍兴锡器制品,工艺精湛,堪称一绝,具有以下重要价值:一是实用价值:可加热、保温、盛放水果、食物、鲜花等,用作祭祀器皿,点烛、燃香、安放贡品、盛载五牲祭品,是祝福、做寿必备的器具,具有储存、保暖、盛载等功能。二是人文价值:锡器是旧时绍兴百姓居家日常须臾不可或缺的器具,具有浓郁的乡土气息和传统越文化特色,锡器上镶嵌的各种人物、花鸟走兽等图案,反映了古越先民的传统习俗和理念。三是学术价值:于越的物质文化中,卓越的青铜冶铸术具有显著特征,越文化是古老的青铜文化,具有优秀的冶铸匠师,高超的冶铸工艺和精品,这与锡制品制作技艺是一脉相承的,值得深入研讨。

锡箔,又称锡箔纸,为祭祖祀神用祭祀品,是绍兴(山阴、会稽)特殊的传统产品。绍兴的锡箔业据传始于明初洪武年间,可谓源远流长,至今已有600多年的历史。相传朱元璋平定天下后,未曾给予祭飨,阴兵冤鬼皆不平,长夜悲鸣,作祟民间。朱经刘伯温提议创建锡箔业，用锡箔纸焚祭诸鬼，答谢百姓和将士的亡魂。旧时绍地锡箔铺（坊）内青龙牌上大书"洪武遗风"就是明证。后来扩至民间，锡箔多为祈神祭祖必需之物，品目众多并相沿成习。每年清明、中元、冬至、岁末，祖宗家祭、诸神诞辰均需焚化纸锭，耗量日增。民间纷纷仿效制造锡箔，其打箔、造箔的人也不再是朝廷囚犯，多为缺田少地的贫困农民，成为锡箔司务，生产方式仍摹仿旧习，连打箔者的囚室、饮食起居也未作稍改。他们分布于绍兴城乡，受雇于箔铺、箔坊业主，在阴暗、潮湿、狭窄、充满尘埃的工房里打箔，取得微薄的工资养家糊口。

绍兴锡箔业创始于杨汛桥，绍兴知府俞大钧邀请杨汛桥的锡箔师傅到绍兴城里发展，于是锡箔业的中心就转移到绍兴城区。到清宣统时，得到迅速发展，鼎盛时，绍兴有锡箔铺（坊）两千余家，产品二百余种，年产量逾三百万块（每块三千张）以上，生产工人二十余万人，锡箔铺（坊）遍布城区街头巷尾，打箔之声昼夜不绝于耳。旧时，为畅通供销渠道而应运而生的锡箔茶市大多分布在：大营、东街、五福亭、龙山直街、西郭一带。当时较大的商行有：福号、裕号、天源、黄吉昌等。因绍兴城乡有生产锡箔的丰富原料和众多制造作坊、店铺，绍兴独具特色的锡箔制造业极其发达，曾对绍兴社会、政治、经济、文化的发展产生过举足轻重的作用和影响。绍兴的锡箔业绵延数百年，产量一直占全国销量的80%以上，并且是绍兴主要产业。锡箔铺（坊）遍布街头巷尾，打箔之声昼夜不绝于耳。其从业人员之多、产业之旺、销售之巨、税收之丰为绍兴各业之首,故绍兴就有了"锡半城"之称。

锡箔制作的工具有精炼锡工具:铁锅、铁"井圈"、铸锡斗。打锡箔工具:太湖石、焙笼、牛皮垫子、火盆、专用桌凳、专用榔头、竹刀、"砑纸石"。辅助工具:鹿鸣纸制作工具,擂粉扑粉器,剪刀、刷子。

制锡箔所使用的原材料有:原锡,原料形态为锡锭,是制造锡箔的主要原料,产自云南个旧的称滇锡,亦称广矿;产自南洋群岛的称"南洋锡",亦称"福足"。原锡由锡行和铜锡店经营,绍兴城内多开设于斜桥直街、诸善弄、月池坊一带,专为箔铺、箔坊配制和供应原料锡。铅,又称原勾。有软、硬二种,制锡箔用软铅。锡加软铅后可增加延展性。原料形态为铅锭。擂粉,是一种用早米粉、白酒糟和石灰混合而成的粉状隔黏物质,经过霉变,去其黏性,放入石臼,用擂干擂成粉末,故称擂粉。鹿鸣纸,又称纸花。系黄褐色霉酥纸,用以褙贴锡箔,由山阴、会稽、萧山三县山区造(纸)户制造。辅助原料:刷黄用的五倍子和明矾;染料;打包材料等。

绍兴常见的锡箔产品为锡箔纸,尺寸规格各有定制。锡箔制作成品有:银元宝(锡元宝)、银锭(锡箔制成银锭式样)、金元宝(涂金色的锡元宝)、宝船、宝塔、宝马、宝亭、荷花等。

慷慨激昂绍兴戏

绍兴戏曲源远流长，剧种丰富，曲调多样。仅就绍剧、越剧、新昌调腔、诸暨乱弹这几个现存剧种而言，就已覆盖了中国民族戏剧的三个大类。在这三大类的绍兴地方戏剧中，以调腔发生最早，乱弹次之，滩簧又次之。新昌调腔是绍兴地区唯一以南北曲为剧本和曲调体系的剧种，而且至今还上演着一些元曲杂剧，为全国所罕见。绍剧原称"绍兴乱弹"，在明代中晚期，中国戏曲的主流是以南曲（剧）为体的文士剧，同时以乱弹为体的民间戏也在基层悄悄流行。明清鼎革造成了文士剧的瓦解，于是作为民间戏的乱弹便日益凸显并演进成为中国戏曲的主流，绍剧的兴发即经历了这个历史过程。由滩簧角出歧发的越剧源出于清同治年间在嵊县（今嵊州市）农村出现的一种民间曲艺，叫"落地唱书"，戏班称"的笃班"或"小歌班"，以后渐流行于宁绍平原和杭嘉湖地区，民国初年进入上海，现已发展成为全国最主要的剧种之一。除了新昌调腔、绍剧、越剧之外，绍兴戏剧还包括诸暨西路乱弹、绍兴目莲戏两种，这就是人们常说的五大剧种。

绍兴的地方曲艺大多出现于清代中叶，流行较广的有平湖调、鹦哥戏、词调、莲花落和宣卷，这是指的五大曲种。在历史上，绍兴还涌现出一大批著名的戏曲理论家、创作家和表演家，堪称名副其实的戏曲之乡。

绍剧也叫"绍兴乱弹"，俗称"绍兴大班"，是我国乱弹戏剧留存在绍兴的一支。绍剧大约在明末清初时期形成于绍兴等地，以坐唱形式出现，并以大锣、大鼓、大钹伴奏的腔调演唱，清乾隆年间搬上舞台，后流行于绍兴、宁波、杭州、嘉兴、湖州及上海等地。

　　绍剧唱腔的主要曲调为"二凡""三五七"两种。"二凡"伴奏乐器以板胡为主，斗子为辅，绍剧板胡以竹琴筒蒙以铜板，琴杆短而琴弦粗，硬弓紧拉；"斗子"亦称"金钢腿""牛腿琴"，双弦并弹，音色特旺。"三五七"因其唱句以前句三字、五字，后句七字组成得名，伴奏以梆笛为主、板胡为辅。绍剧的打击乐采用大锣、大鼓、大钹，气势恢宏。锣鼓点以大锣、大钹合击，与小锣加花形成节奏对比，自成一格，粗犷、朴实，具有浙东地域风格特点，称为"绍班锣鼓"，俗称"绍敲"。

　　绍剧的剧目，约有300多本。剧作有尺调、正宫调、小工调三类乱弹剧作，即老戏、时老戏、时戏。绍剧作为"社戏"的主要内容多在庙台、广场演出，其唱腔响亮宏大，悲壮激越，其表演豪放洒脱，文武兼备，形成了粗犷雄壮之特色。可以说绍剧在我国戏剧百花园中有着独特的历史地位，鲁迅先生也给予极高的评价，称之为"越人复仇之声"。

　　绍剧戏班之班名，首见于记载者，为清道光年间之"长春""五福""老保和"。1920年后，戏班以"舞台"为称，最有代表性的是上海"同春舞台"，在中华人民共和国成立后，更名为同春绍剧团，并于1953年迁回绍兴，1956年改建为浙江绍剧团，主要演员有六龄童、七龄童等。20世纪50年代，在绍兴就有同春、同兴、新民、易风、同力、新艺等七个绍剧团，到1960年底，部分人员支援杭州，后归属萧山，现为萧山绍剧团。绍兴至今还在正常创演的是浙江绍剧团。

女子越剧最抒情

　　越剧历史开端于1906年,那年的新年,嵊县的唱书艺人李世泉、高炳火等六人外出唱书,在客栈不期而遇,不经意间形成了一个演出的小群体。在乐平乡外伍村的演出中,响应村民的提议,放下"三跳板",搬开"走台桌",尝试着"像演戏"(实际上是"分角色唱书")那样演出了《十件头》和《倪凤扇茶》两出小戏……演者和观者谁都不会想到,这个不经意间形成的群体尝试的演出,竟然开启了越剧的历史。

　　自"分角色唱书"之后，剡溪两岸的唱书艺人日益转向职业戏班。当地民众因其只有笃鼓，檀板按拍击节，取其声而名其为"的笃班"；也因其演员少，行头少，其名为"小歌班"，以有别于周边的绍兴大班、余姚滩簧等。

　　越剧流派唱腔的形成强化了"女子越剧"的特色，"女小生"作为台柱更是支撑了越剧艺术的殿堂。早期的"小歌班"，进行剧目演出时称为"绍兴文戏"。为与以后的"女子越剧"相区别，早期的"小歌班"又被简称"男班"。20世纪初、中期，越剧的女子科班开始出现并迅速发展，其演出偶尔也打出"越剧"的标牌。不过因为彼时"绍兴大班"的演出有时也称"越剧""女子越剧"的演出还较多使用"绍兴女子文戏"的名称。越剧之所以为越剧，正在于"女子越剧"或者说演出"绍兴文戏"的女子科班的功劳。尽管自越剧的发生而言是男班早于女班，而后也不断有"男女合演"的呼声，但从剧种发展，特色凸显的进程来看，正是"女子越剧"构成了越剧艺术的特色，"女小生"作为剧目演出的台柱更是将这一"特色"固化为"本色"。

　　流派唱腔的形成往往是一个剧种成熟的标志。20世纪20年代末女子科班的演出者仿"西皮"弦法调出作为女腔的"四工调"，为女班唱腔艺术的发展扫除了障碍；20世纪40年代初，袁雪芬与琴师周宝财合作，采用京剧"二簧"定弦，变"四工"定弦为"合尺"定弦，形成了擅长表现悲剧的"尺调腔"。正是在唱腔艺术的不断发展中，越剧的流派唱腔逐渐形成。自20世纪40年代至60年代，被确认的代表性流派唱腔逐渐形成，被确认的代表性流派唱腔有袁（雪芬）派、范（瑞娟）派、尹（桂芳）派、徐（玉兰）派和戚（雅仙）派。其中范、尹、徐作为"女小生"更为引人注目。当京剧"四大名旦"梅、尚、程、荀以"男旦"流派唱腔来标志剧种的成熟与特色之时，越剧正是以"女子越剧"的流派唱腔，特别是"女小生"的流派唱腔来体现剧种的特色与成熟。以"女小生"作为台柱来支撑越剧艺术的殿堂，肇始于与袁雪芬同台主演的"闪电小生"马樟花；但奠定越剧表演这种基本格局和独特审美的，是成功塑造了许多艺术形象并创造了自己流派唱腔的尹桂芳。中国的传统演剧，如任半塘先生在《唐戏弄》中所言，"弄假妇人"（即男扮女装）的状况是由来已久；而"女子越剧"能走出剡溪、征服上海，既是女性的解放亦是戏曲的开放。所以，"女子越剧"不仅是越剧艺术的特色乃至本色所在，而且作为女性解放的产物亦奠定了越剧在不断地自我超越中实现超越传统演剧观念的"革命性"品质。

越剧发源于嵊县剡溪的"小歌班"。以剡溪为界。"小歌班"分为南、北两派。就其各自的常演剧目而言，有"南记北图"之说，即南派常演剧目有《箍桶记》《卖婆记》《赖婚记》等"记"戏，多宣扬伦理彰显忠奸善恶；北派常演剧目有《金龙图》《双狮图》《三美图》等"图"戏，多表现才子佳人和叙述好事多磨。当"小歌班"走出剡溪后，特别是女子科班兴起后，越剧开始了适应都市品位的变革。

早在20世纪30年代初、中期，被誉为"越剧皇后"的姚水娟一俟在上海站稳脚跟，便通过变革剧目来进行越剧改革。或许是越剧"步入都市大道"之时正赶上中国人民的抗日战争，姚水娟的"适应时代性"的古装戏，如《花木兰》，而且尝试编演反映现实生活的《蒋老五殉情记》，也有据时人张恨水同名小说改编的《啼笑因缘》。在当时的浙东抗日根据地，将"越剧的革命"服务于中国人民推翻三座大山的革命，编演了表现革命现实的时装戏《义薄云天》《桥头烽火》等，使"越剧的革命"走向"革命的越剧"。

在越剧艺术发展壮大的历史进程中，注重演剧的原创性是其重要的美学品格。与京剧和其他许多地方戏相比，越剧较少移植而重原创。在越剧的剧目建设中，《祥林嫂》是第一部特别值得重视的原创剧目。另一部值得重视的原创剧目是《红楼梦》。这部由徐进改编、徐玉兰和王文娟主演的剧目出现在20世纪50年代末期，被誉为"使越剧名副其实地走向全国的一面旗帜"。第三部值得重视的原创剧目是《五女拜寿》，这部由顾锡东创作的剧目率先展现出越剧艺术20世纪80年代的容颜。第四部值得重视的原创剧目是《西厢记》，《西厢记》在越剧发展史上的地位，在于"古典名著现代化"的尝试，是"把古典名著与现代审美意识和谐结合起来，赋予了时代的新风貌"。

越剧在嵊县生发，在上海立足，并成为国内仅次于京剧的第二大剧种；在绍兴市内各地生根开化，绍兴成为越剧创新发展的主要基地。

崇德尊孝目连戏

"果证幽冥，看善善恶恶随形答响，到底来那个能逃？道通昼夜，任生生死死换姓移名，下场去此人还在。""装神扮佛，愚蠢的心下惊慌，怕当真如此；成佛作祖，聪明人眼底忽略，临了时还待怎生！"1613年，在绍兴演武场搭台表演《目连救母戏文》，"度索、舞絚、翻桌、翻梯、觔斗、蜻蜓、蹬罈、蹬臼、跳索、跳圈、窜火、窜剑之类，大非情理，凡天神地祇、牛头马面、鬼母丧门、夜叉罗刹，锯磨、鼎镬、刀山、寒冰、剑树、森罗、铁城、血澥，一似吴道子地狱变相。为之费纸扎者万钱。人心惴惴，灯下面皆鬼色。戏中套熟，如《招五方恶鬼》《刘氏逃棚》等剧，万余人齐声呐喊，熊太守谓是海寇卒至，惊起，差衙官侦问，余叔自往复之，乃安。"这是一场盛大的演出，于越人张岱以妙笔生花细致形象地记录在《陶庵梦忆》中。这是由"徽州旌阳戏子"出演的，当然也有本地的目连戏班，如祁彪佳《祁忠敏公日记》中记载的：祁彪佳夜宿寓山别业，柯村夜演目连戏，通宵达旦，使祁彪佳夜不成寐。

目连戏的演出与中元节相关。中元节设盂兰盆会，即所谓"解倒悬"者，目连戏的演出有着驱邪解禳的意义。故而，目连戏的演出带有种种与此相关的仪式，如"起殇""施食""整吊""烧大牌""出黄巢"等等，"起殇"是召集游魂野鬼至台下看戏，"施食"是超度饿鬼，"整吊"是驱除男吊出村，"烧大牌"是敬告玉帝，"出黄巢"是除灭一切恶鬼邪魔，以保村坊太平。此俗在绍兴相沿成习。旧时，中元节前后约半月时间里，各处村镇皆要雇请目连戏班，搬演《目连救母戏文》，以祛邪解禳。

由于绍兴目连戏班是一种半职业性的班社，其班社的数量不敷各地的演出需求，于是又有绍兴乱弹班搬演"大戏"，以取代目连戏的演出，相传也能驱邪解禳，于是在绍兴乱弹班中也有"起殇""施食""男吊""女吊""鳖吊""无常""烧大牌""出黄巢"等等节目，此是绍兴乱弹班与目连班相通之处。

绍兴目连戏中的"男吊""女吊""无常"为绍兴百姓所喜闻乐见，"无常"又是绍兴地区迎神赛会中的应有角色，鲁迅先生曾撰文介绍，为大家所熟知。

中华人民共和国成立以来，《目连救母戏文》中的"男吊""女吊""无常"各折，成为浙江绍剧团的保留剧目。

目连戏源于北宋勾栏杂剧《目连救母》，后随宋室南迁而流入绍兴，明代开始兴盛，这在祁彪佳、张岱等人的著作中均有记载。目连戏的演出与中元节相关，中元节被称为"鬼节"，因此，目连戏也被称为"鬼戏"。旧时，中元节前后约半月时间里，各处村镇都会雇请目连戏班来演《目连救母》的戏文，以此来驱邪除祟。

绍兴目连戏的内容大多崇佛向善，崇德尊孝，不仅融合了儒释道三家的思想，还具有淳化民风的作用。绍兴理学家王明阳将其与《西厢记》并称，谓其"辞华不似西厢艳，更比西厢孝义全。"目连戏中目连救母的故事讲述的是佛陀弟子目连救亡母出地狱的事。目连，原名傅罗卜，他的母亲青提夫人（又名刘四娘）不尊敬神明，常常屠杀牲畜，并烹煮食之，因此，她死后被打入阴曹地府。她的儿子为救母亲，前往西天请求佛祖为其超度，佛祖被他的孝心感动，准许他皈依佛门，改名为大目犍连，并赐其《盂兰盆经》和锡杖。目连在地狱历尽艰险，最终寻得母亲，让其脱离苦海。

绍兴目连戏经过长久的历史积淀与升华，彰显出浓郁的绍兴特色，堪称绍兴民间信仰习俗和戏曲文化的基石，具有很高的文化价值和学术研究价值。2014年11月，"绍兴目连戏"经国务院批准列入第四批国家级非物质文化遗产代表性项目名录。

绍兴目连戏是当前浙江目连戏中仅存的一支，具有独特的人文价值、民俗学价值、传承价值，是研究我国传统戏剧的活化石，现已列入国家级非物质文化遗产名录。

文人雅士平湖调

　　绍兴平湖调,简称"绍兴平调",曾称"越郡南词"。曲种因所唱曲调《平湖调》而得名。该曲调在音乐、文学和语言等方面与其他曲种不同,有其独特风格。绍兴平湖调创始于明代初叶,清代初期已盛行。

　　绍兴平湖调的基本唱调,包括"蓑衣谱"和"细调"两部分,其中,"蓑衣谱"是基本唱调的主体。"蓑衣谱"唱词的句式、篇式和声韵格律,均略似七言排律而只大体守格。在回书或节诗的煞尾,为一上两下的三句结构,称为"凤凰三点头",简称"凤点头"。"蓑衣谱"的唱腔,其句式与其七字文句相应,作"二五""四三"两种分断:凡句中第二、第四、第六字的声调分别为平、仄、平者,成为"二五"句;

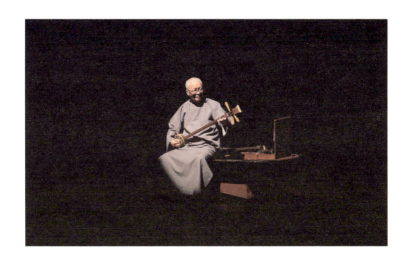

为仄、平、仄者，成为"四三"句。在演唱中，必须依据具体唱词的字声及衬字的情况进行调整、变化，以保证字正腔圆。"蓑衣谱"的节拍速度，有"太师""流水""紧弓"之分。

"细调"是专为某些别具特色的节诗和唱段设计的唱腔，是定腔定谱、专曲专用的，它们对"蓑衣谱"唱腔都有不同程度的变化和发展，并融入了一些民间小调俗曲的音乐因素。

除了基本调之外，绍兴平湖调还以一些民间小调俗曲和戏曲曲牌作为附加调演唱。这些小调俗曲中，以喜悦的"方调"、愤怒的"油葫芦"、悲哀的"唐调"和欢乐的"落金钱"为喜、怒、哀、乐四大曲牌；另外还有"锁南枝""离景调""满江红""叨叨令"等十多个曲牌。此外还有一种表现诙谐、滑稽情节和人物的"摊簧"调，当吸收自兄弟曲种苏滩。

绍兴平湖调的伴奏乐器，以三弦、扬琴、二胡为基干，称为"三品"；又可加琵琶、洞箫，是为"五品"；再加双清、笙，称为"七品"。绍兴平湖调演唱方式为坐唱，只有弹三弦者一人开口，余者皆只作伴奏，不予唱说。演出者必须衣冠整洁，仪态端庄。演出中，唱说者正襟危坐，目不斜视，且忌以手势、表情、眼神等视觉性表演辅助，须全凭说唱功夫传情达意，绘形绘神，引人入胜，扣人心弦

由于平调先生多有较深的文学修养，认为"平调之能唱者，必国文通顺，能诗词歌赋，则上口有致，即听者亦然。腹中未亨者，不足与谈平调也"，故平湖调之文辞相当雅驯，由此也形成了平湖调唱

腔音乐清雅超逸、幽婉醇和的基本风格和主要特色。

　　平湖调文辞高雅、曲调优美、旋律丰富、风格独特，具有较强的文学性、音乐性和艺术性，是明、清时期江南说唱艺术在绍兴的传存，对于研究、认识江南说唱艺术的发展、沿革，探索其内在的发展规律，研究当时的社会历史有着重要的研究价值。它的继承，发展，对于提高人民群众的文化素养、音乐素养、艺术素养，有着不可替代的作用。绍兴平湖调在文学、音乐、演唱等各方面的成就，在当今江南说唱中是难能可贵的，它不仅是绍兴文化的宝贵财富，也是我国说唱艺术中的瑰宝，有着重要的继承价值。平湖调被称为是戏曲"活化石"，2006年，该曲种已列入国家非物质文化遗产名录。

说唱节诗莲花落

　　"莲花落"为说唱艺术,是曲艺艺术门类的一大曲种。据传,绍兴莲花落问世于清道光、咸丰年间,为走唱形式的地方唱说文艺。其主要流行地域为:绍兴、上虞、余姚、慈溪、萧山和杭州一带。其说白唱词采用经过提炼的说唱化了的绍兴方言,通俗易懂、风趣幽默;其音乐唱腔朴实流畅,娓娓动听,其故事情节富有浓郁的越文化特色和乡土气息,深受绍兴农村广大农民群众钟爱。

　　绍兴莲花落经历了跑街卖唱、草台演唱、剧场演出、荧屏传播几个阶段。其音乐唱腔,经历了"独歌帮腔""单档主唱""双档探索""歌舞伴唱"等多个阶段。

　　绍兴莲花落在长期演出实践中，形成了多种多样的演唱形式，演唱手段则主要有说、嗾、唱、演。其主要特色是说唱并重，说、唱、表、白有声有色，唱腔质朴流畅，易学易记。初时，以一人唱说，旁有一二人以"工尺"为辞而帮和之。多演唱恭喜发财、吉祥如意之套辞。其后方逐渐形成有故事情节的段子，称为节诗。这类节诗据称有18只半，每一节诗的唱词各用一韵，共有18个半韵。初时，节诗内容大多取材于民间生活，故事主人公多为农夫村妇或手工业者，具有浓郁的乡土气息。继而开始唱说长篇书，内容仍以民间轶事、传说为题材，如《闹稽山》《马家抢亲》《天送子》等，以后借鉴和吸收戏剧及其他唱说文艺的本子，如《何文秀》《百花台》《顾鼎臣》《游龙传》《龙灯传》《珍珠塔》《后游庵》等。唱调，前期为"哩工尺"，后期为"基本调"。唱词大致以七字为基本，在铺叙故事中，往往随口增步加逗，然词句必以三字为结，故唱词常因人而异。前期唱调"哩工尺"以唱说者一人主唱，另二人帮唱（其中一人以板、鼓击节）。唱调由"帮唱句"与"滚唱"构成。"滚唱"，系一人为唱，句数无定，具有似唱似说、唱说相间的特点，主要叙唱故事；"帮唱句"，系另人帮唱，于上句末字、下句末二字处加入以"哩工尺"等为衬字的旋律片断。帮唱句的上、下句，可连成一个单元，"滚唱"则可任意插在帮唱句之后。"哩工尺"为徒歌清唱，无丝弦伴奏，按板式分为一板一眼的"平板"及有板无眼的"走板"。

　　20世纪20年代中期，绍兴莲花落改原来徒歌清唱、人声帮接的形式，开始以四胡伴奏，逐步形成传承至今的"基本调"。"基本调"以"起→平→落"为音乐基本结构，与绍兴滩簧的"基本调"的基本结构相同。"基本调"具有畅顺的叙事功能，特别是"平（板）"，因其落音多样，对应与节奏疏密错杂，给唱说者叙事抒情以极大便利。

"基本调"形成后的唱说形式为唱说者一人手执三敲板、纸扇，桌置醒木。伴奏为敲板一人，四胡一人，或加置琵琶一人，以琵琶随托平板部分的演唱。四胡定弦1—5，亦具有极大即兴性，除起唱的特定音调片断外，人无定谱，谱无定格，视唱说者场上需要，可长可短，与当场演唱配合密切，其伴奏旋律有鲜明的散声特点。

绍兴莲花落在其发展历程中，涌现了许多有才华的艺人和名家。其中很多艺人多因个人爱好由别业转入，并无严格的师承关系。中华人民共和国成立后，绍兴莲花落艺人大多参加绍兴曲艺工作者协会。绍兴莲花落的曲目创作，经历了由艺人自编自演、改编移植、文人参与等三个阶段，之后，以上三种方式混合创作成为主导方式。

万人空巷赛龙舟

　　追溯绍兴龙舟竞渡的渊源，可谓众说纷纭，莫衷一是，但这一竞技性极强的文化体育活动历史悠久，深受广大民众的欢迎是毋庸置疑的。地方志书记载："竞渡起自越王勾践"。南宋大诗人陆游更有"稽山何巍巍，浙江水汤汤……空巷看竞渡"等众多诗篇。翻阅古籍，诸如此类有关龙舟竞渡的记载，真是比比皆是，不胜枚举。

　　绍兴是典型的水乡泽国，江河纵横，湖池棋布，这是大自然恩赐给绍兴人赛龙舟的极好的竞技场所。龙，被绍兴人尊奉为神圣的吉祥物，人们乐于敬祀它，或用它来装饰、避凶险。绍兴人习惯于把用来竞渡的舟船称之为"泥鳅龙船"。

龙舟竞渡前，一般以村为单位，筛选人员，组建参赛队伍，统一着装，合理分工，并频频演练。届时（如端午节等），各参赛舟船云集水面开阔处，每条龙舟配备十余名成偶数的划桨手，左右配对使桨。另外，舟首必有一人持旗或擂鼓指挥，统一大家的节奏和步调。舟尾亦必有一位舵手，手握长橹或撑舵，努力把握正确方向。当组织者挥旗或用锣声发出竞渡开始的信号后，条条龙舟如箭离弦，争先恐后，参赛选手个个周身热血沸腾，神经绷紧，人人使尽平生力气。一时间，起桨处如拨絮飞雪，号子声、擂鼓声和观众的助威加油声、喝彩声此起彼落，响彻云霄，场面甚为壮观。人们沉浸在无比亢奋、激动和欢乐之中。有的龙舟率先冲过终点——获胜后，舟首那位司鼓或挥旗者还会即兴表演竖蜻蜓、童子拜观音之类的杂耍，引来其他参赛选手和观众的阵阵喝彩。清代寅谷观看龙舟竞渡后，曾吟咏一首竹枝词，谈到还有人犒赏美酒给健儿："重午轻桡逐胜游，尖尖龙尾接龙头。水嬉别作凌波舞，赢得菖蒲酒满舟。"

正如绍兴的迎神赛会有陆会与水会之分一样，水会又有白昼与夜晚之别，绍兴的龙舟竞渡不仅在白昼举行，而且也有安排在夜晚的。清代谢阶树曾作《竹枝词》记载其事："蒲龙艾虎挂窗前，竞渡今年胜往年。几部笙歌闻沸水，彩灯齐斗夜龙船。"谢氏在词尾还注道："竞渡，近日多以夜，灯彩夺目，笙歌沸水，亦大观也。"利用夜幕，充分发挥灯光等作用，将文化娱乐和体育活动紧密结合起来，表演"童子拜观音""鲤鱼跳龙门""叠罗汉"等船上或水面的技艺，或在舟船上搭棚,四周披红挂绿,张灯结彩。

　　舟船上展示《白蛇传》《水泊梁山》《八仙过海》《三国演义》等戏文故事人物。在舟船的缓缓行驶中,由丝管弦乐伴奏,演员们或表演,或歌唱,微风吹过,分外悠扬。此时此刻,水面成了灯彩的世界,欢乐的世界,沸腾的世界。在灯光倒影下,似乎一切在跳动,在激动,让亲临其境者的心情久久不能平静和忘怀,时隔数十寒暑,老人们还在咀嚼其余味。

千年盛典祭大禹

大禹是中华民族在神州大地上奠基立国的一位伟大先祖,对中国历史的演进和发展有着深远的影响。大禹在治水、立国的大业中,所持的爱民为民、舍己为人精神,艰苦奋斗、百折不挠精神,道德为先、以人为本精神,据实行事、革故鼎新精神,位尊不恃、纳言听谏精神,为国为民、远见卓识精神,正是他可与天等齐、与日月同辉的明德,也是我们民族优秀传统的重要内容。

大禹陵坐落于绍兴东南郊会稽山麓,是全国的祀禹中心。公元前21世纪中叶,夏王启首创祭禹祀典,是中华民族国家祭典的雏形。从此,大禹象炎黄一样受到世代子孙的高度崇拜,祭祀仪式至今延绵不绝。祭禹不仅历史悠久,而且有多种形式:或宗室族祭,或皇

帝御祭，或遣使特祭，或春秋例祭。公元前210年，秦始皇"上会稽，祭大禹"。秦代，是历史上第一次皇帝亲祭大禹陵，开创了大禹祭典的最高礼仪。此后，由皇帝派出使者，前来会稽祭禹者更多。明清两朝的祭禹仪式和制度最为完备，典礼也最为隆重。到明代遣使特祭成为制度。明制规定，但凡皇帝登位，务必遣特使到绍兴告祭大禹陵。清代，遣官致祭达44次之多。

古代绍兴祭禹的日子，通常是在俗传为大禹诞辰的农历三月五日，民国时期，绍兴地方政府曾定九月十九日为会稽山大禹陵庙年祭之期。中华人民共和国成立以来，人民政府十分重视对大禹陵庙的保护，经常拨款修缮。1995年4月20日，举行了"浙江省暨绍兴市各界公祭禹陵大典"，中央、省、市领导和海内外包括大禹后裔在内的各界代表数千人致祭，规模空前，是20世纪30年代后期停祭以后的第一祭。不久，时任国家主席江泽民亲临大禹陵视察，并亲笔题写了"大禹陵"坊额。自1995年以来，祭禹已成为绍兴市的一个常设节会，采取公祭与民祭相结合的方式，每年举行祭祀活动。

目前的祭禹，公祭时，往往有各级政府派员参加，仪式也非常隆重。民祭已经突破了原有的传统，凡对大禹精神抱有崇敬之情的百姓，都可以参加祭禹活动，形式也比较灵活。大禹后裔的祭祀最富有特色，被称为族祭。现大禹陵的禹陵村，至今仍有一百多人的姒姓人家，他们是大禹的后裔，祖传的职责就是守陵与祭禹。

2007年4月20日，国家文化部与浙江省人民政府共同主办

2007年公祭大禹陵典礼，使祭禹典礼成为中华人民共和国成立以后的国家级祭祀活动。这次公祭典礼采用"禘礼"（古代最高礼祭）形式，仪式主要分为13项程序，分别为肃立雅静、鸣铳、献贡品、敬香、击鼓撞钟、奏乐、献酒、敬酒、恭读祭文、行礼、颂歌、乐舞告祭、礼成等。祭祀典礼从9点50分开始，意寓"九五之尊"，是对大禹这位立国之祖的尊重；随后鸣铳九响，寓意大禹平洪水、定九州的不朽功绩；鼓手擂鼓34响，表达全国34个省、市、自治区和香港、澳门特别行政区对先贤的缅怀；撞钟13响，传达出13亿中华儿女对先祖的绵绵追思。鼓乐声中，贡品有14名文身、着豹纹皮裙的壮汉抬着三牲、五谷、五果进入祭坛献上贡品，文身的图案是一种龙图腾，前胸后背都要文，这是古越国的一种风俗，以防止水中蛟龙的伤害。祭品中的"三牲"是牛、羊、鹅，五谷是稻谷、高粱、玉米、麦和大豆。五果都是绍兴当地的特产，有上虞的板栗、新昌的小京生、诸暨的香榧、嵊州的柑橘，以及绍兴各地都有的枣子。后参祭人员向大禹献上50年陈酿，全体参祭人员面向大禹陵三鞠躬。主祭人读祭文毕，便是身穿古代服装的少男少女跳起粗犷的祭舞，由衷赞美大禹泽被后世的丰功伟绩和臣服万民的道德操守……

整个程序紧凑规范，典礼仪式近一小时。典礼后，祭祀人员在大禹陵举行谒陵仪式。公祭典礼参加人员分主祭、主参祭、参祭。公祭典礼邀请党和国家领导人、中央和国家部委领导、兄弟省市领导、海外侨胞、港澳同胞、台湾同胞，大禹后裔代表及社会各界代表

4000多人参加,人数为历年之最。

祭禹是自古以来的重要祭典,是我国民族的传统。大禹祭典是中国历代王朝的重要祀典之一,因其绵延不绝,保存完好,是研究中国礼仪文化和祭祀形式的重要历史资料。大禹祭典的制度和礼仪,包括祭品、祭器、祭乐、祭舞和祭文等等,历史源远,蕴含了十分丰富的民族传统文化的信息,具有重要的历史价值、人文价值、文化价值、艺术价值和学术价值。可以肯定,加强对它的保护,对传承中华历史悠久的传统文化有巨大的意义。

大年夜里共"祝福"

绍兴民间的"祝福"大典，俗称"请大菩萨"，亦称"祚福"，系一年中最为隆重的祭祀活动。"祝福"大典起始于元朝，祝福所祀神像印有"南朝圣众"和"黄山西南"两种。

相传宋遗民慑于元朝统治者的高压，多于深夜子时，悄悄祭祀南宋皇帝以及殉国的忠烈。"南朝"是指已沦亡的南宋王朝，"圣众"就是殉国的忠烈。祝福的祚张像正中是一位头戴香貂帽，身穿大红袍，手执朝笏的天神，传说是文天祥，左边文官有陆秀夫为首的忠烈，右边武官有张世杰为首的诸将，顶端的神舟中坐着头戴束发金冠的少年，应是年号祥兴的皇帝赵昺。这就是"南朝圣众"。而"黄山西南"是指宋时为救百姓与敌兵同归于尽的兄弟俩。后人为了纪念他们为国捐躯，却又不知其姓名，就以他们遇害的地点为名，尊他们俩为"黄山西南"。由于蒙古贵族统治十分严苛，广大民众为怀念故国和殉国忠烈，不得不采取隐喻的方法，创造了"南朝圣众"和"黄山西南"的神像。此种带有民族意识的祭祀活动，公开的说法是一年一度请祚福之神，求神保佑来年五谷丰登、六畜兴旺、家家吉祥如意。后相沿成习，演化为答谢神明保佑及祈求来年幸福的一年一度的祭祀大典。

祭典一般在腊月廿四至廿八夜，选择黄道吉日，在农历上"宜祭祀"这一天进行。自腊月二十日到三十日除夕，绍俗不呼"日"而称"夜"，如"二十日"呼作"二十夜"，意在提醒主妇，岁暮临近，祝福与过年诸事须抓紧准备。

　　祭祀福神，拂晓之前举行的称"勤俭福"，在黄昏时举行的称"懒惰福"。祝福前，要打扫厅堂，洗擦祭器，而后宰杀家禽以作福礼，绍语"鹅""我"同音，故多称"鹅"为"白狗"，又称鸡、鸭、鹅等家禽为"牲屠"。以家禽作福礼，一律忌称"杀"，而呼"装扮牲屠"或"化牲屠"以图吉利。

　　祝福用的桌子要按"横神直祖"的原则（祀神桌子，要按木纹横着摆，祭祖则反之），将两张八仙桌拼起来，放置在厅堂靠近大门的位置，并大开正门。在天井里堆好掸尘用过的竹梢，准备焚化祃张神像。然后是家人端上煮好的福礼（一般人家多用"三牲"福礼，殷富者用"五牲"，"三牲"即鸡、鹅、猪肉，"五牲"是加上牛肉、羊肉），装在红漆木质的桶盘里，一样一样放在按规定的位置上，旁备厨刀供神割食。然后由主祭人点香插烛，挂上金银太宝（在左右烛台上），系上绣花的桌帏，摆好跪拜用的蒲墩，将"南朝圣众"祃张神像上端折成尖角，两边用"祃张签"插在祭桌靠大门边正中的烧纸块上面。福礼中的鸡、鹅要用筷子将头戳在身躯上，使其昂首跪在桶盘中，头朝祃张纸上的福神，以示恭迎。在鸡、鹅及元宝肉上，还得插上红漆竹筷，把煮熟的鸡、鹅肠子盘绕在筷子上面；活鲤鱼要挂在"龙门架"上，以红线穿背，红纸贴眼，悬于龙门架上，取鲤鱼跳龙门之意。其他还有年糕数块、粽子一串、香豆腐干一盘、盐一碟，蒸熟的鸡、鹅血各一碟，外加三盅茶、六盅酒（称为三茶六酒）。在所有盘、碟的盛品上面，都要贴上用红纸剪出的元宝或双钱图案。

祝福仪式由男性当家人主持，全家男丁按辈分、年龄，依次行三跪九叩大礼，朝外祭拜。此时禁忌甚多，如务必保持绝对肃静，不能将酒斟出盅外，不可使筷子掉于地上等等。女眷及个别犯"冲"的男丁均须回避，寡妇更不允参与。祭拜完毕，主祭人斟酒一遍，立即举行送神礼（俗谚："快菩萨，慢祖宗"）。主祭人恭恭敬敬地双手执住祃张签，从烧纸上请下神像，把烧纸撒在竹梢堆上，太锭从烛台上摘下亦铺在上面，然后焚化。祃张纸与祃张签边焚边掀，差不多焚尽了，再从鸡、鹅的口中悄悄挖出舌尖，抛上屋瓦，并祷告：请菩萨带走口舌，以保来年平平安安，无口舌之灾。然后在火堆上奠上一杯放茶叶的酒，表示送神仪式结束。

祝福后祭祖，俗称请回堂羹饭。仪式与祝福相似，但祭祖朝内拜，福礼头皆朝里，蜡烛移至"下横头"，撤去香炉，增摆凳椅。祭毕，全家食用烧煮福礼汁汤所烹年糕或面，以及粽子和从福礼上切割下来的鸡肉、鹅肉、猪肉（牛、羊肉）。名曰"散福"，意谓分享神明所赐之福。

风情万种古戏台

绍兴古戏台的产生、发展与绍兴戏曲的孕育、发展相互依存,相互促进。绍兴戏曲历史悠久,剧种丰富,艺人辈出,拥有五大剧种和五大曲种,是一个源远流长的戏曲之乡。经过长时期的发展,明朝以来,戏曲转入发展和繁荣时期,绍兴古戏台也相继出现。张岱的《陶庵梦忆》中就记载有绍兴陶堰司徒庙中古戏台演出社戏的场景。

绍兴先民通过不断创新,反复实践,创造出了形式多样、堪称一绝的绍兴古戏台。绍兴古戏台数量繁多,形态迥异,工艺精湛。在其地域位置、构造形式、布局设施等方面无不特点鲜明,风采独具,它们构成了一种古朴绮丽的江南水乡风情,也形成了绍兴特有的社戏演出和观赏习俗。

绍兴古戏台主要类型有:

庙台。它们是民间社戏演出最为主要的场所。台的材料多以砖、木、石构成。庙台分三种:一是社庙,即土地庙;二是城隍庙;三是先贤祠戏台,规模一般介于城隍庙与土地庙之间。

祠堂台。是设立在宗族祠堂内的戏台形式。祠堂台的布局结构、形式特点与庙台十分相似。由戏台、看楼、正厅、后厅四个部分组成。

草台。在旷野、田畈等处临时搭建的演出戏台,这种戏台就是所谓的"草台"。

河台。亦称"水台",是充分体现绍兴水乡特色的搭建在河里的一种戏台形式。它分为固定河台和随搭河台两类。其构筑或立河中,或临河而筑。固定性的河台,在绍兴有三种,一是台柱全立河中。另一种河台主体虽在河中,但前沿石柱却与倚石岸而筑。第三种,背水齐岸而立的。

街台。也称"路台"或"戏亭",它是城镇中演出时经常运用的一种舞台形式。一般设立在比较繁华热闹、人流密集的街心或路口。戏亭的石柱上凿有沟孔,闲时抽去台板,便可使行人畅通无阻地行走,演戏时则按沟孔插入台板,便是一座宽大敞阔的街心戏台。

会馆戏台。会馆是商业、手工业者行帮性聚会机构和信息中心。会馆中一般都建有戏台。

绍兴古戏台根据地理环境的变化,善于因地制宜,选材择料。如水乡潮润,一般多作上木下石式,台板以下或青石实叠,或作石廊;河台因筑于水中,台基全作石墩;山乡地多干燥,多作通体木构,所用的木材也根据当地的情况而定。

　　绍兴古戏台的最主要特征是"三面可观,伸出庭院"。无论是寺庙戏台、宗祠戏台,都无不遵循于这条传统的营建规律。把戏台安置于中轴线上,三面突出于大庭广众之间,面对着正前方的神殿;以后厢楼连接左右看楼,与神殿形成一个"包围"状的矩形院落,中间的空白就是站立观众的戏坪。河台同样遵循了这样"三面突出"的营建规律,所不同的有一面是面向河心,便于在船上观看。它们体现了古老的"天人合一"的《易》学理念。所追求的就是人与天,人与自然,人与人之间的和谐与平衡。

　　绍兴古戏台建筑空灵、含蓄。从主要梁架到桁枋的内外部装饰,重在借助于自然界动植物的生态美,其特点是含而不露,充分体现出江南水乡纤丽、柔和的美,在密集的雕刻群中,刀法纯熟,生动自然,布局千姿百态,可称是出神入化。

　　绍兴古戏台的建造分基础、主体、屋面、装饰四个过程。它的构件,一般由台基、石柱、台板、屏风、构栏、藻井、台狮、牛腿、屋脊瓦件等组成。楹联也是古戏台的重要组成部分之一,蕴藏着丰富而深厚的文化内涵,为戏台建筑增光添彩,还承担了高台教化的功能。素受人民群众喜爱。

　　绍兴古戏台是绍兴古建筑中的一朵奇葩,它集木雕、砖雕、石雕、彩绘、堆塑等工艺于一体,涵盖了历史、地理、文学、建筑、绘画、哲学等方方面面,具有鲜明的地方特色,形成了浓厚的地域文化氛围。各个时期的古戏台是一部生动的实物舞台史,反映了绍兴建筑艺术的造诣和成就,具有重要的研究价值、美学价值和科学价值。

　　绍兴古戏台的存在,是绍兴历史上戏曲繁荣的象征,是戏曲文化与建筑艺术相结合的完美体现。古戏台为绍兴戏曲的形成与发展创造了有利的条件。有戏台,便有艺人的生存空间,便有艺术的交流和艺术的提高,便有众多酷爱戏曲的观众。绍兴戏曲就是在这样一种文化氛围下,根深叶茂,繁荣壮大。绍兴古戏台,推动了绍兴戏曲的发展,而戏曲,又使绍兴古戏台流光溢彩,满台生辉。

水乡社戏祈来岁

绍兴水乡社戏是旧时在绍兴农村和城镇中组织的,具有酬神祀鬼性质的戏剧表演活动。

社戏产生的最早源头,可以追溯到远古时期的祭祀歌舞。祭祀歌舞是古人献给鬼神的首份礼物,也是社戏产生的最早源头。它们主要是为了农业性的生产祭祀而表演的节目。那时,最有影响的祭祀歌舞是由巫觋来表演的,而巫觋是古代江南地区,特别是吴越的一大"特产"。在《越绝书》中多有巫觋墓的记载。汉以降,越觋的影响仍非常大,东汉《风俗通艺》中云:"武帝时迷于鬼神,尤信越巫。"

绍兴水乡社戏在以后漫长历史过程中,经历了音乐、歌舞、武术、杂技、人物装扮等各种艺术表演形式无数次的积累、融化、综合,在宋元时期从古老的祭祀活动与表演方式中脱颖而出,与戏曲紧密结合,使祭祀活动与戏曲表演正式结合为一个不可分割的整体,形成了一个"社、祭、戏"相统一、相融合的完善过程。春秋两季演出,盛况空前。南宋时,陆游的诗《春社》中就已经有过描写:"太平处处是优场,社日儿童喜欲狂"。可见当时绍兴乡村演社戏的盛况了。

到了元明时期,随着经济的发展和戏曲的繁荣,民间的社戏活动达到了极为兴旺鼎盛的程度。当时的人们已经把社戏演出当成了自己文化生活中的一项极为重要的内容,并对它倾注了极大的热情和兴趣。特别是春祈秋报、节日盛典、迎神赛会等时日,各乡镇群众云集,戏场锣鼓喧天,极为热闹。明朝张岱《陶庵梦忆》中曾记有这样的绍兴地区的庙会演戏活动:"陶堰司徒庙,夜在庙演剧,梨园必请越中上下三班,一老者坐台下对院本,一字脱落,群起噪之,又开场重做。"从这里可以看出,社戏在当时已经非常普遍,观众对戏剧表演的审美要求和鉴赏水平都有了很大的提高。

至清代,乱弹戏剧成为社戏的主要演出形式,长演至今不衰。清代至民国时期,绍兴的民间社戏仍开展得如火如荼。道光十年绍兴沈香岩《鞍村杂咏·社戏》中记载:"麦满平畴菜满坡,春花有望更如何,赛神各社歌声沸,五福长春老保和。"

绍兴水乡社戏真正引起世人关注,是由于20世纪二三十年代,鲁迅写下了《社戏》《无常》《女吊》等多篇有关绍兴社戏的文章,回

忆自己少年时代看社戏的情景，勾画出绍兴社戏的动人形象，才蜚声海内外。

绍兴的社戏大致可分为年规戏、庙会戏、平安戏、偿愿戏，其中以庙会戏为主，在各种神道如关帝、包公、龙王、火神、城隍、土地等等诞辰祭祀活动中演出。鲁迅、周作人等的作品中均有反映。其时名曰演戏酬神，它是整个祭祀活动的一个重要组成部分。

社戏演出的首尾有一定的祭祀仪式，并且演出的程式比较固定，一般按照"闹头场、彩头戏、突头戏、大戏收场"的程式进行，"彩头戏""突头戏"一般在白天演。"大戏"即"正戏"一般在傍晚开始。"大戏"的剧目通常以历史戏和家庭戏为主，中间穿插的小戏也比较固定。

社戏的舞台可分成庙台、祠堂台、河台（水台）、街台、草台等几种，其中最具特色的是河台（水台），称之为"水乡舞台"，是一种后台在岸上，前台在水里的格局。给观众创造了一种水上、岸上可以同时观看社戏的条件，非常具有水乡特色，这在鲁迅《社戏》一文中就有具体的描述。

在社戏的组织、演出过程中，还充分体现了许多绍兴独特的民风民俗。绍兴社戏堪称是绍兴民众鬼神信仰、宗教观念和中国传统戏剧的"活化石"。千百年来，它除承担其"高台教化"任务外，集民间娱乐于一体，是那个时代民众最隆重、最兴奋的节日。民间艺人在这里找到了展示才艺的舞台；老百姓在这里找到了宣泄情感的方式，或争相上台客串，或观看表演，如醉如痴。社戏来自民间，反映民众的思想意识，形式也为民众所喜闻乐见。所以，社戏极具人民性，有强大的生命力。今天，我国的主流戏剧活动进入剧场后，与民众的距离渐远，出现某种偏离。但在绍兴，社戏仍然深深扎根于绍兴民众，与老百姓同呼吸、共命运，盛演不衰。戏剧艺术想要回归民众，再造辉煌，民间社戏的历史经验无疑是弥足珍贵的。

绍兴民俗以江南水乡为底蕴，生产、生活都与水乡有关，四时节令、婚丧嫁娶的习俗更是江南水乡地理、气候、物产的反映。从文化上讲，绍兴的风俗还与祭禹、兰亭修禊有关，祭禹是社祀的延续，社祀本来是祭农神，老百姓期望风调雨顺、五谷丰登。兰亭修禊则是祭水神，目的是消灾除病。在这样的物质和文化的基础上，绍兴的民俗风情表现出水乡的韵味和忠孝节义等道德的高风。因此，从古至今，绍兴的民俗风情依旧有着无穷的魅力。

手工绝艺成"非遗"

　　绍兴历史上的工艺作品很多,如乌篷船、乌毡帽、纸扇等等,都与老百姓生活密切相连,也是当地的特色产品。

　　乌篷船。乌篷船因其篾篷被漆成黑色而得名,被称为"绍兴水上三绝",是江南水乡独特的交通工具。八百多年前的陆游曾在诗中这样描述:"轻舟八尺,低篷三扇,占断萍州烟雨。"乌篷船至少有八百年的历史。

　　绍兴乌篷船,船体细长如柳叶,头尾尖尖并微微向上翘起。船上盖着三至七扇大小不等的半圆形船篷,人们会在上面涂上桐油,用来加固和防漏。旧时,乌篷船运泥土的效率特别高。

　　如今,乌篷船已成为绍兴流动的文化符号,是绍兴文化景观中亮丽的明珠,也是古城的一张"金名片"。

越砚。越砚,也称越石砚,产于绍兴城南会稽山山麓,已享誉六百余年。越砚因其石质稠润细腻,磨墨无声,就水研墨似漆,发墨不损毫颖,而深受文人墨客的喜爱,也被列为理想的"文房四宝"之一。明代史学家、文学家张岱,在《陶庵梦忆》中提到的"天砚",即是越砚。当时,徽州的制砚名师汪砚伯来绍兴制作成一方"天砚",即随形无纹饰的素砚。砚台赤色可比马肝,温润如玉,背面隐隐有条类似玛瑙的白线。砚台正面有三颗石眼高出砚面,隆起的形状好似鸳的孔眼。随后,张岱磨墨试之,发现此砚着墨无声,墨汁慢慢晕开时就像轻烟升起,可见,这是一方不可多得的佳砚。

清代"扬州八怪"之一的著名书画篆刻家金农曾来到绍兴会稽山游览,在游玩途中拾得一方奇石。这石块外形美观,质地滋润,让金农心中十分欣喜,随即将它带回了扬州。后来,这块石头经过金农的精心雕琢,成为了一方精品砚台。金农更是视若珍宝,并将其命名为越砚。从此,越砚声誉日上,被列为名砚之一。

乌毡帽。众所周知,绍兴有"三乌":乌毡帽、乌篷船、乌干菜。这"三乌"里,乌篷船和乌干菜如今依然经常出现在绍兴人的日常生活中,而乌毡帽却逐渐淡出人们视线。其实在以前,"头戴乌毡帽"曾是历史上绍兴人的标志性装束,就连鲁迅的多篇小说中都出现过形态独特的乌毡帽。

乌毡帽,内外乌黑,圆顶,卷边,前段呈现畚斗形,冬经风雨夏遮阳,四季可用。其制作精细,牢固耐磨,厚实硬邦,湿之即干,经济实惠,为农民及各种工匠购买使用。

毡帽的历史最早可追溯到明代。绍兴人张岱曾在《夜航船》中说:"秦汉始效羌人制为毡帽。"由此可见,在明代或明代以前,绍兴就出现乌毡帽了。会稽人曾石卿也曾作《夜莺儿》有言:"鹅黄蚕茧燕毡帽。"这也说明乌毡帽最晚在明朝时就已经流行于绍兴,盛行时间应该在清光绪年间。

早在1897年左右,绍兴西营(现越城区城市广场)就有一家知名的乌毡帽专卖店,叫"潘万盛毡帽店",当时的店主潘高升广收学徒,传授技艺,许多村子还以此技艺为生。比如茅洋村,全村老小都会制作乌毡帽,家庭式作坊比比皆是。

随着帽子的形态发生翻天覆地的变化,传统的绍兴手工乌毡帽已难见其踪,但这小小的乌毡帽不仅是绍兴宝贵的传统文化,也是时代变迁的见证者。

"金不换"毛笔。"金不换"毛笔原是绍兴卜鹤汀笔庄的特产,民国四年(1915),制笔能手苗永德盘入卜鹤汀笔庄并进行改良整顿。他认为制作一支好笔不仅需要工人高超的制笔技艺,用料也需十分讲究,他精心挑选细软耐损的冬季黄鼬尾,采购江苏句容和安徽淮河流域一带的野兔毛,拣选能含蓄水分的芙蓉花皮,以此为笔头原料。笔杆的用料要求也十分讲究,以余杭当地匀称挺直的细竹制笔。正是有如此优质的原料,再加上能工巧匠地精心制作,所以"金不换"毛笔具有柔中寓刚、墨水酣饱和外形美观的优点。一经推出,大受文人墨客青睐。

　　鲁迅用笔战斗了一生，他千言万语的皇皇巨著，几乎全部用毛笔写就，而且用的基本都是绍兴出产的"金不换"毛笔。

　　苗永德不仅有提高产品质量、招徕生意、扩大业务的雄心，更有传承手艺的匠心。苗永德亲手传技给次子兆熊、三子兆松，对四子兆枢则叫他专学笔杆刻字，兆枢也专心致志，勤奋学习，他运刀如运笔，刚劲有力，并带秀气，把店名笔名刻上笔杆，再涂以红或绿的颜色，挺拔悦目，为产品增加光彩，畅销省内外。时至今日，"金不换"毛笔仍是文化绍兴的一张重要名片。